Una aventura de

SHERLOCK HOLMES

Una aventura de
SHERLOCK
HOLMES

ARTE
EN LA
SANGRE

BONNIE
MACBIRD

HarperCollins *Español*

Para Alan

ÍNDICE

PREFACIO

Durante el verano olímpico de 2012, mientras buscaba información sobre medicina de la época victoriana en la biblioteca Wellcome, hice un descubrimiento tan sorprendente que alteró por completo mi búsqueda. Tras solicitar varios volúmenes antiguos, me entregaron una pequeña selección llena de polvo; algunos ejemplares eran tan frágiles que estaban sujetos con delicadas cintas de lino.

Al desatar el más grande, un tratado sobre el uso de la cocaína, descubrí un grueso fajo de papeles doblados y amarillentos atado a la parte de atrás.

Abrí las páginas con cuidado y las extendí ante mí. La letra me resultaba extrañamente familiar. ¿Me engañaban mis ojos? Abrí la cubierta del libro; en la página del título, con la tinta desgastada, estaba escrito el nombre del dueño original: el doctor John H. Watson.

Y allí, en aquellas páginas arrugadas, había una aventura completa e inédita escrita por ese mismo doctor Watson; en ella aparecía su amigo, Sherlock Holmes.

Pero, ¿por qué no habían publicado aquel caso junto con los demás tanto tiempo atrás? Supongo que es porque la historia, más larga y quizá más detallada que la mayoría, revela cierta vulnerabilidad en la personalidad de su amigo que podría haber puesto en peligro a Holmes de haberse publicado durante sus años en activo. O tal vez Holmes, al leerla, simplemente prohibiera su publicación.

Una tercera posibilidad, claro, es que el doctor Watson, sin darse cuenta, doblara su manuscrito y, por razones desconocidas, lo dejara atado a la parte trasera de aquel libro. Después lo perdió o se olvidó de él. De modo que yo lo comparto con vosotros, pero con la siguiente advertencia.

Con el tiempo, tal vez por la humedad y el deterioro, diversos pasajes quedaron ilegibles y yo me he esforzado en reconstruir lo que parecía faltar. Si hay algún error de estilo o inexactitudes históricas, por favor, atribuilo a mi incapacidad para completar los espacios donde la letra era indescifrable.

Espero que compartáis mi entusiasmo. Como dijo recientemente Nicholas Meyer, descubridor de *Solución al siete por ciento*, *Horror en Londres* y *The Canary Trainer,* y como piensan todos los admiradores de Conan Doyle, «¡Para nosotros nunca es suficiente!».

Tal vez queden aún historias por descubrir. Sigamos buscando. Mientras tanto, sentaos junto al fuego y sumergíos en otra más.

PRIMERA PARTE

AL SALIR DE LA OSCURIDAD

«Tengo la gran ambición de morir de agotamiento
y no de aburrimiento».
Thomas Carlyle

CAPÍTULO 1

La chispa

Mi querido amigo Sherlock Holmes dijo una vez: «El arte en la sangre puede adoptar las formas más diversas». Y así le pasó a él. En mis numerosos informes sobre las aventuras que compartimos, he mencionado su maestría con el violín, su capacidad interpretativa, pero su arte era mucho más profundo. Creo que residía en la esencia de su indiscutible éxito como el detective más prestigioso del mundo.

No he querido escribir en detalle sobre la naturaleza artística de Holmes, por miedo a revelar una vulnerabilidad en él que podría ponerlo en peligro. Es bien sabido que, a cambio de sus poderes visionarios, los artistas sufren con frecuencia de una extrema sensibilidad y unos violentos cambios de humor. Una crisis filosófica o simplemente el aburrimiento por estar inactivo podían sumir a Holmes en una melancolía paralizante de la que yo no podía sacarlo.

Así fue como descubrí a mi amigo a finales de noviembre de 1888.

Londres estaba cubierto por un manto de nieve, la ciudad estaba aún conmocionada por el horror de los asesinatos de Jack el Destripador. Pero en aquel momento no eran los crímenes violentos los que me preocupaban. Me había casado aquel año con Mary Morstan y vivía en una burbuja de agradable domesticidad, a cierta distancia de los aposentos que había compartido anteriormente con Holmes en Baker Street.

Una tarde, mientras leía plácidamente junto al fuego, un mensajero sin aliento me llevó una nota. La abrí y la leí: *Doctor Watson, ¡ha incendiado el 221B! ¡Venga enseguida! Sra. Hudson*

En cuestión de segundos me encontraba atravesando las calles en taxi camino de Baker Street. Nada más doblar una esquina, sentí que las ruedas resbalaban sobre los montículos de nieve y el vehículo se tambaleó peligrosamente. Golpeé el techo con la mano.

—¡Más deprisa! —grité.

Entramos derrapando en Baker Street y vi el coche de bomberos y a varios hombres que abandonaban nuestro edificio. Salté del vehículo y corrí hacia la puerta.

—¡El fuego! —grité—. ¿Están todos bien?

Un joven bombero se quedó mirándome con los ojos brillantes y la cara ennegrecida por el humo.

—Ya está apagado. La casera está bien. El caballero, no estoy tan seguro.

El jefe de bomberos lo echó a un lado y ocupó su lugar.

—¿Conoce al hombre que vive aquí? —preguntó.

—Sí, bastante bien. Soy amigo suyo. —El jefe me miró con curiosidad—. Y su médico.

—Entonces entre ahí y encárguese de él. Algo no va bien. Pero no es por el fuego.

Gracias a Dios que Holmes al menos estaba vivo. Los dejé atrás y entré en el recibidor. Allí estaba la señora Hudson retorciéndose las manos. Nunca había visto a la buena mujer tan alterada.

—¡Doctor! ¡Oh, doctor! —exclamó—. Gracias al cielo que ha venido. Estos últimos días han sido terribles, ¡y ahora esto! —Las lágrimas brillaban en sus ojos azules.

—¿Él está bien?

—El fuego no le ha afectado. Pero hay algo, algo horrible… ¡desde que estuvo en prisión! Tiene hematomas. No habla, no come.

—¡En prisión! Pero, ¿cómo es que…? No, ya me lo contará más tarde.

Subí corriendo los diecisiete escalones hasta nuestra puerta y me detuve. Llamé con fuerza. No obtuve respuesta.

—¡Adelante! —gritó la señora Hudson—. ¡Entre!

Abrí la puerta de golpe.

Me golpeó una ráfaga de aire frío y cargado de humo. En el interior de aquella estancia tan familiar, el sonido de los carruajes y de las pisadas quedaba amortiguado hasta casi desaparecer sobre la nieve recién caída. En un rincón había una papelera volcada, ennegrecida y húmeda, con trozos de papel chamuscados tirados por el suelo y parte de las cortinas quemadas y empapadas.

Y entonces lo vi.

Con el pelo revuelto y la cara cenicienta por la falta de sueño y de comida, sinceramente parecía estar a las puertas de la muerte. Yacía tiritando en el sofá, ataviado con una bata andrajosa de color morado. Tenía una vieja manta roja enredada en los pies y, con un movimiento rápido, tiró de ella para taparse la cara.

El fuego, junto con el humo rancio del tabaco, había inundado el estudio con un fuerte aroma acre. Una ráfaga de aire gélido se coló por una ventana abierta.

Me acerqué a ella y la cerré mientras tosía a causa del aire fétido. Holmes no se había movido.

A juzgar por su actitud y por su aliento entrecortado, supe de inmediato que había tomado algo, algún estupefaciente o estimulante. Sentí un torrente de ira que me invadía, pero fue sustituido por la culpa. Con mi felicidad de recién casado, hacía semanas que no veía a mi amigo o hablaba con él. De hecho, hacía poco Holmes había sugerido que fuésemos juntos a un concierto, pero, además de con mi vida social de casado, yo había estado ocupado con un paciente muy enfermo y se me había olvidado contestar.

—Bueno, Holmes —comencé—. El incendio. Háblame de ello.

No hubo respuesta.

—Según tengo entendido, has estado encarcelado recientemente. ¿Por qué motivo? ¿Por qué no me avisaste?

Nada.

—Holmes, ¡insisto en que me digas qué está pasando! Aunque ahora esté casado, sabes que puedes recurrir a mí cuando suceda algo que… cuando… si alguna vez… —Me quedé sin palabras. Silencio. Me invadió un profundo malestar.

Me quité el gabán y lo dejé colgado en el sitio de siempre, junto al suyo. Regresé junto a él y me quedé de pie a su lado.

—Tengo que saber qué ha pasado con el fuego —anuncié con calma.

Un brazo delgado emergió de debajo de la manta raída y se agitó vagamente.

—Un accidente.

Agarré velozmente su brazo y tiré de él hacia la luz. Como bien había dicho la señora Hudson, estaba lleno de hematomas y tenía un corte considerable. En el lado transversal podía verse algo más alarmante; las evidentes marcas de las agujas. Cocaína.

—Maldita sea, Holmes. Deja que te examine. ¿Qué diablos sucedió en prisión? Y ¿por qué acabaste allí?

Apartó el brazo con una fuerza sorprendente y se acurrucó bajo la manta. Silencio.

—Por favor, Watson —dijo al fin—, estoy bien. Vete.

Yo me detuve. Aquello iba mucho más allá del ocasional estado anímico depresivo que había presenciado en el pasado. Me tenía preocupado.

Me senté en el sillón situado frente al sofá y me dispuse a esperar. A medida que sonaba el reloj situado sobre la repisa de la chimenea y los minutos fueron convirtiéndose en una hora, mi preocupación fue en aumento.

Tiempo después, la señora Hudson entró con unos sándwiches, que él ignoró. Cuando la mujer se entretuvo en la habitación para recoger el agua que habían dejado los bomberos, Holmes le gritó que se marchara.

Salí con ella al rellano y cerré la puerta a mis espaldas.

—¿Por qué ha estado en prisión? —le pregunté.

—No lo sé, doctor —respondió ella—. Algo relacionado con Jack el Destripador. Lo acusaron de manipular las pruebas.

—¿Por qué no me avisó usted? ¿O a su hermano? —pregunté. En aquella época yo apenas sabía nada de la influencia considerable que ejercía Mycroft, el hermano mayor de Holmes, sobre los asuntos gubernamentales, pero me daba la impresión de que podría haberle ofrecido algo de ayuda.

—El señor Holmes no se lo contó a nadie, ¡simplemente desapareció! Yo creo que su hermano no se enteró hasta transcurrida una semana. Lo liberaron inmediatamente después, por supuesto, pero el daño ya estaba hecho.

Mucho después descubrí los detalles de aquel horrible caso y de los juicios mal orientados a los que había tenido que enfrentarse mi amigo. Sin embargo juré guardar el secreto sobre este asunto y ha de seguir siendo un tema para los libros de historia. Basta decir que mi amigo arrojó bastante luz sobre el caso, algo que resultó de lo más incómodo para ciertos individuos de las altas esferas del gobierno.

Pero esa es otra historia. Regresé a mi vigilia. Pasaron las horas y no logré estimularlo, hacerle hablar ni comer. Seguía sin moverse y yo sabía que se trataba de una peligrosa depresión.

La mañana dio paso a la tarde. Al colocar una taza de té junto a él, reparé en lo que parecía ser una nota personal arrugada sobre la mesita. Desdoblé sin hacer ruido la mitad inferior y leí la firma: *Mycroft Holmes.*

Abrí la nota y la leí. *Ven cuanto antes. El asunto de E/P requiere tu inmediata atención.* Doblé la nota y me la guardé en el bolsillo.

—Holmes —le dije—, me he tomado la libertad de...

—Quema esa nota —la respuesta fue un hilillo de voz procedente de debajo de la manta.

—Está todo demasiado húmedo —respondí yo—. ¿Quién es «E barra P»? Tu hermano ha escrito que...

—¡He dicho que la quemes!

No dijo nada más y permaneció tapado y sin moverse. A medida que avanzaba la velada, decidí esperar y quedarme allí a pasar la noche. Holmes comería, o se desmayaría, y yo estaría allí, como su amigo y su médico, para recoger los pedazos. Pensamientos de lo más valerosos, sin duda, pero poco después me quedé dormido.

Me desperté a primera hora de la mañana siguiente y me encontré tapado con esa misma manta roja que, ahora me daba cuenta, pertenecía a mi antigua habitación. La señora Hudson estaba de pie junto a mí con la bandeja del té y otra carta, rectangular y de color rosa, situada sobre el borde de la bandeja.

—¡Es de París, señor Holmes! —exclamó agitando la carta en dirección a mi amigo. No hubo respuesta.

Se fijó en Holmes y en la comida sin terminar del día anterior, meneó la cabeza y me dirigió una mirada de preocupación.

—Ya van cuatro días, doctor —susurró—. ¡Haga algo! —Dejó la bandeja junto a mí.

La figura acurrucada en el sofá agitó su brazo delgaducho para que se marchara.

—¡Déjenos solos, señora Hudson! —gritó—. Dame la carta, Watson.

La señora Hudson se marchó y me lanzó una mirada de aliento.

Levanté la carta de la bandeja y la alejé.

—Primero come —le ordené.

Holmes emergió de su capullo con una mirada de odio y se metió una galleta en la boca, sin dejar de mirarme como un niño enfadado.

Aparté la carta y la olfateé. Capté un perfume inusual y delicioso, vainilla, quizá, mezclado con algo más.

—Ahhh —murmuré con placer, pero Holmes logró arrancarme la carta de la mano y escupió de inmediato la galleta. Examinó concienzudamente el sobre, después lo abrió y sacó la carta antes de ojearla con rapidez.

—¡Ja! ¿Qué te parece, Watson? —Sus ojos grises estaban nublados por el cansancio, pero se iluminaron con curiosidad. Buena señal.

Le quité la carta. Al desdoblarla, me di cuenta de que Holmes estaba mirando la tetera con incertidumbre. Le serví una taza, añadí un chorro de brandy y se la entregué.

—Bebe —le dije.

La carta tenía un matasellos de París con la fecha del día anterior. Estaba escrita con tinta rosa brillante y en un papel de buena calidad. Me fijé en la delicada caligrafía.

—Está en francés —declaré mientras se la devolvía—. Y costaría leerla aunque no lo estuviera. Toma.

Holmes agarró la carta con impaciencia y anunció:

—La letra es de mujer. El aroma, ah… floral, ámbar, un toque de vainilla. Creo que es una nueva fragancia de Guerlain, «Jicky». La están desarrollando, pero aún no ha salido al mercado. La cantante, pues así se describe a sí misma, debe de tener éxito o al menos han de admirarla mucho para haber conseguido un frasco por anticipado.

Holmes se acercó al fuego para tener mejor luz y comenzó a leer con la teatralidad que he disfrutado en unas ocasiones y tolerado en otras. Su habilidad con el francés hizo que la traducción le resultara fácil.

—«Mi querido señor Holmes», dice. «Su reputación y el reciente reconocimiento por parte de mi gobierno me ha llevado a realizar esta extraña petición. Necesito su ayuda con un asunto muy personal. Aunque soy concertista en París, y como tal podría usted considerarme de casta inferior», casta, curiosa palabra para una cantante, «le ruego que se plantee ayudarme», ¡y esto no puedo porque la tinta es demasiado clara!

Holmes acercó la carta a la luz de gas situada sobre nuestra chimenea. Me di cuenta de que le temblaba la mano y parecía inquieto. Me coloqué tras él para leer por encima de su hombro.

—Sigue así: «Le escribo por un asunto tremendamente urgente relacionado con un hombre importante de su país, y el padre de mi hijo», aquí la dama ha tachado el nombre, pero creo que pone… ¿qué diablos?

Acercó la carta más a la luz y frunció el ceño, confuso. Al hacerlo empezó a suceder algo curioso. La tinta de la carta comenzó a desaparecer tan deprisa que incluso yo me di cuenta, situado a su espalda.

Holmes soltó un grito y colocó inmediatamente la carta bajo el cojín del sofá. Esperamos unos segundos, después la sacó para volver a mirarla. Estaba en blanco.

—Maldición —murmuró.

—¡Es una especie de tinta que desaparece! —exclamé yo, y después me quedé en silencio al ver la mirada de soslayo de Holmes—. ¿El padre de su hijo? —pregunté—. ¿Has logrado ver el nombre de tan importante personaje?

—Así es —anunció Holmes, completamente quieto—. El conde de Pellingham.

Yo me quedé sentado, asombrado. Pellingham era uno de los nobles más adinerados de Inglaterra, un hombre cuya generosidad y cuyo inmenso poder en la Cámara de los Lores, por no hablar de su virtuosa reputación como humanitario o coleccionista de arte, le convertían casi en un nombre conocido.

Y sin embargo allí estaba esa cantante francesa de cabaré que aseguraba tener un vínculo con tan conocida figura.

—¿Qué probabilidades hay de que lo que asegura esta dama sea cierto, Holmes?

—Me parece absurdo. Pero tal vez… —Se acercó a una mesa abarrotada de cosas y extendió la carta bajo una luz brillante.

—Pero, ¿por qué usar tinta que desaparece?

—Ella no quería que una carta con el nombre de ese caballero cayera en las manos equivocadas. Se dice que el conde tiene mucha influencia. Y, aun así, me parece que aún no nos lo ha contado todo.

Colocó entonces su lupa sobre la carta.

—¡Qué curiosas estas marcas! —Olfateó el papel—. ¡Maldito perfume! Aun así detecto un ligero olor a… ¡un momento! —Comenzó a rebuscar entre una colección de frascos de cristal. Después roció la página con unas gotitas mientras murmuraba para sus adentros—. Tiene que haber más.

Yo sabía que no debía molestarlo mientras trabajaba, así que devolví la atención al periódico que estaba leyendo. Poco después, un grito triunfal me sacó con sobresalto de mi ensimismamiento.

—¡Ja! Justo lo que pensaba, Watson. La carta que ha desaparecido no era el mensaje entero. He descubierto una segunda carta debajo, escrita con tinta invisible. Muy inteligente; ¡un doble uso de la esteganografía!

—Pero, ¿cómo…?

—Había pequeñas marcas en la página que no concordaban con las letras que habíamos visto. Y un ligerísimo olor a patata. La dama ha empleado una segunda tinta que solo aparece al aplicar un reactivo, en este caso yodo.

—Holmes, me asombras. ¿Qué dice?

—Dice así: «Mi querido señor Holmes, le escribo esto con gran pánico y terror. No quería que siguiera existiendo una carta en la que aparece el nombre del padre del muchacho; de ahí la precaución. Si es usted tan astuto como asegura su reputación, descubrirá esta segunda nota. Entonces sabré que es el hombre capaz de ayudarme. Le escribo porque mi hijo Emil, de diez años, ha desaparecido de la finca de aquel a quien no puedo nombrar, y temo que haya sido secuestrado o algo peor. Hasta hace poco, Emil ha vivido con este hombre y con su esposa en unas condiciones complicadas que me gustaría explicarle en persona. Se me permite verlo solo una vez al año en Navidad, cuando viajo a Londres, y debo seguir unas instrucciones muy explícitas para que todo se realice en un profundo secretismo. Hace una semana recibí una carta en la que decía que nuestro encuentro, que debía producirse en tres semanas, había sido cancelado, que no vería a mi hijo esta Navidad ni nunca más. Me ordenaban que lo aceptara o, si no, moriría. Envié un telegrama de inmediato y, al día siguiente, me abordó en la calle un rufián violento que me tiró al suelo y me advirtió que me mantuviera alejada. Hay más, señor Holmes, pero temo que una red extraña se cierra en torno a mí. ¿Puedo visitarle en Londres la semana que viene? Le imploro en el nombre de la humanidad y de la justicia que acepte mi caso. Por favor, envíeme un telegrama con su respuesta firmando como el señor Hugh Barrrington, productor de variedades de Londres. Muy atentamente, Emmeline "Chérie" La Victoire».

Holmes hizo una pausa, pensativo. Agarró una pipa fría y la sujetó entre los dientes. Sus rasgos cansados adquirieron cierto brillo.

—¿A qué crees que se refiere con esa «red extraña», Watson?

—No tengo ni idea. Es una artista. Quizá sea un toque dramático —sugerí yo.

—No creo. Esta carta muestra inteligencia y una planificación cuidadosa.

Golpeó la pipa contra la página con un súbito gesto decisivo, miró el reloj y se puso en pie con la mirada encendida.

—Tenemos el tiempo justo de tomar el último ferry desde Dover. Haz las maletas, Watson; partimos para el continente en menos de noventa minutos. —Se acercó a la puerta y gritó escaleras abajo—. ¡Señora Hudson!

—Pero, si la dama ha dicho que vendrá aquí la semana que viene.

—La semana que viene podría estar muerta. Preocupada como está, una joven podría no ser plenamente consciente del peligro que corre. Te lo explicaré todo de camino.

Y sin más se situó en la puerta principal y volvió a gritar hacia el pasillo.

—¡Señora Hudson, nuestras maletas!

—Holmes —dije yo—, ¡se te olvida que mis maletas ya no están aquí! ¡Están en mi casa!

Pero él había abandonado la estancia y se había metido en su dormitorio. Me pregunté si le funcionaría bien el cerebro al ver que se había olvidado de una cosa así. ¿Estaría lo suficientemente sano como para…?

Me levanté de un salto y arranqué la cubierta del sofá. Allí, debajo de uno de los cojines, encontré la cocaína y la aguja hipodérmica de Holmes. El corazón me dio un vuelco.

Holmes apareció en la puerta.

—Por favor, transmítele mis disculpas a la señora Watson y haz las maletas cuanto… —Se detuvo al ver el frasco y la jeringuilla en mi mano.

—¡Holmes, me dijiste que ya habías terminado con esto!

Vi una fugaz sombra de vergüenza en su semblante orgulloso.

—Me… me temo que te necesito, Watson. —Hizo una ligera pausa—. En este viaje, quiero decir. Si pudieras acompañarme…

Las palabras quedaron suspendidas en el aire. Veía su silueta delgada en la puerta. Estaba preparado, casi temblando de emoción, o quizá a causa de la droga. Miré de nuevo la aguja que tenía en la mano. No podía permitir que se fuera solo en ese estado.

—Holmes, tienes que prometerme que…

—No más cocaína.

—No. Esta vez lo digo en serio. No puedo ayudarte si no te ayudas a ti mismo.

Él asintió con la cabeza.

Metí la jeringuilla en su estuche y la guardé junto con la cocaína.

—Entonces estás de suerte. Mary se marcha al campo mañana a visitar a su madre.

Holmes dio una palmada como si fuera un niño.

—¡Muy bien, Watson! —exclamó—. El tren hacia Dover sale de Victoria Station dentro de tres cuartos de hora. ¡Trae tu revolver! —Y, sin más, desapareció escaleras arriba. Yo me detuve—. ¡Y los sándwiches! —gritó desde arriba. Sonreí. Holmes había vuelto. Y, para bien o para mal, yo también.

CAPÍTULO 2

De camino

Regresé a casa a por mis cosas y conseguí llegar a Victoria Station con apenas tiempo de subirme a bordo del tren con destino a Dover.

El hombre sentado frente a mí en nuestro compartimento privado ya no era el hombre que languidecía en el 221B tan solo unas horas antes. Recién afeitado e incluso elegante con su atuendo de viaje en color negro y gris, Holmes volvía a ser la figura imponente que podía ser cuando se sentía inspirado.

Convencido de que su rápida transformación se debía enteramente a la estimulación de aquel nuevo caso, y que nada tenía que ver con mis cuidados, admito que me sentía algo molesto. En cualquier caso, alejé esos pensamientos de mi cabeza y decidí darme por satisfecho porque mi amigo volviese a ser él mismo, fuera cual fuera la causa.

Comenzó entonces a explicarme nuestra situación con una locuacidad inusual y un brillo de emoción en la mirada que yo esperaba que no se volviese desenfrenado.

—La doble codificación de la carta resulta muy interesante, ¿no te parece, Watson? Obviamente la dama necesitaba mencionar el verdadero nombre del caballero, pero tomar ese tipo de precaución significa que además lo teme. Pero es el segundo mensaje el que me intriga.

—Sí. ¿Cómo sabía que lo descubrirías?

—Por mi reputación, claro.

—De modo que mi narración de *Estudio en escarlata* te ha venido bien, ¿verdad, Holmes?

—Olvidas que soy conocido en Francia. Dado su interés por la química, creo que el hecho de haber elegido ocultar el segundo mensaje es una especie de prueba de fuego.

Yo me recosté en mi asiento, asombrado mientras pelaba una naranja con un pequeño cuchillo.

—Admito que el truco de la tinta doble es un recurso inteligente. Pero, ¿qué me dices del caso en sí? La dama desea viajar para verte. ¿A qué viene entonces tanta prisa y nuestro viaje a París?

Holmes sonrió con picardía.

—¿No te apetece viajar a París, Watson? ¿Cambiar la penumbra de Londres por la ciudad de la luz? No dirás que te parecen mal unas pequeñas vacaciones. Aún no has visto la curiosa construcción de un edificio bastante grandioso llamado Torre Eiffel.

—He oído que es una abominación. Y tú no viajas por placer, Holmes. ¿Por qué crees que esta dama corre un peligro inminente?

—Creo que el ataque en la calle es solo la punta del iceberg, Watson. Me preocupa su relación con el conde. Mi hermano cree que hay una nube oscura y bien oculta de violencia en torno a ese hombre.

De pronto lo comprendí.

—Ah, la «E/P» de la nota que Mycroft te envió. Pero yo siempre había oído que Pellingham era un filántropo respetado, y un claro ejemplo de *nobleza obliga*. ¿No es así?

—Eso cuentan. ¿Has oído hablar de su colección de arte?

—Sí, la empezó su padre, creo recordar.

—Es legendaria, pero actualmente es privada. ¿Sabías que nadie la ha visto en años?

—Temo no estar al corriente de esos asuntos, Holmes.

—Mycroft sospecha que el conde utiliza un método muy poco escrupuloso para obtener sus tesoros. Hay un caso reciente en particular.

—¿Por qué iba a arriesgarse un hombre de su posición a que lo tachen de ladrón por unos cuadros robados?

—La posición del conde es difícil de imaginar. Sus contactos hacen que sea casi intocable. Las sospechas le resbalan como el agua sobre un buen impermeable, Watson; seguro que lo sabes. Y la obra de arte en cuestión es una escultura, no un cuadro. No una escultura cualquiera, sino la diosa Nike de Marsella. ¿Has oído hablar de ella?

—Ah… ¡esa estatua griega que descubrieron este año! Creía que se relacionó un asesinato con…

—Cuatro asesinatos, para ser exactos. La Nike se considera el mayor hallazgo desde los Mármoles de Elgin y se dice que es más hermosa que la Victoria de Samotracia. Una gran obra en excelentes condiciones. Su valor es incalculable.

Le ofrecí a Holmes un gajo de la naranja; él lo rechazó y continuó con entusiasmo.

—Nada menos que tres poderes extranjeros dicen haberla descubierto y ser sus dueños. Iban a trasladarla con cierta controversia al Louvre cuando desapareció en Marsella hace unos meses. Durante el robo murieron cuatro hombres de un modo particularmente brutal. Los gobiernos griego, francés y británico han estado agotando sus recursos para localizarla y resolver los asesinatos, pero de nada les ha servido.

—¿Los tres países? ¿Por qué iban todos a asegurar ser los dueños de Nike?

—El descubridor, uno de los cuatro hombres asesinados, era un inglés de la nobleza que trabajaba en una excavación en Grecia financiada por los franceses.

—Ah, entiendo. De modo que te pidieron a ti que…

—Mycroft sí que me pidió que lo investigara, y también el gobierno francés, pero hasta ahora yo había rechazado la petición.

—¿Por qué?

Holmes suspiró.

—Un noble codicioso y el robo tosco de una obra de arte no son suficientemente interesantes para mí, hasta que recibí la nota de mademoiselle La Victoire. Parece que Pellingham podría tener intereses mayores. Mycroft ha estado investigando rumores sobre ciertos negocios e infracciones personales que se han producido en su finca y en los alrededores, y que podrían analizarse con detenimiento. Y, aunque Mycroft ha estado vigilando al conde, hasta él ha de tener cuidado debido al inmenso poder de Pellingham. Necesita más datos para continuar.

—¿Más?

—El impermeable, Watson, el impermeable. Mycroft necesita justificar la investigación, y mademoiselle Emmeline La Victoire podría proporcionarnos acceso al mundo del conde.

Nos quedamos callados brevemente y yo contemplé por la ventanilla el paisaje, que se volvía sombrío a medida que oscurecía. El cielo estaba oscuro y nublado. A lo lejos se veían relámpagos. No eran buenos augurios para atravesar el estrecho. Me volví hacia Holmes.

—Y además está el tema del niño. Y el ataque que sufrió la propia dama.

—Exactamente.

—Bueno, desde luego está muy asustada, a juzgar por su carta.

—Así es. Y el hecho de que me haya pedido que envíe mi respuesta de incógnito indica que alguien la observa. En mi opinión, hemos de encontrarla cuanto antes.

—Pero, ¿quién es exactamente esa tal Emmeline La Victoire?

—¿No has oído hablar de la cantante «Chérie Cerise», Watson?

—Confieso que no. Mis entretenimientos se reducen al *bridge* y a leer un libro junto al fuego, como bien sabes, Holmes.

—¡Ja! Eres un tirador con buena puntería al que le gusta el juego, le encantan las novelas y que tiene afición por…

—¡Holmes!

Pero mi amigo me conocía demasiado bien.

—Chérie Cerise es actualmente la estrella de París. Es una *chanteuse extraordinaire*, según dice su publicidad, y alterna entre Le Chat Noir y el Moulin de la Galette, llenando ese inmenso establecimiento hasta casi provocar disturbios cada noche que aparece.

—¿Le Chat Noir? ¿El Té Negro?

—Gato, Watson. El Gato Negro, un establecimiento íntimo de mucho caché. Estuve dos veces el año pasado mientras realizaba un encargo para los franceses. Es famoso por la música, la clientela e incluso las obras de arte que adornan las paredes.

—Pero sigo sin entender la relación.

—Tranquilo, mi buen doctor, ya lo entenderás. Ahora descansa, porque tenemos mucho trabajo por delante. Oiremos cantar a la dama, posiblemente esta misma noche.

Yo suspiré.

—¿Al menos es guapa? —quise saber.

Holmes sonrió.

—¡Y lo dice un hombre casado! No te decepcionará, Watson. Cuando una francesa no es una belleza, sigue siendo una obra de arte. Y, cuando es bella, ninguna de su género puede superarla. —Con esa frase se caló el sombrero hasta los ojos, se recostó en su asiento y enseguida se quedó dormido.

SEGUNDA PARTE

LA CIUDAD DE LA LUZ

«El arte nace de la observación y de la investigación
de la naturaleza».
Cicerón

CAPÍTULO 3

Conocemos a nuestra clienta

Resultó que nos vimos obligados a pasar la noche en Dover, compartiendo una habitación estrecha en un hotel abarrotado de viajeros que habían sufrido retrasos debido a las tormentas. Holmes se había aventurado brevemente en la ventisca y había enviado varios telegramas, incluyendo uno para mademoiselle La Victoire. Ahora nuestra clienta nos esperaba a las once de la mañana en su apartamento.

Abandonamos la Gare du Nord, recorrimos las calles cubiertas de nieve, pasando frente a hileras de árboles de los que colgaban témpanos de hielo, y fuimos encaminándonos hacia las colinas de Montmartre. Allí se encontraba uno de los *bistros* favoritos de Holmes, el Franc Buveur, donde podríamos pasar la hora antes de ir a encontrarnos con nuestra clienta. Aún era pronto y a mí me apetecía un café y tal vez un bollo, pero Holmes nos pidió a los dos una *bouillabaisse provençal*. Resultó ser un guiso de pescado de Marsella sustancioso y sabroso que, al parecer, estaba disponible a cualquier hora en aquel establecimiento. Era quizá algo extremo para mi gusto, pero me alivió ver que él lo devoraba con placer.

Me propuse regresar con mi amigo a París siempre que advirtiera que su delgada figura se volvía peligrosamente flaca. Nunca me ha agobiado ese problema, pero, a mis treinta y cinco años sabía que, en mi caso, era conveniente tomar precauciones en el sentido contrario.

Recorrimos el camino entre calles en curva repletas de árboles hasta la dirección de mademoiselle la Victoire. Aquella parte de Montmartre gozaba de una tranquilidad casi rural que contradecía su proximidad a la conocida vida nocturna de la zona. Había alguna parcela vacía y jardines cubiertos de nieve ubicados entre las casas antiguas. Por detrás asomaban los molinos, un poco más allá de las calles por las que pasábamos.

Nos acercamos a un elegante edificio de tres plantas con delicadas rejas en las ventanas, llamamos al timbre y, poco después, nos encontrábamos en el tercer piso frente a una puerta pintada de un inusual tono verde oscuro. Una aldaba de latón profusamente decorada nos invitaba a usarla. Llamamos.

Abrió la puerta una de las mujeres más hermosas que he visto jamás. Chérie Cerise, de nombre Emmeline La Victoire, se encontraba ante nosotros con una bata de terciopelo del mismo verde oscuro, que acentuaba a la perfección sus ojos sorprendentemente verdes y su melena castaña. No fue solo su belleza física lo que llamó mi atención, sino una extraña cualidad que proyectaba la dama; una chispa de inteligencia acompañada de un atractivo femenino que casi me dejó sin respiración.

Sin embargo tenía bolsas bajo los ojos y una evidente palidez que daba fe de su dolor y de su preocupación. Nos miró a los dos y registró cada detalle en un instante.

—Oh, monsieur Holmes —dijo dirigiéndole una sonrisa a mi acompañante—. Qué alivio. —Se volvió para mirarme con una calidez radiante. Yo me sonrojé sin ningún motivo en absoluto—. Y usted debe de ser el más maravilloso amigo del señor Holmes, el doctor Watson, ¿verdad? —Estiré la mano para estrechar la suya, pero, en su lugar, ella se inclinó para darnos a Holmes y a mí dos besos en las mejillas, al estilo francés.

Desprendía el mismo aroma delicioso que su carta, el perfume Jicky, como lo había llamado Holmes, y tuve que hacer un esfuerzo considerable por no sonreír de oreja a oreja. Pero estábamos allí por un asunto muy serio.

—Mademoiselle, estamos a su servicio —le dije.

—Madame —me corrigió ella—. *Merci*. Gracias por venir tan deprisa. —Su encantador acento francés no hacía sino aumentar su atractivo.

Poco después estábamos sentados frente a una pequeña y alegre chimenea en el salón de su suntuoso apartamento, decorado al estilo francés con tonos tostados y crema, techos altos, una alfombra oriental de colores claros y muebles tapizados con seda a rayas sutiles. Resaltaban en aquel entorno tan neutro varios ramos de flores frescas, caras en aquella época del año, y una colorida selección de pañuelos de seda desperdigados por la estancia. Nuestra clienta era una mujer de gustos sofisticados.

Se disculpó por la ausencia de sirvientes y ella misma nos sirvió una taza de café caliente.

—Mi marido regresará pronto —dijo—, Y la doncella, con la compra.

Holmes suspiró.

Mademoiselle La Victoire se quedó mirándolo.

—Es cierto; no había mencionado a mi marido.

—Usted no está casada —declaró Holmes.

—Oh, sí que lo estoy —comenzó a explicar la dama.

Holmes masculló algo y se puso en pie de manera abrupta.

—Vamos, Watson. Creo que nuestro viaje ha sido una pérdida de tiempo.

La dama se levantó de un salto.

—¡Monsieur Holmes, *non*! ¡Se lo ruego!

—Mademoiselle, usted no está casada. Si desea mi ayuda, necesito que sea absolutamente sincera. No me haga perder el tiempo.

Ella hizo una pausa, pensativa. Yo me levanté con reticencia y Holmes alcanzó su sombrero.

—Siéntese, por favor —dijo ella finalmente, sentándose también—. Estoy de acuerdo. El asunto es urgente. Pero, ¿cómo lo sabía?

Yo me senté, pero Holmes permaneció de pie.

—Dice tener marido y su nombre aparece en varios artículos sobre usted. Y sin embargo nunca se le ve y nadie sabe cómo es. Mis pesquisas han revelado que nadie lo ha visto. Y ahora, en su apartamento, advierto muchos toques femeninos, no masculinos; los pañuelos tirados sobre el respaldo del único sillón que sería suyo si existiera, los libros situados en la repisa de la chimenea, la ausencia de parafernalia para fumar, salvo por el estuche de sus cigarrillos —dijo señalando un pequeño y delicado estuche de plata situado en una mesita.

—Sí, es mío. ¿Quiere fumar, señor Holmes? No me molesta.

—¡Ja! No, gracias. Los detalles que he mencionado son solo pequeños indicadores, pero la prueba definitiva es el anillo que lleva en la mano izquierda. Falso, según parece, y no solo con un diseño pobre, sino demasiado grande para su dedo. Dada la especial atención al color y al diseño de su atuendo, y a la decoración de esta habitación, ese descuido indica que su matrimonio es una ficción destinada, imagino, a mantener alejados a los admiradores masculinos a su antojo. Le resulta útil aparentar que está fuera de su alcance.

Todo parecía demasiado obvio, y aun así yo no había advertido ninguno de esos hechos.

Mademoiselle La Victoire permaneció callada, pero una ligera sonrisa se dibujó en su rostro.

—Bueno, todo eso está bastante claro —dijo—. Pero solo demuestra que es usted más observador que la mayoría.

Holmes resopló.

—No he terminado.

—Holmes… —le advertí yo.

—Mi teoría, que no está demostrada, aunque considero bastante probable a juzgar por mis primeras impresiones al conocerla, es que usted no confía en ningún hombre.

—Solo estoy evaluando sus capacidades —dijo ella.

—No. Eso ya lo ha hecho con la carta.

—Entonces, ¿cómo llega a una conclusión tan arriesgada después de solo cinco minutos y de haber visto mi salón?

—Holmes —insistí yo. Estábamos entrando en terreno peligroso.

Él me ignoró, se inclinó hacia delante y clavó sus ojos grises en los de ella.

—Es usted una artista, una gran artista a juzgar por su reputación, y por tanto es temperamental, voluble… y propensa a delirios imaginativos y a ataques de desesperación. Su talento para la música, sumado al exquisito sentido del color y al gusto refinado, que se observa tanto en la decoración como en su indumentaria personal, da fe de la naturaleza altamente sensible de una artista plenamente desarrollada. Enmascara su naturaleza emocional con una actitud tajante e inteligente. Pero no es simplemente una máscara; su manera crítica de pensar le ha permitido formarse una carrera de éxito a pesar de esas debilidades personales. En cualquier caso, se engaña a sí misma; en el fondo y en esencia es usted una criatura llevada por la emoción.

—Soy una artista; somos emocionales. Eso no es nada nuevo —respondió ella bruscamente.

—Oh, pero aún no he explicado lo que quería decir —dijo Holmes.

Yo dejé mi taza sobre el platito con un leve tintineo.

—El café está delicioso. ¿Podría tomar otra taza? —pregunté.

Ambos me ignoraron.

—¿Y qué es lo que quiere decir? —preguntó la dama.

—Tiene usted un hijo ilegítimo con el conde. Aunque todavía no conozco los detalles, debía de ser usted bastante joven. Probablemente fuera su primer amor. ¿Qué edad tenía?

Mademoiselle La Victoire se quedó muy quieta. Yo no podía interpretar su reacción, pero la temperatura de la habitación parecía haber descendido.

—Dieciocho.

—Ah, de modo que llevo razón.

—*Peut-être*. Continúe.

—Su traición, evidente dado que no está casada con el conde, debió de herir profundamente a una joven con su sensibilidad.

Tengo la impresión de que, desde entonces, no ha confiado en ningún hombre y, sin embargo, anhela hacerlo hasta el último rincón de su alma romántica.

Nuestra clienta dejó escapar un grito ahogado.

Las palabras de Holmes quedaron suspendidas en la habitación como témpanos de hielo diminutos. Con frecuencia no se daba cuenta del daño que podían causar. Sin embargo, mademoiselle La Victoire se recuperó de inmediato.

—Bravo, señor Holmes —dijo con una sonrisa—. Parece que conoce personalmente el tema.

—No tenía información previa…

—¡Oh, *non*! Percibo que habla por experiencia.

Holmes pareció sorprendido por un instante.

—En absoluto. Pero ahora vayamos al asunto que nos ocupa y examinemos los hechos de su caso.

—Sí, por supuesto —convino la dama.

Ambos volvieron a sentarse, se recompusieron y se contemplaron con algo parecido a la admiración disimulada de los boxeadores antes de un combate. Yo fui consciente de que estaba sentado nerviosamente al borde de mi silla. Me aclaré la garganta y cambié de postura para intentar relajarme.

—¿Alguien quiere un cigarrillo? —me atreví a preguntar.

—No —respondieron ellos al unísono.

—Su hijo —comenzó Holmes—. ¿Qué tiene? ¿Nueve, diez años?

—Diez.

—¿Cómo descubrió que había desaparecido? *En français… plus facile pour vous?* —preguntó con un tono mucho más amable.

—Ah, *non*. Prefiero en inglés.

—Como desee.

Mademoiselle La Victoire tomó aliento y se ciñó la bata de color verde alrededor del cuerpo.

—Cada Navidad veo a *mon petit* Emil en Londres, en el hotel Brown's. Hay un hombre que lo lleva a verme, un intermediario. Comemos juntos, Emil y yo, en el precioso salón de té del hotel, y yo le doy regalos. Le pregunto cómo le ha ido el año e intento conocerlo. Es un momento mágico, pero demasiado breve. Este año la reunión fue cancelada. Escribí y envié un telegrama. No hubo respuesta. Finalmente me enteré por el intermediario de que Emil está con su tío en la costa y de que no estaría disponible durante algún tiempo.

—Pero usted tiene dudas sobre esa historia.

—Emil no tiene ningún tío.

—Las visitas anuales de las que habla, ¿se han producido todos los años desde que nació?

—Sí. Ese fue el acuerdo al que llegué con su padre, el conde.

—¿Hablamos de Harold Beauchamp-Kay, actual conde de Pellingham? —preguntó Holmes.

—Sí.

—Empiece por el principio, por favor. Describa al muchacho.

—Emil tiene diez años. Es bajito para su edad. Delgado.

—¿Cómo de bajito?

—Más o menos así —Mademoiselle La Victoire colocó la mano más o menos a un metro y veinte centímetros del suelo—. Pelo rubio, como su padre, y mis ojos verdes. Un niño de rostro angelical, tranquilo. Le gusta la música y la lectura.

—¿Y quién cree el chico que es usted?

—Él cree que soy una amiga de la familia, sin parentesco.

—¿El conde acompaña al chico a Londres?

—Emil —intervine yo—. Se llama Emil.

—*Non!* No he visto a Harold, quiero decir al conde desde… —En ese momento titubeó. Parecía afligida. Noté que Holmes contenía un suspiro de impaciencia.

—¿Quién lleva entonces a Emil al hotel Brown's?

—Pomeroy, el ayuda de cámara del conde. Desciende de franceses y es muy amable. Entiende lo que es el amor de una madre. —De pronto su rostro pareció quebrarse y suspiró para disimular un sollozo. Yo le ofrecí mi pañuelo. Ella lo aceptó con elegancia y se lo llevó a los ojos. Holmes permaneció indiferente. Pero los sentimientos de la dama eran auténticos, de eso estaba seguro. Trató de recomponerse.

—He de explicarme. Hace diez años yo era una pobre cantante aquí, en París. Fueron tres días de amor; hablamos de matrimonio. Yo no sabía que era un conde ni que ya estaba casado. Pero entonces…

—Sí, sí, por supuesto. Pero avancemos en el tiempo. Ese tal Pomeroy, el ayuda de cámara, ¿es cómplice? ¿Qué ha ocurrido este año? —preguntó casi con un ladrido.

—¡Holmes! —le reprendí una vez más. Era evidente que la dama estaba bastante agitada.

—Por favor, continúe —dijo él con un tono ligeramente más suave—. ¿Qué hizo al saber que su visita de Navidad había sido cancelada?

—Escribí exigiendo una explicación.

Holmes agitó las manos con impaciencia.

—¿Y…?

—En la respuesta me advertían que cortase la comunicación o no volvería a ver a Emil nunca más.

—¿Era una carta del conde?

—*Non*. No he tenido contacto con el conde, ni en persona ni por carta, después de haber establecido nuestro acuerdo. La carta era de este hombre que le digo, Pomeroy.

—¿No le daba otra explicación ni forma de contacto?

—Escribí y envié un tercer telegrama, pero no hubo respuesta.

—¿Qué le impidió viajar a la finca del conde a investigar? —preguntó Holmes abruptamente—. Ahora sí que aceptaré ese cigarrillo.

La dama le ofreció uno de su estuche. Él se palpó los bolsillos en busca de cerillas. Yo saqué una y se la encendí.

—Es todo muy reciente, monsieur Holmes —respondió ella—. Según el acuerdo original, yo no debía intentar ver a Emil salvo en Navidad. Esas eran las condiciones.

—Y aun así la otra parte ha incumplido el acuerdo —dijo Holmes—. ¿Ha barajado la posibilidad de que su hijo pueda estar muerto?

—¡No está muerto! —Mademoiselle La Victoire se puso en pie con fuego en la mirada—. No está muerto. No sé por qué lo sé, monsieur Holmes, y puede analizarlo o burlarse si lo desea. Pero, por alguna razón, como madre sé que mi hijo está vivo. ¡Debe ayudarme! Necesito que intervenga.

—¡Mademoiselle! No hemos terminado.

—Holmes —dije yo amablemente—, estás alterando a esta dama con tus duras preguntas. Parece que aún no sabemos ni la mitad de esta historia.

—Y esa es precisamente la cuestión. No puedo ayudarla mientras no sepa no la mitad, sino toda la historia —dijo Holmes—. Siéntese, por favor, y vamos a continuar.

Ella se sentó y recuperó la compostura.

—¿Quién más en la finca del conde sabe que Emil es su hijo?

—Lady Pellingham lo sabe.

Holmes se recostó en su asiento, sorprendido.

—¡La esposa del conde, la heredera americana! ¿Conoce ella la historia completa? ¿Que Emil es hijo del conde?

—Sí.

—¿Y ha aceptado al retoño ilegítimo de su marido en su casa?

—Más que eso. Es como una madre para Emil. Lo ama profundamente y él corresponde sus sentimientos. De hecho, ¡Emil cree que ella es su madre! —En ese punto se interrumpió y emitió un sollozo.

—Eso debe de ser muy duro para usted —dije yo.

—Continúe —ordenó Holmes.

—Al principio sí que me hacía daño —admitió ella dirigiéndose a mí—. Mucho. Pero después me di cuenta de que era lo mejor. Lady Pellingham es una mujer amable y perdió a un bebé durante el parto, más o menos por la época en que nació Emil. Mi pequeño Emil fue sustituido en secreto por su hijo muerto y el resto del mundo cree que el niño es de ellos. Emil heredará la finca y será el próximo conde de Pellingham. Así que ya ven…

—Ya veo, sí —dijo Holmes, de nuevo abruptamente—. Es un acuerdo muy afortunado en muchos aspectos.

La dama se puso rígida.

—Cree que soy una mercenaria —dijo.

—No, no, no lo cree —me apresuré a responder yo, pero Holmes me ignoró.

—Creo que es usted práctica.

—Práctica, sí. En el momento de la adopción yo no era más que una pobre artista y no podía ofrecerle a Emil educación ni privilegios. Y la vida con una artista de cabaré situaría a un niño pequeño en un mundo lleno de peligros, de malas influencias. Imagínese a un bebé entre bambalinas.

—Sí, sí, por supuesto. Escribió usted que fue atacada, mademoiselle La Victoire —dijo Holmes—, razón por la cual estamos aquí. Explíquese, por favor.

—Fue justo un día después de enviar mi último telegrama al conde. Un rufián se me acercó en la calle. Me empujó con violencia. Empuñaba un arma, una especie de cuchillo extraño.

—Describa ese cuchillo.

—Era muy raro. Parecía un cucharón, pero la punta era muy afilada, una especie de cuchilla —explicó nuestra clienta—. Yo me aparté, resbalé con el hielo y caí al suelo.

—¿Se hizo daño?

—Fue más el susto que el dolor. Solo me quedó un pequeño hematoma de la caída. Pero hubo algo más...

—¿Qué más? Sea precisa.

—Después de caerme, el hombre me ayudó a levantarme.

Holmes se inclinó hacia delante con entusiasmo.

—¡Ah! ¿Habló con usted? ¿Cuáles fueron sus palabras exactas?

—Después de ayudarme a levantarme, me colocó aquel extraño cuchillo en el cuello y me dijo que sería mejor que estuviese atenta.

—¿Esas fueron sus palabras exactas? ¿No mencionó al conde?

—No, nada específico. Dijo: «Déjelo estar o alguien morirá».

—¿Qué acento tenía? ¿Inglés? ¿Americano? ¿Griego?

—Francés —respondió ella—. Pero era difícil de entender. Hablaba en voz baja.

—¿Algo en ese hombre le resultó familiar? Su ropa, su voz, el cuchillo…

—Nada en absoluto. Llevaba un enorme sombrero que ensombrecía su rostro. Estaba oscuro y nevaba con fuerza. No pude verlo con claridad.

—¿Conoce a alguien que trabaje como curtidor?

—¿Curtidor? ¿Quiere decir alguien que trate el cuero? Eh… *non*. A nadie. ¿Por qué?

—El cuchillo —respondió Holmes—. Ha descrito el cuchillo de un curtidor. Es una herramienta específica de ese oficio.

—En cualquier caso, yo no llevo bien las amenazas, señor Holmes.

—No, a mí me pasaría lo mismo. Sin embargo creo que no se trató de una amenaza, sino de una advertencia amistosa.

—*Non!* —exclamó ella.

—*Attendez*. Sí que creo que existe peligro. El peligro podría correrlo su hijo en vez de usted. Sin embargo, es posible que sus esfuerzos por encontrarlo pudieran ponerlos a ambos en peligro.

Mademoiselle La victoire se quedó helada, escuchando atentamente.

—Por el bien de su seguridad, le pido que no salga sola. No haga nada. Permita que el doctor Watson y yo busquemos a su hijo sin impedimentos. Ahora, una pregunta más. ¿Había notado algo raro antes de esto? ¿En anteriores visitas a su hijo, quizá?

—Ha de comprenderme, monsieur Holmes —dijo la cantante—. Yo quiero a mi hijo. A lo largo de los años he observado a un niño saludable y feliz, equilibrado y alegre. De no ser así, nunca hubiera permitido que las cosas siguieran así. Tengo la impresión de que el conde y su esposa lo han tratado con amabilidad y generosidad.

Holmes permaneció impasible. En ese momento se oyó el arrastrar de una silla procedente de la puerta que conducía al resto del apartamento. Holmes se puso en pie, alerta. Yo hice lo mismo.

—¿Quién hay en el apartamento con nosotros? —preguntó.

Mademoiselle La Victoire se levantó también.

—Nadie. Será la doncella con la compra. Ahora, si me disculpan, por favor.

—¿Su nombre?

—Bernice. ¿Por qué? —pero Holmes no respondió. Mademoiselle La Victoire se acercó a la puerta, que abrió con un claro gesto de determinación—. Ahora, caballeros, debo descansar y prepararme para mi actuación de esta noche. Por favor, vayan a verme a Le Chat Noir. Canto a las once. Podremos vernos después y continuar con esta entrevista.

—Estaremos encantados de asistir —dije yo—. Gracias por el café y por su amable hospitalidad. —Me aproximé y le besé la mano. Al darme la vuelta, vi que mi amigo ya se había puesto el gabán y se disponía a ponerse la bufanda.

Poco después estábamos en la calle. Había empezado a nevar.

—Vamos, Watson. ¿Qué te parece nuestra clienta?

—Es increíblemente hermosa.

—Precavida.

—¡Encantadora!

—Compleja. Oculta algo.

—Me ha alegrado oír que en casa del conde trataban bien al muchacho —dije yo—. ¿No confía en ella a ese respecto?

Holmes resopló y empezó a andar más deprisa.

—Aún no podemos estar seguros del tratamiento que recibía Emil en casa. A veces los niños aprenden temprano a ser estoicos.

—Pero sin duda mademoiselle La Victoire se habría dado cuenta —imaginé yo.

—No necesariamente. Hasta a una madre pueden escapársele los detalles.

Me desconcertó su comentario. Como me sucediera con frecuencia en el pasado, pensé brevemente en la historia del propio Holmes. De su infancia no sabía nada. ¿A su madre también se le habrían escapado los detalles? ¿Detalles de qué?

Una mujer robusta se acercó cargada de comida. Holmes la llamó con voz alegre y un acento perfecto.

—*Bonsoir, Bernice!*

—*Bonsoir, monsieur* —respondió ella y, al ver que éramos desconocidos, apretó el paso.

Holmes me miró. ¿Quién se encontraba entonces en el apartamento con nosotros?

CAPÍTULO 4

El Louvre

El aguanieve se había convertido en una nieve ligera durante nuestra visita a mademoiselle La Victoire. Teníamos varias horas por delante hasta la actuación de esa noche y, tras parar un taxi, nos dirigimos a un pequeño hotel cerca de la Madeleine. Para mi sorpresa, después Holmes sugirió que hiciéramos una visita al Louvre. Yo le rogué que descansara, pero su energía nerviosa había vuelto y me explicó que la breve y agradable contemplación de algunos de los mayores tesoros artísticos del mundo resultaría mucho más reparadora que una siesta. En su momento me pareció una idea razonable.

Debería haber sabido que tenía una segunda razón, que no me dijo; era una de las características de mis viajes con Holmes. Guardamos nuestro equipaje y paramos otro taxi.

Holmes hizo que el conductor se desviara ligeramente del camino y tomara una ruta para poder disfrutar de las vistas de París, de modo que nos dirigimos primero hacia la plaza de l'Étoile. Rodeamos el imponente Arco del Triunfo y después bajamos por los Campos Elíseos, dejando atrás el impresionante Palacio de la Industria. Al llegar a la plaza de la Concordia, Holmes señaló el obelisco de Luxor antes de guiar a nuestro taxista hacia el sur, en dirección al río. Desde allí, a través de la nieve, vimos alzarse vaporosamente a nuestra derecha la inconclusa Torre Eiffel. Se parecía ridículamente a algo que Julio Verne podría idear a modo de escalera para llegar a la luna.

—¡Qué monstruosidad! —comenté. Holmes sonrió. Me pregunté por cuánto tiempo soportarían los parisinos aquella cosa del demonio.

Al entrar en el Louvre, comenzamos visitando las galerías del ala sur. Allí Holmes me sorprendió con su amplio conocimiento sobre la colección y el placer que obtenía mostrándome las obras más relevantes. A mí me alegraba ver que reactivaba su mente y su espíritu, pues había pocas cosas además del trabajo y su violín que lograban aliviar su mente agitada e inquieta.

Tal vez me hubiera equivocado y aquel viaje a París fuese en efecto el tónico necesario para su recuperación.

Atravesamos deprisa varias salas y nos detuvimos ante un retrato inusual. El protagonista era un caballero de aspecto algo excéntrico, vestido al estilo bohemio de ochenta años atrás, con un ancho cuello de piel, un pañuelo rojo brillante, el pelo blanco y revuelto y una expresión intensa mezcla de malicia y humor que resaltaba sus rasgos vívidos. Holmes se detuvo frente a este retrato, aparentemente atraído hacia él.

—¿Quién es este caballero de aspecto tan extraño, Holmes? ¿Amigo tuyo? —le pregunté.

—Difícilmente. Este hombre lleva muerto mucho tiempo. Pero este cuadro es una adquisición reciente y he leído sobre él. El protagonista es el pintor Isabey, conocido por sus miniaturas.

La expresión ligeramente extraña y la manera de vestir del caballero del cuadro me resultaban llamativas.

—¡Parece un poco loco! —observé—. O tal vez a punto de sumergirse en algún entretenimiento turbio.

Holmes se volvió hacia mí.

—Posiblemente. Con un artista nunca se sabe.

Leí el nombre que había bajo el retrato. Había sido pintado por Horace Vernet. ¡El hermano de la abuela de Holmes! Aunque hablábamos poco de su infancia, en una ocasión había mencionado aquello.

—¡El artista es tu tío abuelo! —exclamé—. Es muy raro en él, ¿verdad? ¿No era más conocido por sus temáticas históricas y, más tarde, militares y orientales? —le pregunté, orgulloso de poder demostrar conocimientos al menos en una pequeña parcela de las artes gráficas.

Holmes me miró sorprendido, después sonrió y volvió a estudiar el cuadro.

Yo me había propuesto familiarizarme con la familia Vernet en un esfuerzo por entender a mi amigo. Horace Vernet era un tipo raro, nacido en el propio Louvre en junio de 1789, cuando su padre, el también artista Carle Vernet (bisabuelo de Holmes), se escondía allí durante la violencia de la Revolución Francesa.

La hermana de Carle, arrestada por asociarse con la nobleza, fue arrastrada a gritos hasta la guillotina. Carle nunca volvió a pintar, pero su hijo Horace continuó hasta convertirse en un artista de renombre, deshaciéndose de los adornos del clasicismo y forjando su propio camino como pintor renegado con un estilo mucho más natural cuyas temáticas eran mayoritariamente soldados y orientalismo.

Aunque la otra parte de la familia de Holmes eran terratenientes ingleses, y por tanto probablemente más convencionales (aunque no podría asegurarlo), desde que descubriera la herencia francesa de Holmes he tenido la impresión de que aquello explicaba parte de su teoría del «arte en la sangre».

Holmes, la máquina fría y racional, tenía un lado profundamente emocional. Y algunos de los saltos de pensamiento que le invadían —después de recopilar los hechos, claro— mostraban una imaginación que solo podía denominarse artística.

Al salir de esa galería y entrar en la siguiente, Holmes se inclinó hacia mí y susurró:

—¿Te has fijado en el hombre que nos sigue?

Yo di un respingo y me dispuse a darme la vuelta.

—¡Que no se te note! Sigue caminando.

—¡Por favor, confía un poco más en mí, Holmes!

Entramos en una habitación que contenía algunos dibujos de Ingres. Los estudios con tinta y pluma de mujeres y niños podrían haber resultado agradables, pero yo no podía concentrarme. Miré hacia atrás. ¿Acababa de esconderse alguien detrás de la puerta que daba a la otra galería? ¿O acaso Holmes, en sus precarias condiciones, estaría teniendo alucinaciones?

¿Quién iba a saber que estábamos allí y a tener la más mínima razón para seguirnos? Probablemente no fuese más que otro turista. ¿En qué estaba pensando?

—Al caballero del paraguas enorme se le da muy bien ocultarse —Holmes señaló discretamente con la cabeza hacia la galería de la que acabábamos de salir.

—Yo no veo nada, Holmes —dije—. Casi todos dejan sus paraguas en el guardarropa.

—Precisamente por eso.

Volví a mirar a mi alrededor. No vi a ningún hombre con paraguas. Una ligera preocupación comenzó a apoderarse de mí, mezclada con impaciencia.

—¿Puedo sugerir que tomemos un café?

—Sígueme, Watson —dijo él—, vamos a despistarlo —comenzó a caminar con paso rápido.

—Esto es ridículo —murmuré mientras hacía esfuerzos por seguirlo. ¿Qué sentido podría tener aquel juego misterioso?

Diez minutos más tarde, después de una carrera sin aliento por un laberinto de galerías y habitaciones grandes y pequeñas que mi acompañante parecía conocer muy bien, Holmes decidió que ya habíamos logrado perder a nuestro perseguidor.

—Bien —dije yo—. Tal vez nuestro acechador se haya unido a uno de los grupos de turistas americanas y encuentre allí una esposa adecuada que le haga renunciar a su vida como criminal.

Holmes me ignoró y en aquel momento llegamos ante una enorme escalera pública situada ante una estatua extraordinaria. Era el cuerpo sin cabeza de una mujer que caminaba hacia delante con las alas extendidas tras ella.

—Contempla la Victoria alada de Samotracia, o Nike —anunció Holmes—. Uno de los mejores ejemplos del arte helénico en el mundo, si no el mejor.

Pero nuestro perseguidor ficticio se había apoderado de mi imaginación.

—Probablemente ahora estén encandilándolo con sus astutos comentarios sobre arte —dije—. Una de ellas llamará su atención. Se irán a vivir juntos a Filadelfia y abrirán una pequeña tienda de paraguas donde…

—Ya te he dicho que le hemos dado esquinazo —respondió mi amigo.

—¡Nunca ha existido, Holmes! —exclamé exasperado. Pero él me ignoró, absorto como estaba contemplando la estatua.

—Mírala, Watson. ¿No es magnífica? Observa la pose vívida, la estructura en espiral, la representación de la ropa mojada, quizá como si estuviera en la proa de un barco. El estilo es de la isla de Rodas, y probablemente la escultura conmemore una antigua victoria en el mar. Se dice que la Nike de Marsella de la que te hablé en el tren se parece a ella. ¡Lo que haría que esa estatua fuese muy codiciada!

Se quedó mirándola, absorto, extasiado por un rasgo o por una idea, yo no lo sabía. Supongo que era bonita. Desde luego era dramática, casi histriónica. Le faltaba la cabeza. ¿Dónde estaba la cabeza? Suspiré, de pronto me sentía cansado.

Holmes me dirigió una mirada fulminante.

—¿Hay cerca algún salón de té? Quizá un pastel francés me devuelva la energía —dije.

—Watson, no seas tan filisteo. Estás en presencia de una de las mejores obras de arte del olimpo occidental… —Se detuvo en mitad de la frase y sacó su reloj de bolsillo—. ¡Oh, es la hora! Tengo una cita con el conservador de esculturas para hablar de la Nike robada. Al parecer tienen en su poder una fotografía única. Vamos, no debemos llegar tarde.

—¿Qué? Pensé que no te interesaba la estatua robada.

—Es un favor para mi hermano, nada más. Y simple curiosidad.

Yo lo dudaba. Holmes siempre tenía algún propósito. Intenté contener mi enfado.

—Pero, ¿cuándo has tenido tiempo para concertar la cita?

—Mandé un telegrama desde Dover —respondió él—. Obviamente.

Era propio de Holmes ocultar sus planes, incluso a mí.

—Holmes, no puedo absorber tanto arte de una sola vez —dije, algo exasperado—. Voy a por una taza de té. Ahora.

De modo que me encontré solo en las galerías, con instrucciones de reunirme con Holmes en la entrada de la rue de Rivoli en tres cuartos de hora. Me aconsejó que tuviera cuidado y que estuviera siempre en lugares con gente.

Aquella advertencia me pareció inútil. Nadie podía estar siguiéndonos en el Louvre. ¿Quién iba a saber que estábamos allí, salvo el experto en arte con el que estaba reunido en esos momentos? Me pregunté si el efecto residual de la cocaína, agravado por una excesiva estimulación artística, podría haber desbordado la imaginación de mi amigo.

Intenté encontrar el camino hacia el salón de té, pero me perdí y deambulé durante unos quince minutos, cada vez más fatigado y molesto. Al fin un guardia compasivo me indicó un atajo hacia el restaurante a través de una puerta y bajando por unas escaleras normalmente reservadas a los empleados del museo.

Accedí a la escalera en espiral y comencé a bajar. Pensándolo ahora, fue un acto temerario. Pero aún no había comprendido el extremo peligro de nuestra investigación.

Cuando iba por el siguiente rellano, oí que la puerta del piso superior se abría a mis espaldas con un suave chasquido. Habiendo descartado la existencia de nuestro misterioso perseguidor, ignoré aquello durante quizá un segundo o dos. Advertí que no se oían pasos detrás de mí.

¿Habría accedido alguien a la escalera y se habría quedado parado en el piso superior? Me pareció extraño y, cuando intenté darme la vuelta para mirar, recibí un fuerte golpe en las piernas propinado por una figura imponente vestida de gris y con un sombrero bajo; ¡además llevaba paraguas! Caí por las escaleras de mármol como el juguete de un niño lanzado con rencor.

Aterricé con un fuerte golpe contra las barandillas del siguiente rellano y me quedé allí tendido, sin poder respirar. Sentí un dolor agudo en las costillas que amenazaba con dejarme inconsciente y solté un grito. Oí que la puerta del rellano superior se cerraba. Y entonces me desmayé.

Cuando recuperé la consciencia, estaba tumbado en una especie de sofá. Vi la cara de mi amigo, Sherlock Holmes, flotando en una nube sobre la mía con una expresión de preocupación.

—¡Watson! ¡Watson! —exclamaba. Me daba palmaditas en la mano mientras intentaba despertarme.

Enfoqué con la mirada y me fijé en la escena. Detrás de Holmes había dos guardias de seguridad. Estábamos en el despacho de alguien. Parpadeé varias veces.

—Estoy bien, Holmes —logré decir—. Ha sido solo un tropiezo.

—Te han tirado por las escaleras —dijo él.

—Bueno, sí.

—Pero, ¿no has visto a tu atacante?

—Ha ocurrido todo muy deprisa —respondí yo mientras intentaba incorporarme—. Solo he podido ver un sombrero. Y un paraguas.

Holmes resopló.

—Supongo que no te creía —admití avergonzado.

Holmes me soltó la mano bruscamente y se volvió hacia los guardias.

—¡Volveré a preguntárselo! ¿Quién ha entrado en la escalera? —le preguntó a uno de ellos, que ahora me daba cuenta de que era el guardia que me había mostrado el atajo.

—Nadie —dijo el guardia con actitud defensiva—. Me fui. No vi nada.

—¿Nadie? —Holmes se quedó mirándolo—. ¡Idiota! —murmuró en voz baja antes de volverse de nuevo hacia mí—. ¿Te encuentras bien para caminar, Watson? Tenemos que llevarte al hotel y quizá a que te vea un médico.

Yo me incorporé tambaleándome y sentí náuseas y dolores en las piernas, las costillas y la nuca. Pero, tras evaluar la situación, me di cuenta de que no tenía nada roto y de que probablemente solo fuesen magulladuras.

—No necesitaré un médico —anuncié—, pero me vendría bien esa taza de té. Y quizá algo de reposo antes de esta noche.

Holmes sonrió aliviado.

—Buen hombre, Watson —dijo.

CAPÍTULO 5

Les Oeufs

Tras un breve descanso en nuestro hotel, se me pasó el dolor de cabeza y solo me quedaron unas costillas doloridas. Nos pusimos la ropa de noche, hicimos una breve parada para tomar algo llamado *oeufs mayonnaise* y nos dirigimos en taxi hacia Montmartre. La fina nieve iluminada por las luces de gas doradas otorgaba a París una mística centelleante.

—Supongo que empiezas a darte cuenta de que este caso es más complejo de lo que parecía inicialmente.

A juzgar por la expresión de mi amigo, aquello no le disgustaba del todo.

—¿Quién crees que me empujó por las escaleras?

—¡Ja! Nuestro perseguidor «imaginario», sin duda —respondió con una sonrisa.

—Sí, pero, además de nuestra clienta y el experto del Louvre, ¿quién sabía que estaríamos en París?

—De ellos dos, y también de Mycroft, se extienden varias posibilidades —dijo Holmes con impaciencia—. Pero probablemente fuera la persona que estaba en el apartamento de mademoiselle La Victoire y que no era Bernice.

—¿Tienes alguna teoría?

—Cuatro. No, cinco. Pero creo que mi principal sospechoso se presentará esta noche.

Yo no era ajeno al placer entusiasta que mi amigo experimentaba con el peligro creciente de nuestra situación. Sus ojos brillaban con la excitación de la persecución.

Palpé con los dedos el revolver, frío y tranquilizador, que llevaba en el bolsillo. Pese a lo que me decía mi instinto, me daba cuenta de que la emoción de la aventura aumentaba en mi interior como una fiebre no deseada.

CAPÍTULO 6

Le Chat Noir

Nuestro taxi abandonó de forma gradual los grandes bulevares a medida que recorríamos de nuevo las estrellas y empinadas calles hacia Montmartre, hogar de bohemios extravagantes y centro del mundo artístico de París. Las casas destartaladas, llenas de árboles y de parras, conferían a la zona un aire de pueblo que se había vuelto loco.

Hasta hacía relativamente poco, aquella zona se encontraba a las afueras de París. Yo me preguntaba si los molinos seguirían empleándose para moler el grano.

Uno de ellos, desde luego, no. El Moulin de la Galette era ahora conocido como uno de los clubes nocturnos más famosos del mundo, un lugar de veladas salvajes, donde los parisinos y los visitantes procedentes de otros países se reunían para oír a mujeres hermosas ataviadas con conjuntos provocadores cantar sobre el amor, la desesperación y, mediante referencias veladas, sobre asuntos más íntimos.

Allí también actuaban extraños payasos que realizaban espectáculos diseñados para sorprender y asombrar, y filas de bailarinas curvilíneas ejecutaban el famoso baile del cancán, dejando ver partes de su cuerpo que ponían a prueba los límites del decoro. No era que yo hubiese visto alguna vez esas cosas.

Pero mantenía la esperanza.

Pasamos frente al Moulin de la Galette y llamaron mi atención los coloridos carteles, que resplandecían con la luz de aquella noche fría como heraldos de aquel exuberante entretenimiento. En ellos aparecían faldas en movimiento, colores vivos, hileras de luces eléctricas.

Definitivamente estábamos lejos de Londres en todos los sentidos. Sonreí al pensar en Mary en casa y en lo que pensaría de aquel local tan colorido. Sería de esos lugares que «preferiría conocer con una postal».

Nuestro taxi se detuvo frente al número 68 del Boulevard de Clichy. Un atrevido cartel anunciaba que habíamos llegado a nuestro destino. El edificio en sí parecía una casa de campo, situado entre dos edificios más grandes que se cernían sobre él como dos parientes demasiado solícitos. Era el famoso cabaré. Le Chat Noir, o «el gato negro».

Tomé aliento y me recordé a mí mismo que debía estar alerta. Al bajarnos del taxi, miré a un lado y a otro de la calle abarrotada, pero nadie destacaba entre la multitud.

En el interior, tras dejarle nuestras capas, nuestros sombreros y nuestros bastones a una rubia coqueta que me guiñó un ojo y me sonrió, me dejé arrastrar con reticencia por la multitud que llegaba, a través de un estrecho pasillo y por unas escaleras muy empinadas flanqueadas por caricaturas políticas de Francia. Aunque admito que el sentido del humor francés no va conmigo, me llamaron la atención el trasfondo amargo, el enfoque fúnebre del tema, el desprecio y la rabia que se escondían bajo las caricaturas humorísticas.

El contraste entre la sonrisa seductora de la anfitriona y los comentarios políticos sarcásticos resultaba tan inquietante como la tendencia de la gente de lo más variopinta a, bueno, a empujar.

Y entonces divisé la estancia principal.

Mi primera impresión fue de caos absoluto. El ruido, el humo, una multitud heterogénea de parisinos de toda clase, apiñados como sardinas; las paredes llenas de cuadros, carteles, cornisas decoradas, farolillos, esculturas bizarras. Del techo colgaba una enorme criatura acuática embalsamada. ¿Una marsopa? ¿Un siluro gigante? No estaba seguro.

La multitud era una masa amorfa que reía. El ruido era agobiante. En un rincón había varios guardias suizos. Después supe que Le Chat Noir era una meca social para aquellos extraños mercenarios con su ropa renacentista a rayas azules y naranjas y esas golas blancas. Se oyó una risotada procedente de uno de los grupos sentado a una mesa lejana.

Yo había oído hablar de Le Chat Noir, claro, pero jamás imaginé que sería un lugar que visitaría. Me parecía un manicomio.

Holmes y yo nos abrimos paso entre la densa multitud hacia un par de asientos vacíos. Un rufián con barba y ropa de pana se chocó contra mí y derramó su copa de vino sobre mi chaleco.

—¡Le pido perdón! —dije yo. El hombre se detuvo en seco y dirigió su mirada oscura y penetrante hacia mí.

—*Anglais!* —escupió literalmente y el escupitajo viscoso estuvo a punto de caer sobre mis botas abrillantadas—. *Va te faire foutre, espèce de salaud! On ne veut pas de toi ici!* —Se dio la vuelta y desapareció entre la multitud.

Yo le dirigí a Holmes una mirada inquisitiva, él me agarró del brazo y me guio hasta nuestros asientos. Me sequé el vino con el pañuelo y noté que tenía la cara roja por el insulto.

—Siéntate —dijo Holmes mientras nos apretábamos en dos asientos vacíos situados al final de un banco largo pegado a la pared del fondo—. Me doy cuenta de que es la primera vez que te enfrentas a la virulenta antipatía hacia los ingleses que ha proliferado por aquí en los últimos años.

—Supongo que siguen enfadados por lo de Agincourt —respondí yo ligeramente indignado.

—Tú no entiendes a los franceses —dijo él.

—¡Nadie entiende a los franceses! —aseguré yo. Holmes sonrió.

Pero era cierto que tanto la multitud como el lugar en sí poseían cierta cualidad que les impedía conectar con mi sensibilidad. Miré a mi alrededor y noté que estábamos en el epicentro de algún movimiento cultural, pero no lograba captar su importancia... o su significado. Me sentía un poco como la criatura embalsamada que colgaba sobre nuestras cabezas; un observador aislado y bastante fuera de lugar.

Después llamó mi atención un marco decorativo en forma circular que rodeaba una especie de pantalla translúcida enorme en la pared situada detrás del escenario. Al advertir mi confusión, Holmes procedió a explicarse.

—Esa es la pantalla del famoso *Théâtre d'Ombres*, el teatro de sombras —dijo—. Cada noche se proyectan ahí marionetas en sombra, figuras hechas de zinc. El tema es bastante divertido y se ha vuelto muy popular.

—Entonces, ¿tú ya lo has visto? —le pregunté.

—Varias veces. ¡Pero, mira! Ahí está el hombre del momento —señaló con un movimiento de cabeza a un hombre alto y guapo con traje de confección de estilo europeo y un alegre bigote que caminaba sin esfuerzo entre la multitud. Era francés, a juzgar por su elegante indumentaria y su oscuro atractivo—. Es justo a quien esperaba —concluyó Holmes.

El caballero miró en nuestra dirección y Holmes lo saludó con la cabeza. Me pareció detectar cierto fastidio en aquel hombre, pero entonces sonrió abiertamente. Nos hizo una reverencia burlona antes de ocupar su asiento.

—¿Es un viejo amigo? —pregunté.

—En cierto modo —respondió Holmes—. ¿A ti te resulta familiar, por casualidad?

Me quedé observando al hombre, pero nada me llamó la atención.

—¿Quién es?

Antes de que Holmes pudiera responder, una camarera colocó ante nosotros dos jarras de agua y dos copas curvas con un extraño líquido verde en la parte inferior. Una especie de cuchillo perforado hacía equilibrios sobre cada una de ellas, con un montoncito de azúcar encima. Holmes pagó a la chica y se volvió hacia mí con una sonrisa, indicando que debía verter el agua sobre el azúcar.

—Lo discutiremos más tarde. Ahora prueba esto. Es algo único. Pero no más de un trago, Watson. Esta noche necesito que estés despierto.

¡Absenta! ¿Estaba loco? Vi como Holmes añadía el agua y, al agitarlo, el líquido adquirió un brillo inquietante. Era algo que uno podría imaginarse rezumando bajo el mar en una novela de Julio Verne. Claro, yo había leído sobre la absenta. El famoso brebaje era un potente sedante conocido por sus efectos alucinógenos.

—No, gracias, Holmes —dije apartando mi copa.

Él dio un trago e hizo lo mismo.

—Sabia elección —dijo—. Una vez pasé la tarde en un establecimiento cercano tratando de superar los efectos de la absenta. —Se encogió de hombros—. Pero merece la pena probarla una vez; en nombre de la ciencia, claro.

Centré la atención en el «viejo amigo» de Holmes. Estaba sentado junto a la puerta, conversando con una pareja joven. La chica lo miraba con evidente admiración. A juzgar por los gestos de él y la expresión anonadada de ella, debía de poseer ese encanto galo tan particular que era fácil de reconocer e imposible de imitar. ¿Qué interés tendría Holmes en aquel hombre?

A un lado había otro grupo pequeño que también contemplaba al francés. Eran cuatro hombres, tres de ellos muy altos y musculosos y uno más bajo, casi delicado. Había algo extraño en ellos. Además de ir vestidos enteramente de negro, casi como un grupo de clérigos, desprendían cierto aire amenazante. Mientras la gente a su alrededor reía y gesticulaba, ellos permanecían siniestramente quietos, sin tocar sus bebidas. El más pequeño, cuya actitud parecía dominar sobre los demás, me recordó a un gato, agazapado y esperando frente a una ratonera.

Me dispuse a hablarle a Holmes de ellos, pero él se había puesto en pie y, con nuestras copas en las manos, cruzaba la sala hacia la barra. Observé que el francés miraba atentamente a Holmes mientras conversaba. Su mirada hizo que el grupo de los cuatro hombres siguiera su misma dirección y se fijara en Holmes. A mí no me gustó la cara que puso el más bajito. Parecía reconocerlo, y quizá algo más. Sentí un escalofrío en mitad de aquella estancia cálida y abarrotada.

Holmes regresó con una jarra de vino tinto y dos copas limpias.

—Holmes —dije—, hay cuatro hombres ahí que parecen muy interesados al encontrarte aquí.

—Los americanos. Sí, ya me he dado cuenta.

Aquello no debería haberme sobresaltado, pero así fue.

—¿Te refieres a esos extraños caballeros que van vestidos de negro? —Sonrió—. No son los típicos que se van de viaje a recorrer el continente. Están más interesados en nuestro amigo francés, no en mí.

—Y aun así parecen haberte reconocido —señalé yo—. Al menos el pequeño.

—Es una pena —dijo Holmes—. Puede que altere ligeramente nuestros planes. —Pensó durante unos segundos—. Si hay problemas, o si yo te hago una señal, saca a nuestra clienta de aquí y llévala a algún lugar que no sea su casa. ¿Me has entendido?

—Claro que te he entendido —respondí yo malhumoradamente—. ¿Qué es lo que crees que va a ocurrir?

Pero, antes de que pudiera contestar, nuestras voces quedaron ahogadas por la estruendosa floritura musical de la banda.

La multitud comenzó a murmurar con evidente emoción cuando nuestra clienta salió al escenario.

TERCERA PARTE

SE TRAZAN LAS LÍNEAS

«El arte, como la moral,
consiste en trazar la línea en alguna parte».
G. K. Chesterton

CAPÍTULO 7

¡Ataque!

Si esa tarde estaba guapa, ¡ahora se había transformado en una diosa! Vestida completamente de rojo, mademoiselle La Victoire resplandecía en su papel de Chérie Cerise, con sus rizos rojos recogidos con estilo en lo alto de la cabeza, y aquel busto exquisito y pálido que prometía un corazón apasionado justo debajo. Se movía por el escenario como si flotara en el aire, con una sonrisa maliciosa que despertaba la imaginación. Cualquier indicio de su desesperada situación quedaba oculto por la consumada artista que era.

—Te has quedado con la boca abierta, Watson —susurró Holmes. Tal vez fuera cierto. Pero, a excepción de Holmes, a todos les había pasado lo mismo.

—¡Chérie! —gritó la sala al unísono. Nuestra clienta, mademoiselle La Victoire, era sin duda una estrella.

Viéndolo con perspectiva, me di cuenta de que lo que había anticipado era una representación obscena típica de *music-hall* con una melodía a gritos y faldas en movimiento. Pero, cuando empezó la música y ella comenzó a cantar, lo que emergió de aquella adorable criatura fue la voz de un ángel, gloriosa y clara. Transmitía una dulce melancolía capaz de desgarrar un corazón.

Me quedé allí transportado durante casi una hora.

Cuando terminó de cantar una canción sobre un extraño pájaro tropical que volaba muchas leguas para estar con su amante (o tal vez fuera un perro, no estoy seguro), me volví hacia mi amigo y descubrí que el asiento que Holmes había ocupado hasta hacía un momento ahora lo ocupaba un bruto de aspecto tosco con la mirada encendida por la bebida.

¿Dónde diablos se había metido? Escudriñé la sala y observé que el francés que había señalado antes también había desaparecido, así como los hombres vestidos de negro. Me puse nervioso y me levanté. Holmes no estaba por ninguna parte. ¡Maldije su secretismo!

En ese preciso momento se oyó una serie de gritos procedentes de entre bastidores, seguidos de un fuerte golpe. Nuestra clienta se quedó helada y la música cesó. Lo que ocurrió sucedió tan deprisa que apenas puedo relatarlo.

En la pantalla del *Théâtre d'Ombres*, iluminada desde atrás, las pequeñas marionetas dieron paso a las siluetas distorsionadas de dos hombres enzarzados en un combate mortal. Las figuras golpearon el lienzo engrasado.

Un líquido oscuro salpicó el lienzo formando un amplio arco y la multitud quedó boquiabierta.

Se oyó una fuerte rasgadura cuando un cuchillo atravesó la tela. La pantalla rasgada cayó hacia delante y el liquidó oscuro resultó ser sangre roja y brillante.

Me abría paso a empujones entre la multitud hacia mademoiselle La Victoire cuando un hombre se precipitó a través de la rasgadura y aterrizó a sus pies en el escenario. De la herida que tenía en el pecho brotó un chorro de sangre que se elevó casi un metro por el aire. Mademoiselle soltó un grito.

El público se puso en pie de un salto y comenzó a trepar para alejarse del escenario. Yo perdí de vista a nuestra clienta entre el mar de cuerpos. Me acerqué a empujones hacia el escenario a contracorriente del resto de personas.

Llegué hasta el tramoyista tendido en el suelo y vi al instante que la herida era fatal. Levanté la mirada y mademoiselle La Victoire había desaparecido. Dejé al hombre moribundo en brazos de un compañero y corrí hacia bastidores.

¡Era un caos! En una habitación oscura iluminada por un rayo de luz blanca orientado hacia la parte trasera de la pantalla, los hombres se peleaban y se chocaban contra los enormes marcos de madera con ruedas.

El foco era cegador. Intenté protegerme los ojos.

—¡Mademoiselle! —grité.

No oía nada salvo los gritos de los hombres. Esquivé la luz, altamente inflamable, cuando esta cayó al suelo junto a mí y provocó una pequeña explosión. La habitación quedó a oscuras y brotaron las llamas junto a mis pies. Se produjeron más gritos mientras varios tramoyistas corrían hacia el fuego para apagarlo.

Oí entonces la voz de mademoiselle La Victoire.

—¡Jean!

Se abrieron dos enormes puertas que daban a un patio cercano tenuemente iluminado por una única farola. La pelea llegó hasta el patio. El hielo brillaba sobre los adoquines y los combatientes empezaron a resbalar sobre su superficie y a caer al suelo con agudos gritos de dolor.

Reconocí al misterioso caballero francés que Holmes conocía y a dos de los hombres vestidos de negro que había visto antes. Saqué mi revolver y me acerqué.

Mademoiselle La Victoire salió de entre bambalinas y se situó bajo el halo de luz. Llevaba un enorme jarrón en la mano que estrelló contra uno de los hombres vestidos de negro. El jarrón rebotó en su hombro. Él gruñó y se dio la vuelta para agarrarle la muñeca. Ella gritó.

El rufián, cuya cabeza calva brillaba con la luz de la farola, le colocó un cuchillo bajo las costillas y la hizo retroceder hacia la pared del edificio adyacente mientras el caballero francés seguía peleando con uno de los otros.

—¡Perra! —gruñó el villano calvo subiendo el cuchillo hasta su cara—. Te voy a dar un buen corte por eso.

¿Americano? Apunté, pero mi objetivo no se estaba quieto, de modo que me guardé la pistola en el bolsillo y corrí hacia ellos en el mismo momento en que el caballero francés derribaba a su oponente pelirrojo y hacía lo mismo. Ambos nos lanzamos hacia el hombre que blandía el cuchillo y, como si de una coreografía se tratara, el francés le quitó el arma de un golpe y yo le propiné un puñetazo en los riñones. El calvo vestido de negro cayó al suelo y el cuchillo salió volando en la oscuridad.

Dos habían sido derrotados. Pero en la mesa había cuatro.

—¡Jean! —gritó mademoiselle La Victoire lanzándose a los brazos del francés.

—*Allez-y!* —dijo él mientras la apartaba—. ¡Corred!

Ella vaciló. En ese instante, el asaltante calvo se levantó del suelo como Lázaro y, con un movimiento rápido, me golpeó contra la pared. Forcejeamos mientras el segundo atacaba al francés con un vigor renovado.

Los cuatro nos resbalábamos y tropezábamos sobre el hielo como si estuviéramos borrachos. El revolver se me cayó del bolsillo. Desapareció en la oscuridad.

Mientras yo forcejeaba con mi atacante, un tercer hombre agarró a mademoiselle La Victoire y le dio una fuerte bofetada.

Furioso, intenté zafarme, pero mi atacante aprovechó mi distracción momentánea. Sentí que me ahogaban por detrás y empecé a quedarme sin aire.

Fue entonces cuando el cuarto hombre de negro, el bajito a quien había identificado como líder, se acercó a la luz. Mis probabilidades de vencer disminuyeron. Corrió hacia mí, me embistió en el estómago y se me doblaron las rodillas.

Sacó un largo estilete que brillaba como un témpano mortal con la escasa luz. El hombre que estaba ahogándome cambió de posición, me agarró del pelo y tiró de mi cabeza hacia atrás. El hombre bajito levantó lentamente el estilete hacia mi cuello y comenzó a acariciarlo con la parte plana del cuchillo.

Fue un gesto extraño, como un cirujano limpiando la piel con carbólico antes de practicar la incisión. El tiempo pareció detenerse.

Su cara pálida y sus ojos pequeños y brillantes se parecían extrañamente a los de una rata.

—El peligroso muere primero —dijo. Me pinchó la piel con la parte afilada de la cuchilla. Sentí un hilillo caliente de sangre resbalar por mi cuello y creí que había llegado el final. Cerré los ojos.

Pero el caballero francés se había impuesto y, de pronto, ¡la rata cayó al suelo!

Aproveché la oportunidad y tiré del hombre que estaba ahogándome para hacerle perder el equilibrio. Por el rabillo del ojo apenas fui consciente de que el francés forcejeaba, pero yo no podía quitarme de encima a mi atacante y me agarró del cuello con más fuerza. Caí al suelo de rodillas, cada vez me sentía más débil.

Estábamos en inferioridad numérica.

La rata volvió a ponerse en pie y cargó contra mí. Pero se oyó un fuerte golpe contra el hueso que hizo que el hombre cayera ante mí con un grito agudo de rabia. Ejecutó un salto mortal propio de un acróbata de circo, se puso en pie de un salto y se volvió para enfrentarse a su nuevo atacante.

A contraluz frente a la farola había una figura alta, con capa y bastón. ¡Era Sherlock Holmes!

La cosa empezaba a mejorar.

Yo le di un codazo a mi atacante en la tripa. Él aflojó las manos y se tambaleó. Me di la vuelta, forcejeamos, resbalamos con el hielo y aterrizamos en el suelo.

La voz de Holmes se elevó por encima de los sonidos de la pelea.

—¡Tu pistola, Watson!

—¡La he perdido! —grité yo—. ¿Dónde diablos estabas?

Con un solo vistazo me di cuenta de que la rata se encaraba ahora con el francés mientras otros dos avanzaban hacia mademoiselle La Victoire.

—¡Estaba ocupado! —respondió mientras corría a ayudarla.

Por el rabillo del ojo lo vi enfrentándose a los dos asaltantes, con el bastón levantado ante él con ambas manos, como el luchador entrenado que era. Lo hizo girar por encima de su cabeza y asestó una serie de golpes rápidos contra los hombres que se encaraban con él.

Mi atacante se me echó encima y, mientras forcejeábamos, yo oía los golpes del bastón de Holmes y los gritos de sus atacantes.

Le propiné un gancho al rufián que cargaba contra mí y cayó. Me giré para ver si Holmes necesitaba ayuda. Pero ya había derribado a uno de los hombres y, con mademoiselle La Victoire parapetada tras él, hizo caer al segundo atacante con un golpe en las piernas.

Después le dio la mano a la dama, la alejó de la luz y la arrastró hacia la oscuridad.

Me pregunté a dónde.

La rata, que estaba al otro lado del patio y avanzaba hacia el francés, también se dio cuenta. Pero no los siguió. En su lugar, maldijo en voz baja, se dio la vuelta y acuchilló a mi aliado. El francés cayó al suelo con un grito y la rata saltó sobre él.

Me abalancé sin pensar hacia ellos y, por un instante, el francés, la rata y yo rodamos como canicas sobre los adoquines helados. Logré darle un puñetazo a la rata en la clavícula y soltó un grito, pero se zafó y volvió a ponerse en pie.

El francés yacía en el suelo sin moverse. ¡Me había quedado solo!

La rata dirigió una mirada rápida a mi misterioso aliado. ¿Habría muerto? Dio una orden sucinta y sus tres secuaces —los dos que Holmes había derribado y el tercero que intentaba ayudarlos a levantarse— se quedaron quietos y levantaron la mirada. Acto seguido los cuatro se esfumaron en la oscuridad.

Me detuve y esperé a que se produjera otro ataque. Silencio.

Oí un suspiro procedente del suelo.

—Oh —dijo el francés—. *Enfin, c'est fini!* —Se puso en pie sin apenas esfuerzo y se sacudió el elegante traje.

Yo estaba jadeando, exhausto. ¿Qué diablos acababa de ocurrir?

Me palpé el cuello; seguía sangrando. Saqué el pañuelo y lo presioné sobre la herida. Miré entonces al francés. Tenía cara de dolor y se había llevado la mano al hombro.

—¿Se encuentra bien? —pregunté—. Soy médico.

Él me dirigió una mirada que no entendí. ¿Culpa? ¿Vergüenza? Pero fue inmediatamente reemplazada por una sonrisa insolente.

—Nunca he estado mejor —dijo él, se irguió e ignoró el dolor como un hombre ignoraría una gota de sudor en un día de verano. Me fijé por primera vez en su tamaño. Le sacaba al menos cinco centímetros a Holmes y pesaría unos veinticinco kilos más que él, algo atípico para un francés. ¿Sería de verdad francés? Miró a su alrededor y recuperó su sombrero, que había perdido durante la pelea, antes de colocárselo de manera desenfadada.

Mis dudas quedaron resueltas; sin duda era francés.

—Jean Vidocq —dijo—. Y usted debe de ser el doctor Watson.

—¿Por qué sabe mi nombre?

—Ha luchado bien, doctor —dijo sin dejar de sonreír—. ¿No le han hecho mucho daño? —Aunque sus palabras eran amables, escondían cierto tono burlón.

—No —respondí con rigidez—. Gracias.

Miré a mi alrededor. Mademoiselle La Victoire y Holmes no estaban por ninguna parte.

El francés también se dio cuenta de aquello.

—*Merde!* —exclamó—. ¿Dónde se la ha llevado Holmes?

—¿Por qué nos conoce?

En ese momento Holmes apareció bajo la luz, solo, con mi capa y mi sombrero.

—Buen trabajo, Watson —dijo mientras me devolvía mis pertenencias—. ¡Watson, tu cuello!

—Estoy bien. —Aparté el pañuelo y vi que la herida seguía sangrando, pero solo un poco. Presioné con más fuerza.

—¿Te pondrás…? —preguntó preocupado.

—Me pondré bien. No es más que un rasguño. Mantendré la presión.

—Eres afortunado —dijo con aparente alivio.

A medida que mi respiración volvía a la normalidad, empecé a sentir el frío. Estaba agotado y confuso. Holmes y el caballero francés se conocían, pero más allá de eso no sabía nada. Acepté la capa y el sombrero y me los puse antes de sacar los guantes de los bolsillos.

—¿Qué has hecho con Chérie? —preguntó el francés.

—No es fácil encontrar un taxi a estas horas —respondió Holmes con una sonrisa—. Mademoiselle La Victoire está ya de camino a un lugar seguro.

—¿Te has marchado a buscar un taxi? —pregunté yo.

—¿Qué lugar seguro? —quiso saber Vidocq.

—A casa de un amigo de confianza —respondió Holmes, observando a nuestro aliado—. Oh, tu hombre, Vidocq. No te esperabas que el hombre bajito del estilete fuese tan ágil, ¿verdad? Obviamente era un profesional.

—Brillante deducción —contestó el francés con desprecio.

—Entonces es una suerte que estuviéramos nosotros aquí —dijo Holmes sin alterarse. Me agarró entonces del brazo—. Ahora iremos a ver a la dama —Sonrió a Vidocq—. Tú puedes ocuparte de tus asuntos más apremiantes. Que alguien le eche un vistazo a ese hombro.

Yo oí un resoplido de desdén cuando nos dimos la vuelta para marcharnos.

—¡Conozco a todos sus amigos! —gritó el hombre llamado Jean Vidocq.

—Es una pena —murmuró Holmes mientras nos alejábamos.

CAPÍTULO 8

Una pendiente resbaladiza

Holmes me arrastró por las calles gélidas. El terreno montañoso y los adoquines helados hacían que fuese difícil avanzar, y los sucesivos golpes a lo largo del día estaban pasándome factura. Tuve que hacer un esfuerzo por seguir el ritmo de mi amigo, de piernas largas. ¿Dónde nos dirigíamos exactamente?

Se detuvo en el cruce con la rue Lepic. Yo aproveché ese momento.

—Estoy sin aliento. Explícame qué está pasando.

—Ahora no, Watson, tenemos que llegar antes que Vidocq.

—¿Llegar dónde? ¿Quién es ese hombre y de qué lo conoces?

—Es un detective que dice ser el bisnieto del famoso Eugène Vidocq, el hombre que fundó la Seguridad Nacional hace cien años. Vamos.

—¡Ah, ya me acuerdo! El personaje de Jean Valjean, de *Los miserables*, estaba basado en ese hombre.

—Sí, una clase de literatura es justo lo que necesitamos —respondió Holmes, y siguió caminando colina arriba.

—Pero había algo raro en él, ¿verdad? —pregunté entre jadeos, siguiéndolo con dificultad.

—El Vidocq de antaño era un criminal además de un policía. Era un falsificador y un asesino y eso le pasó factura. ¡Deprisa! La vida de casado te ha vuelto blando.

—Pero el Jean Vidocq de esta noche, ¿es pariente suyo?

—No. En los informes no figura ningún descendiente. ¿No puedes ir más deprisa? ¿Tengo que dejarte atrás sobre una balsa de hielo flotante como un esquimal moribundo?

Ascendimos por la colina. A nuestro alrededor se alzaban edificios desvencijados de todos los tamaños, como borrachos apoyados los unos en los otros en el camino de vuelta a casa desde el pub. Entre las casas, apretujados, había árboles frutales y pequeños huertos, y a nuestra derecha las sombras tenebrosas de un cementerio. Las calles se volvieron más empinadas y traicioneras, y nuestro aliento formaba nubes de vaho al salir.

—¿De qué conoces a ese hombre? —insistí yo, casi sin respiración.

—El año pasado trabajamos en un caso en Niza. Es bastante inteligente, pero no se puede confiar en él.

—Desde luego tiene cierto estilo —señalé yo.

—Brillante, Watson. Además, está extremadamente celoso de mí. Por favor, date prisa.

Giró por la rue Lepic y empezó a subir otra colina. Yo le agarré de la manga para frenarle, ambos resbalamos con el hielo y estuvimos a punto de caer al suelo. Debió de ser por el cansancio, pero de pronto me reí.

—¡Maldita sea, Watson! —gritó Holmes.

—¡No puedo seguir tu ritmo! —dije yo al detenerme—. ¡Espera! Ahora lo recuerdo… Según leí, ese tal Vidocq fue el encargado de recuperar la estatua robada, la Nike de Marsella, ¿verdad? La estatua de la que me hablaste.

—Sí, sí. Salió en todos los periódicos.

—¿Pero qué relación tiene con nuestra clienta?

—Esa es la pregunta que importa. ¿Qué tal el cuello?

Me quité el pañuelo.

—Ha dejado de sangrar.

—¡Vamos!

Seguimos subiendo por la colina, el aire era tan frío que me quemaba los pulmones. La imagen estaba cada vez más clara.

—Cuatro hombres asesinados en Marsella —dije—. Apuñalados, según creo, con un estilete. Esta noche, ese hombrecillo con cara de rata...

—Watson, eres brillante. Sí, sí, claro que es el mismo hombre.

—Pero, según dijiste, a ti te ofrecieron el caso de la Nike.

—Sí, y lo rechacé.

Holmes se dio la vuelta para marcharse.

—Pero, ¿estás encargándote de ese caso? Porque a mí me parece que...

—Ya te he dicho que no.

Aun así, Holmes había concertado una cita con el experto de la Nike en el Louvre. Mi frustración por su secretismo sacó lo peor de mí y me detuve en seco.

—¡Si quieres que coopere, tienes que decirme qué está pasando! —grité. El sonido de mi voz rebotó por las calles vacías.

Sobre nuestras cabezas se abrió una ventana y alguien volcó una olla de Dios sabe qué que cayó a pocos centímetros de distancia. Ambos esquivamos el líquido instintivamente.

—*Fermez les gueules!* —gritó alguien desde las alturas antes de cerrar la ventana de golpe. Entonces fue Holmes quien se rio. Me agarró del brazo y comenzó a arrastrarme colina arriba. Fuimos ganando velocidad según andábamos.

—De acuerdo. Es posible que los casos estén conectados —admitió.

—Bien —murmuré yo—. Pero has dicho que la señorita La Victoire iba a un lugar seguro. ¿No podemos seguir con esto por la mañana?

—No.

—¿Por qué no? Suéltame el brazo.

—Tengo que hablar con mademoiselle La Victoire esta noche. Puede que Vidocq llegue allí pronto e interfiera.

—Ese hombre me ha salvado la vida, Holmes. No puede ser tan malo.

Holmes suspiró.

—Conozco bien a Vidocq. Estaría encantado de que tú y yo regresáramos a Londres. Cree que yo podría hacerme cargo de su caso.

—Quizá te preocupe que él se haga cargo del tuyo —dije yo zafándome—. Tú sigue hacia delante. ¿Cuál es la dirección?

—Gira a la derecha en la esquina y después dos manzanas más. Rue Caulaincourt, 21.

—Te veré allí.

—De acuerdo —convino con una sonrisa—. Ah, Watson, mi querido amigo, Vidocq es quien te empujó por las escaleras en el Louvre. Tal vez te apetezca tener una conversación con él.

Holmes me conocía demasiado bien. Eché a correr de inmediato.

CAPÍTULO 9

La artista en peligro

Poco después llegamos a la esquina de las elegantes rue Tourlaque y rue Caulaincourt, que convergían en un lujoso edificio con un pórtico curvo y delicadas rejas en las ventanas. Cuando una doncella se hizo cargo de nuestros abrigos y sombreros en el recibidor de un apartamento del cuarto piso, advertí la capa de terciopelo de mademoiselle La Victoire y el sombrero de Vidocq colgados en ganchos cercanos. El rival de Holmes había llegado antes que nosotros. Yo deseaba saldar mi cuenta pendiente con Vidocq, pero, claro, el caso era prioritario.

Nos hicieron pasar al salón principal y allí nos dejaron solos. A nuestro alrededor, en aquella estancia de luz tenue, se encontraban las cosas más extrañas que uno pudiera imaginar, un auténtico circo; disfraces, un trapecio, fondos pintados, una bañera, dibujos japoneses, luces de teatro, una cachimba y más. En un rincón había un caballete, lienzos y varios cuadros amontonados. Alicia en la madriguera del conejo no podría haberse sentido más fuera de lugar que yo en aquel momento.

La habitación estaba vacía y el fuego estaba encendido en la enorme chimenea situada a un lado. Nos quedamos allí de pie, esperando a que apareciera alguien.

—¿Mademoiselle? —preguntó Holmes con voz estridente.

En su lugar entró en la habitación un hombre bajito, parecido a un enano, extrañamente vestido con un pijama de seda chino y un sombrero. Era increíblemente feo y, al mismo tiempo, fascinante, con labios gruesos y enormes ojos oscuros enmarcados por unos quevedos que descansaban sobre su nariz. Poseía cierta dignidad refinada, a pesar de estar profundamente ebrio.

—¡Bienvenidos, amigos! *Bienvenue!* —dijo en un inglés con fuerte acento francés—. ¡Le esperábamos, monsieur Holmes!

—Monsieur Toulouse-Lautrec —dijo Holmes, caminó hacia delante y se inclinó para estrecharle la mano al hombrecillo. ¡Era el artista mundialmente famoso!—. *Bonsoir*. Necesito hablar con mademoiselle.

El hombrecillo se estiró para estrecharle la mano a Holmes con entusiasmo.

—Enseguida. Enseguida. Está en la bañera. He leído sobre sus hazañas, ¡monsieur Holmes y doctor Watson! ¡Miren, soy un gran anglófilo!

—Monsieur Lautrec, es urgente —dijo Holmes.

Pero Lautrec se volvió hacia mí y estrechó mi mano con vigor. Me soltó y acarició mi manga.

—Oh, el elegante corte inglés —murmuró. Después guiñó un ojo antes de añadir—: Como ven, ¡mi inglés es perfecto! O casi.

Se acercó y nos abrazó al estilo francés, dándonos besos en las mejillas. El olor a alcohol irradiaba de todos sus poros.

—Monsieur, ¿la dama? —preguntó Holmes de nuevo.

—Ah —intervine yo—, ¿y está disponible monsieur Vidocq?

—Primero tendrán que tomar algo —anunció Lautrec, y chasqueó los dedos para llamar a la doncella, que apareció al instante—. ¡Marie! *Tremblements de terre pour tout le monde!* —Nos dirigió una sonrisa—. Terremoto. Es una receta mía. Coñac y absenta. Les gustará. La tierra se mueve.

Miró entonces a Holmes y le guiñó un ojo.

—Debemos esperar —continuó—. La dama tiene que terminar el baño. Se baña siempre después de una actuación.

«¿Siempre?», me pregunté yo. ¿Cómo podía saberlo aquel hombre? Se volvió hacia mí para darme la respuesta.

—Mademoiselle es mi modelo. La bañera. El cabaré.

—¿Y Vidocq? —pregunté.

Lautrec se encogió de hombros.

—La espalda. ¿Quizá la ayuda a lavarse? —Me guiñó un ojo y se volvió hacia Holmes, que había sido incapaz de disimular su sorpresa—. Oh, monsieur está celoso —observó.

Holmes resopló.

—¡Desde luego que no! Es mi clienta. Tengo que hablar con ella, eso es todo.

El hombrecillo se acercó más y se quedó observando a mi amigo con esa mirada atenta propia de un artista, parecida a la del propio Holmes. Se encogió de hombros con compasión y después sonrió.

—Todo el mundo quiere a mademoiselle Chérie. —Entornó los párpados al mirar a Holmes—. Pero siéntense. Ya vendrá.

Yo agradecí la oportunidad para descansar y me senté en un sofá de terciopelo rojo cubierto con cojines de seda. Ya solucionaría mis asuntos con Vidocq cuando llegara el momento.

Holmes se acercó al fuego y se frotó las manos con fuerza frente a las llamas. Estaba inquieto y trataba de ocultarlo. Sería extraño en él tener un interés personal por una clienta, incluso una tan hermosa como aquella dama. Pero, a pesar de sus fríos razonamientos, Holmes podía ser un hombre muy emocional. A la luz titilante del fuego, observé la palidez del esfuerzo y el cansancio en su actitud.

—Siéntate, Holmes —le rogué, pero me ignoró.

Lautrec siguió mirándolo.

—Tiene unos pómulos muy fuertes. Y esos ojos… hay algo ahí. Usted, monsieur Holmes, tiene que posar para un retrato —dijo.

Holmes no dijo nada y siguió mirando las llamas.

—Es un hombre atormentado. ¡Transmitiré eso! —exclamó Lautrec. Miraba a Holmes con intensidad—. Sí. ¿Quiénes son sus fantasmas?

Holmes levantó la mirada, sobresaltado al salir de su ensimismamiento.

—¡Yo no creo en fantasmas!

La doncella entró con las bebidas seguida de un hombre alto y sombrío vestido de manera conservadora. Se presentó como el doctor Henri Bourges, amigo de Lautrec. Holmes rechazó la copa, saludó a Bourges casi de manera grosera con la cabeza y siguió mirando el fuego. Yo, en cambio, reconocí aquel nombre. Henri Bourges era un joven y prometedor médico cuyo reciente estudio sobre la difteria me había impresionado profundamente. ¿Qué estaría haciendo en aquel manicomio?

Enseguida quedó claro.

El hombre se volvió hacia Lautrec, que ya se había tomado media copa en dos tragos largos.

—*Mon vieux* —dijo el doctor Bourges, le quitó la copa al artista y la reemplazó por un cuaderno de dibujo y un lápiz—, no dejes escapar la oportunidad de dibujar a nuestros invitados de honor —guio a Lautrec hasta otro sofá y lo sentó allí. Con un movimiento rápido volcó subrepticiamente el resto de la copa de Lautrec en una maceta.

Holmes se había puesto más nervioso y daba vueltas de un lado a otro frente al fuego. Yo me acerqué a él y lo agarré del brazo.

—¡Holmes, por favor, siéntate! —le susurré. Pero él negó violentamente con la cabeza y se apartó para dar vueltas frente a la ventana.

—Doctor Watson, es un placer encontrar aquí a otro médico. ¿Podemos hablar? —preguntó Henri Bourges desde el otro lado de la habitación. Me aparté de Holmes y me reuní con él.

Intercambiamos cumplidos y yo elogié su trabajo. Durante una pausa en la conversación, miramos a Holmes y a Lautrec. Holmes al fin se había sentado y tenía la mandíbula apretada, pero seguía en movimiento, agitando la rodilla como si tuviera el baile de San Vito. Yo me sentía al mismo tiempo preocupado y avergonzado por él. Esperaba que mademoiselle La Victoire apareciera pronto.

El doctor Bourges también estaba mirando a Holmes.

—¿Vive usted aquí? —le pregunté con la intención de desviar su atención.

Bourges asintió.

—Parte del tiempo. Lautrec y yo somos amigos desde la infancia. Es un gran artista. Un talento que arde con demasiada intensidad. Creo que es mi misión controlar sus excesos.

Sonreímos en un entendimiento mutuo.

—Conozco ese temperamento —dije yo.

—Ya me doy cuenta —respondió él mirando a Holmes—. ¿Cocaína?

Yo vacilé, pero uno no puede engañar a un médico, de modo que asentí.

—Y el trabajo.

—Por supuesto. Cuando no trabajan, es una agonía para ellos —explicó Bourges. Nos quedamos callados unos segundos.

Mademoiselle La Victoire entró en la habitación. Estaba resplandeciente y arreglada, con un vestido griego de color verde bosque bordado con cuentas iridiscentes que realzaban su color y su hermosa figura.

Vidocq entró tras ella. Sentí que me hervía la sangre al verlo.

—Mademoiselle —dijo Holmes con rigidez, poniéndose en pie para saludarla.

—Gracias por su ayuda esta noche, señor Holmes —dijo ella, ignoró su incomodidad y lo besó en las mejillas. Él se sonrojó, cohibido.

—A usted y al doctor Watson. A los dos. —Me lanzó a mí un beso.

Vidocq sonrió al oír aquello y advertí que él también se había arreglado y se mostraba elegante con su atuendo de noche hecho a medida; ya no era el hombre maltrecho de después de la pelea. Sí, me había salvado la vida, pero yo se la había salvado a él también. Y además me había tirado por las escaleras. Fui directo hacia él.

—Señor —dije—, no ha sido usted un caballero. ¿Hay algo que desee decirme?

Se rio y miró a Holmes.

—Oh, veo que me han descubierto. —Después se volvió hacia mí—. Su amigo podrá decirle que rara vez soy un caballero —dijo con una sonrisa—. Pero a veces soy un aliado.

—Le doy una última oportunidad —dije, pero no hubo respuesta—. Por favor, perdóneme, mademoiselle —le rogué a nuestra clienta—, pero no me deja otra opción.

Sin dudar un instante, me volví hacia Vidocq y le propiné un puñetazo en la mandíbula. Él cayó al suelo como una piedra.

—*Mon Dieu!* —exclamó la dama.

Vidocq se quedó mirándome desde el suelo mientras se frotaba la barbilla.

—*Alors* —dijo.

—Eso por lo del Louvre —dije yo agitando la mano.

—¿Qué ha ocurrido en el Louvre? —preguntó mademoiselle La Victoire.

Nadie le respondió. Holmes sonrió a Vidocq, que se encogió de hombros y nos sonrió con su encanto desenfadado.

—Un pequeño altercado —respondió. Después se dirigió a mí—. Solo pretendía asustarle. Pero es usted más, cómo se dice, robusto de lo que pensaba. Ahora estamos en paz. Ayúdeme a levantarme. —Estiró la mano hacia la mía.

A mí me abandonaron los modales. Me acerqué al aparador y me serví un vaso de agua, o de lo que pensaba que era agua. Di un gran trago y tosí. ¡Ginebra! Bourges apareció a mi lado y me ofreció un vaso de agua.

—A mí tampoco me ha caído bien nunca —me susurró guiñándome un ojo—. Lautrec piensa que es, cómo se dice, ¿un sinvergüenza?

Mademoiselle La Victoire se acercó hasta donde estaba Holmes.

—¡Monsieur Holmes! —dijo con su encantador inglés acentuado—. Siento haberlos hecho esperar, y después de haberme rescatado esta noche. Admito que estoy alterada.

Holmes la condujo hasta un sofá y la sentó con amabilidad, pero él se quedó de pie. Vidocq se acercó inmediatamente a la dama y le pasó un brazo por la espalda. Ella se encogió ligeramente con el contacto.

—Vidocq —dijo Holmes con notable enfado—, me gustaría hablar con mademoiselle a solas.

Vidocq no se movió.

—Chérie y yo tenemos un entendimiento. Me quedaré para proteger sus intereses.

—Los intereses de mademoiselle, y los míos propios, son encontrar y recuperar a su hijo, Emil —declaró Holmes—. Tú, sin embargo, vas siguiéndole el rastro a la Nike de Marsella, ¿verdad? Un rastro que te supondrá una enorme recompensa al final, ¿no es cierto?

Vidocq no dijo nada y apartó la mirada. Holmes se volvió hacia mademoiselle La Victoire.

—Mademoiselle, ¿qué cree que ha sucedido esta noche?

La dama pareció sorprendida.

—*Mais, évidemment...* esos hombres vinieron a Le Chat Noir para matarme...

—¿De verdad? ¿Es eso lo que le ha contado este caballero?

Ella se encogió de hombros y Vidocq intervino.

—Por supuesto. Es la verdad.

—Entonces, por favor, dígame por qué nuestros atacantes no la siguieran a usted, mademoiselle, en su taxi y, en su lugar, se quedaron a pelear con nosotros tres.

Mademoiselle La Victoire pareció dudar.

—Déjeme responder a mí —se adelantó Holmes—. Porque estaban allí para matar a Vidocq y usted se interpuso en su camino.

Mademoiselle se volvió hacia su amante.

—¡Jean! Pero, ¿por qué iban a desear matarte?

Él se encogió de hombros y le dijo a Holmes:

—No puedes demostrar eso.

—Eran asesinos a sueldo, probablemente hayan sido contratados para matarte con el mismo arma utilizada en Marsella —explicó Holmes—. Vidocq, como tú eres el único que está investigando el caso de la estatua robada, ¿no es lógico que fueran a por ti? —Se volvió de nuevo hacia mademoiselle—. Siento curiosidad, mademoiselle.

¿Monsieur Vidocq la ha interrogado con frecuencia sobre su relación con el conde de Pellingham?

—Por supuesto —intervino Vidocq—. Es el padre de Emil —Le dio un beso en la mejilla a nuestra clienta—. Cualquier cosa con tal de encontrar a tu hijo.

—Qué casualidad —dijo Holmes, que ignoró alegremente el gesto de Vidocq—. ¿Y usted, mademoiselle, sabía que el conde es el principal sospechoso del robo de la Nike?

—No, no lo sabía —respondió mademoiselle La Victoria tras vacilar unos instantes. Se giró entonces hacia Vidocq—. Has mostrado mucha curiosidad, Jean.

—*Chérie, ma petite!* —exclamó Vidocq—. ¡Mis sentimientos hacia ti son auténticos!

Pero la cantante se levantó y puso distancia entre ellos.

—¿Qué significa eso, señor Holmes?

Holmes se volvió hacia Vidocq.

—Tus sentimientos no te han impedido ponerla en peligro esta noche —declaró con frialdad.

Vidocq resopló.

—Eso es ridículo. Yo no podía predecir el ataque de esta noche.

—Los viste entre el público, igual que yo —dijo Holmes—. Yo te vi a ti.

—Pero tengo una pregunta que hacerte —dijo Vidocq—. Si estás encargado del caso de mademoiselle y no del caso de la Nike, ¿por qué has ido al Louvre y a visitar al conservador griego hoy?

—Me encanta el arte —dijo Holmes—. Eso es todo.

Mademoiselle La Victoire los miró a ambos. Vidocq estiró los brazos hacia su amante.

—No te creerás esta tontería —le dijo con la más amplia de las sonrisas—. *Ma petite*, ¿dónde está tu fe?

Ella hizo una pausa y después, para mi sorpresa, se lanzó a sus brazos.

—Te creo, Jean —dijo con pasión. Él la abrazó y ambos se giraron para mirarnos.

Holmes resopló.

—Mademoiselle, solo le pido esto. Usted me ha citado. Permítame el privilegio de mantener una conversación privada antes de que elija el sentimiento por encima de la lógica.

—No te hará caso —dijo Vidocq.

Mademoiselle La Victoire se volvió hacia Vidocq y le hizo callar con una mirada.

—No me obligues a elegir, Jean. Te creo, pero hablaré con el señor Holmes a solas. Por favor, déjanos.

Vidocq se detuvo. Ambos hombres intercambiaron una mirada; después Vidocq se encogió de hombros y volvió a adoptar su encanto francés relajado.

—Por supuesto —declaró con una sonrisa. Se giró hacia la dama y añadió—: Estaré en la otra habitación si me necesitas. —Después salió.

—Sí, llévate a monsieur Lautrec contigo —dijo Holmes.

Yo me di la vuelta y vi que el hombrecillo se había sentado en un montoncito cercano de cojines y había estado dibujando a Holmes durante la conversación. Bourges estaba de pie junto a él. Lautrec se encogió de hombros.

—Tal vez podamos beber algo más —dijo antes de seguir a Vidocq hacía la otra habitación. El doctor Bourges fue tras él y me hizo un gesto con la cabeza.

La actitud de Holmes cambió de inmediato. Se sentó junto a mademoiselle La Victoire y le dio una palmadita en la mano con un gesto sorprendentemente tranquilizador.

—Mademoiselle —comenzó con voz mucho más amable ahora, aunque con evidente urgencia—. Los sentimientos de monsieur Vidocq podrían ser ciertos o no. Pero ya conoce su reputación. Le aseguro que, dejando a un lado sus sentimientos hacia usted, su principal interés es la Nike de Marsella y no su hijo. ¿Ha oído hablar de esa famosa estatua?

—Sí.

—¡Ah! Entonces continuemos para que pueda ayudarla a

encontrar a Emil. Esos hombres que nos han atacado esta noche, ¿alguno le resultaba familiar? Tal vez uno se pareciera al hombre que la abordó en la calle.

—*Non*. Estoy segura de que no se encontraba entre ellos.

—Eso me parecía. ¿Y Jean Vidocq? ¿Cuáles son sus sentimientos hacia él?

Entonces la dama hizo una pausa. Me dio la impresión de que una especie de velo se interponía entre sus verdaderas intenciones y nosotros.

—Yo… nosotros… admito que estamos bastante unidos —dijo.

—Obviamente comparten intimidad —declaró Holmes con rotundidad—. Y aun así tiene reservas.

Ella dio un respingo.

—¿Cómo lo sabe?

—De verdad, mademoiselle, es evidente.

Ella se sentía incómoda y trató de cambiar de postura.

—Por favor, no piense mal de mí. Soy una artista y muchos dan por hecho que soy promiscua por regla general. Pero eso no es cierto.

—La confianza y la intimidad son asuntos distintos para usted —dijo Holmes—. Me da la impresión de que podría usted estar usando al caballero, si puedo llamarlo así, para sus propios fines. —Fue más una declaración que una pregunta.

Un gesto de sorpresa fue visible en los rasgos de la dama, pero pronto lo disimuló.

—¿Cuándo comenzó exactamente su relación con monsieur Vidocq? —preguntó Holmes sin vacilar.

—Hace más o menos un mes. Yo le quiero.

Holmes murmuró.

—Entonces no hace meses. Pero, ¿cuánto antes del ataque?

—No lo recuerdo. Tal vez tres semanas. Me había puesto en contacto con él para que me ayudara a encontrar a Emil —declaró ella—. ¡Jean asustó a mi atacante! ¡Igual que esta noche! Le debo mi vida.

—Como ya le dije antes, el hombre que la abordó en la calle solo estaba haciéndole una advertencia —respondió Holmes—. mademoiselle, ¿por qué me escribió a mí pidiendo ayuda, si ya tenía a mano al hombre al que ama?

Los ojos se le llenaron de lágrimas.

—Sinceramente —dijo—, no lo sé. Hay algo en Jean… en monsieur Vidocq… que no comprendo. Es muy atractivo y nosotros… aun así…

Holmes permaneció callado, con sus ojos grises clavados en los de la dama.

—Y aun así no está segura de sus intenciones. Su instinto está muy afilado, mademoiselle. —Hizo una pausa y sonrió—. La recompensa por recuperar la Nike de Marsella para Francia probablemente sea nombrarle caballero.

—No entiendo qué tiene eso que ver.

—Ya lo entenderá, mademoiselle. Supongo que sabrá que su antiguo amante, el conde, es uno de los mayores coleccionistas de arte del mundo. ¿Nunca se le ha pasado por la cabeza que pudiera estar involucrado en el caso de la Nike, que inunda los titulares? La información que tiene sobre él podría serle útil a cualquier detective que esté investigando el caso.

La dama se levantó.

—*Oui*. De acuerdo, señor Holmes. Sí, es posible que Jean Vidocq desee utilizarme de algún modo para llegar al conde. Aunque… yo no puedo ayudarlo. Hace años que no tengo contacto con el conde. Le he pedido a Jean que me ayude a encontrar a Emil y está haciendo averiguaciones aquí, en París. Tal vez, como usted dice, yo esté utilizándolo a él como usted cree que me utiliza él a mí.

—Pero la ha decepcionado. Y me ha pedido ayuda a mí en su lugar, supongo —dijo Holmes con cierta amargura.

—Haré cualquier cosa para encontrar a Emil —dijo la pobre mujer—. Eso es lo único que me importa. Me parece que usted está aquí solo por esa razón, pues debe de haber rechazado el caso de la Nike si su hermano ha contratado a monsieur Vidocq.

Aquello sorprendió a Holmes.

—¿Cómo sabía que mi hermano había contratado a Vidocq? —preguntó. Parecía que ni siquiera él conocía aquel hecho hasta ese momento.

—Pude ver un telegrama de un tal señor Mycroft Holmes antes de que Jean lo destruyera.

—Entiendo. De modo que esto me convierte a mí en su segunda opción para encontrar a Emil y a Vidocq en la segunda opción del gobierno británico para encontrar la estatua —Holmes dejó escapar una risotada—. Esto es de lo más divertido.

Furiosa, la dama se acercó a Holmes y lo abofeteó. Él dio un paso atrás, sorprendido.

—Se ríe, pero mi hijo ha desaparecido, señor Holmes —dijo ella—. Dos de los más famosos detectives del mundo me han ofrecido su ayuda y aun así creo que a ninguno de los dos les importa ese hecho, solo les importa un antiguo trozo de piedra tallada. Emil tiene diez años. Esté donde esté, si está vivo, estará muy asustado. O peor. No me importa su rivalidad con Jean Vidocq, ni la estatua griega, por elevado que sea su valor. ¿No pueden trabajar juntos? ¿Va a ayudarme o no?

Holmes se acercó y estrechó sus manos con las suyas de un modo tierno.

—Mis disculpas. Estoy a su servicio, mademoiselle. Y encontraré a Emil. Por eso estoy aquí.

La dama reflexionó sobre sus palabras.

—Mademoiselle, el señor Holmes es un hombre de palabra —dije yo acercándome a ella—. Y yo también lo soy. Haremos todo lo que esté en nuestro poder para encontrar a su hijo.

—Los creo a los dos —dijo ella—. No sé por qué, pero los creo. Por favor, perdonen mis dudas.

—Está olvidado —dijo Holmes—. Tengo razones para creer que Emil sigue en Inglaterra. Sea quien sea quien se lo ha llevado, probablemente esté relacionado con el conde y quiera tenerlo vigilado. Por la mañana nos marcharemos los tres a Londres. Ahora son las cuatro. Debemos descansar un poco primero.

—Hay un tren que sale hacia Calais desde la Gare du Nord a las once de la mañana —dijo ella mientras se cubría los hombros con el chal.

—Tomaremos ese —declaró Holmes.

—Los cuatro.

—Ya lo veremos —respondió él bruscamente.

CAPÍTULO 10

La historia de Mademoiselle

Dormimos unas horas en dos de las diversas *chaise longues* del apartamento de Lautrec. A juzgar por la rapidez y precisión con que su doncella preparó las mantas y los cojines, era evidente que no éramos los primeros aventureros que descansaban en aquel salón de maravillas. Pero el cansancio hizo que la novedad durase poco.

Por la mañana nos sirvieron café y cruasanes. Después, a pesar de haber declarado su confianza en Holmes, nuestra clienta volvió a insistir en que Vidocq viniera con nosotros a Londres. Al contrario que la noche anterior, Holmes accedió sin muchas objeciones.

Yo me despedí agradecido del doctor Bourges, recogí nuestras pertenencias del hotel y, en el taxi de camino a la Gare du Nord, le pregunté por qué.

—Hay que tener cerca a los amigos y más cerca a los enemigos —respondió Holmes con una sonrisa—. Nos seguiría hasta allí de todas formas. Así al menos podremos tenerlo vigilado.

Poco después estábamos camino de Londres en un vagón privado de primera clase.

Atravesábamos el paisaje helado a toda velocidad. Mientras Vidocq dormitaba contra la ventanilla de nuestro compartimento, Holmes siguió interrogando a nuestra clienta en relación al conde.

—Mademoiselle, cuénteme las circunstancias que rodearon a su breve relación con el conde. Cualquier detalle podría ser

90

importante; no se deje nada. Tenía dieciocho años, ¿verdad? ¿Dónde trabajaba?

La dama vaciló y se cubrió los hombros con una suave manta de lana que llevaba. Su rostro adoptó una expresión de añoranza al empezar a relatar sus inicios en París.

—Llegué desde Provenza —dijo—, desde el pequeño pueblo de Eze. Tenía una carta de presentación y empecé a trabajar como modelo en la École des Beaux Arts. Poco después empecé a posar para artistas privados en el Barrio Latino, donde conocí a Degas, Rendir y, más tarde, a Lautrec. A mí me gustaba la música y quería ganarme la vida como cantante —continuó con una sonrisa—. Gracias a un pequeño grupo de escritores llamado *Les Hydropathes*, recibí una invitación para cantar en una de sus veladas. Desde ese momento empecé a cantar en varios cabaré, mientras seguía trabajando como modelo.

A medida que continuó con su historia, supimos que lord Pellingham había visto a mademoiselle La Victoire una noche en uno de esos pequeños cabaré. El guapo conde se encontraba viajando de incógnito por Europa, al parecer en un rapto alcohólico disfrazado de viaje para adquirir obras de arte, y se lo había ocultado a todos; incluyendo a sus compañeros de la Cámara de los Lores y a los miembros de su familia.

Yo me abstuve de decir que probablemente la cantante hubiera sido su «adquisición» más importante.

Tras su representación, mantuvo con el conde —al que ella conocía como «conde Wilford»— una breve relación que duró tres días y tres noches felices refugiados en el Grand Hôtel du Louvre. Allí cortejó a la joven con vino y comida, haciéndole creer que estaban destinados para tener un brillante futuro.

La joven cantante estaba en el paraíso. Se creía cortejada por un miembro de la realeza, pero, la tercera mañana, mientras el conde dormía los efectos del champán de la noche anterior, llegó una carta en una bandeja de plata que ella recibió en su *suite*.

Su amante seguía durmiendo, así que, llevada por la curiosidad, ella la abrió. Era un asunto de negocios urgente relacionado con una crisis en una de las propiedades más grandes del caballero, una fábrica de seda cerca de la finca familiar de Lancashire. Hablaba de la inquietud de un trabajador y de desafíos financieros. Pero eso no era todo. También revelaba detalles de su vida que la dejaron helada. El conde Wilford era en efecto un noble, pero en realidad se trataba de lord Pellingham, de nombre Harold Beauchamp-Kay, coleccionista de arte, personaje importante de la Cámara de los Lores y, lo más sorprendente, estaba casado.

Su esposa americana, Annabelle, había caído enferma y le pedían que regresara a su casa de Lancashire de inmediato.

Al leer esa carta y darse cuenta de que había estado albergando falsas esperanzas con un hombre casado, además de famoso, la joven volvió a guardarla en el sobre, recogió sus cosas y desapareció entre la neblina de París antes de que amaneciera.

Deambuló por Montmartre durante cuatro días, destrozada por la mentira y furiosa consigo misma, pues había abandonado su trabajo como cantante en el cabaré con la clásica esperanza romántica de casi cualquier joven hermosa y pobre del mundo; la esperanza de que sería rescatada por un miembro de la realeza y conocería otra vida que era aquella a la que estaba destinada. Solo tenía dieciocho años y podía perdonársele aquel sueño ingenuo.

No supo nada de Pellingham en los días siguientes e intentó sacárselo de la cabeza.

La contrataron en otro cabaret, y su talento y belleza volvieron a convertirla en el centro de atención. Sin embargo, transcurrido un mes, se dio cuenta de que estaba embarazada, pero lo disimuló creando un atuendo compuesto por un sinfín de pañuelos de seda de colores que ocultaban sus curvas. Fue entonces cuando se ganó el apodo de *la Déesse des Mille Couleurs*, o la diosa de los mil colores. Desde entonces los pañuelos habían sido su seña de identidad.

Tras descubrir que estaba embarazada, mademoiselle La Victoire escribió a lord Pellingham, pero no obtuvo respuesta. Escribió una segunda y una tercera vez con el mismo resultado.

Nueve meses después, en casa de un amigo en Montmartre, dio a luz a un bebé al que llamó Emil. Fue un parto difícil, pero el bebé estaba sano y era guapo.

Holmes había escuchado la historia con paciencia. Pero, llegados a ese punto, se inclinó hacia delante con gran interés.

—¿Cómo llegó exactamente al acuerdo de entregarle el bebé al conde? —preguntó.

—Dos semanas después de que naciera Emil —dijo la dama con brillo en la mirada al recordarlo—, apareció un hombre llamado Pomeroy.

—Descríbalo.

—Moreno y, cómo dicen ustedes, fornido. Un inglés con antepasados franceses que se dirigió a mí en francés. Dijo que era un socio cercano de lord Pellingham. Tenía una oferta que hacerme. Oh, me arrepiento de…

—Describa la oferta con exactitud.

—Lord Pellingham adoptaría a Emil y lo criaría en la finca como si fuera suyo, con su esposa americana, Annabelle. Nuestro hijo tendría todas las ventajas y heredaría la finca al morir lord Pellingham. Pero había condiciones.

—Naturalmente. ¿Cuáles eran?

—Yo no podía decírselo a nadie. Debía parecer que mi bebé había muerto. Tenía que firmar un papel, un papel legal. No recibiría ningún dinero. Pero, mediante sus contactos en París, lord Pellingham me abriría las puertas para cantar y actuar en toda Europa.

—¿Y así fue?

—Me gusta pensar que no le hizo falta hacerlo.

—Claro que no; su talento es indiscutible —advertí yo.

Ella sonrió, pero su sonrisa se esfumó con rapidez y continuó con su relato. Como había mencionado antes, podría ver a Emil una vez al año, en Navidad, en Londres, con unas condiciones específicas e inmutables.

Holmes le pidió más detalles.

El encuentro navideño tenía lugar cada año en el salón de té del hotel Brown's y, a medida que la veía describir la escasa hora que pasaba con el chico durante los años, sentí que se me rompía el corazón. Ella había sido presentada como una amiga de la familia. Cada año le llevaba al muchacho un pequeño regalo, normalmente algún bonito juguete hecho a mano: en una ocasión un teatro de juguete; luego, un caballo tallado a mano que a Emil le había encantado y que se había convertido en su juguete favorito.

Emil parecía responder a su madre y a sus regalos con un agradecimiento sensible y ella juraba que había un vínculo entre ellos, aunque siguiera siendo tácito. El chico, como habían acordado, nunca sabría la verdadera relación que tenían.

Holmes había escuchado esa descripción con los ojos cerrados, recostado en su asiento. Entonces los abrió y miró a mademoiselle La Victoire con curiosidad.

—Parece inteligente. ¿Qué le hizo confiarle su hijo a un hombre que le había engañado de manera tan cruel? —preguntó Holmes.

Ella hizo una pausa.

—Fue el instinto. Sentía, no sé por qué, que aquello era lo mejor para Emil. Y al principio lo parecía. Emil era un niño feliz.

—¿Por qué habla en pasado?

—Por… ninguna razón.

—¿La Navidad pasada no advirtió nada inquietante en la actitud del niño? ¿Intranquilidad? —preguntó Holmes.

—No —respondió la dama, confusa.

—¡Piense! ¿El niño se mostraba distante, sombrío? ¿Había cambiado en algo?

—No vi nada raro —dijo mademoiselle La Victoire—. Salvo que… salvo que al marcharse me miró. Yo vi las lágrimas. Nunca antes había llorado.

Holmes exhaló con fuerza.

—¿Y usted no hizo nada?

A la mujer se le humedecieron los ojos.

—Pensé que tal vez me hubiese echado de menos.

Holmes no dijo nada, pero yo sentí que su mente se había puesto en marcha. Giró la cabeza y se quedó mirando por la ventanilla. La campiña inglesa pasaba ante nosotros como un borrón blanco azulado. La nieve se había convertido en aguanieve y, aunque nuestro compartimento estuviera climatizado, yo sentía el frío que se colaba por las ventanas.

Vidocq se levantó y se ausentó brevemente del compartimento. Holmes aprovechó la oportunidad y se inclinó hacia delante para hablar en voz baja.

—Una última cuestión, una simple conjetura. ¿Sigue creyendo que su hijo está vivo?

—Así es —respondió ella sin dudar—. Estoy tan segura de ello como lo estoy de su palabra, señor Holmes.

Hizo una pausa.

—Por favor. He cometido errores terribles, sé que usted lo piensa. Pero no puedo encontrar a Emil yo sola. Necesito su ayuda, señor Holmes.

—Y por eso estamos a su servicio Watson y yo.

—Ahora yo tengo una pregunta para usted —dijo ella—. Aún no me lo ha explicado. ¿Por qué Londres?

—No creo que el niño esté en la ciudad —respondió él—. Pero sí creo que está en Inglaterra. Quien tenga a Emil podría querer asegurar su custodia. Sería muy difícil de lograr en otro país. En cuanto a Londres, hay muchos curtidores allí. Creo que cabe la posibilidad de que a Emil se lo haya llevado alguien que lo aprecia, pero porque corre peligro por alguna razón. Por eso hemos de ir con cuidado, para no conducir la amenaza hacia él.

—Entiendo. Pero, ¿quién o por qué?

—Tenemos mucho por descubrir. Pero creo que el peligro es real. Tengo que pedirle una cosa.

—Cualquier cosa que sea de ayuda —respondió ella.

Holmes le dirigió una mirada particularmente penetrante.

—No debe permitir que sus sentimientos hacia Jean Vidocq interfieran en nuestra investigación —dijo él sin dejar de mirarla atentamente.

La cara de mademoiselle La Victoire se convirtió en una máscara perfecta. Como artista, tenía la asombrosa habilidad de ser transparente un instante y opaca al momento siguiente.

—Claro que no —aseguró finalmente.

Después sonrió. Y de inmediato el compartimento se volvió más cálido.

CUARTA PARTE

ENTRE BAMBALINAS

«El artista es a su trabajo lo que Dios a la creación,
invisible y todopoderoso; uno debe sentirlo
en todas partes, pero nunca verlo».
Gustave Flaubert

CAPÍTULO 11

Irregularidades en Baker Street

Regresamos al 221B y descubrimos que la señora Hudson se había encargado de que reparasen la sala de estar de Holmes después del incidente del fuego. Era una tranquilidad regresar a aquellas habitaciones conocidas, donde hasta los muebles habían sido restaurados hasta quedar como cuando yo vivía allí.

Cualquier resto de la debacle de Holmes producida por la droga había sido eliminado, sus papeles y su equipamiento químico estaban ordenados y la habitación había sido aireada y estaba limpia. El fuego estaba encendido y sobre la mesa había té, brandy y bollos esperando nuestra llegada.

También había una nota de Mary. Debido a las necesidades de su madre, tenía que prolongar su estancia, de modo que yo era libre, al menos de momento, para seguir con Holmes. *Lo único que te pido, querido John,* me había escrito, *es que prometas cuidarte como cuidas de mí... y de tu amigo. Ten cuidado.*

Dejé nuestras maletas con gran alivio, colgué mi abrigo y me serví una taza de té. Sin embargo, Holmes me sorprendió al ofrecerles a Vidocq y a mademoiselle La Victoire mi antiguo dormitorio, donde serían sus invitados mientras buscábamos a Emil en Londres.

Desde que yo me casara, la habitación solo se había usado como una especie de laboratorio y almacén para el equipamiento, los papeles y los proyectos de investigación de Holmes. Todo aquello lo trasladó la señora Hudson al sótano con ayuda de un chico.

—Holmes, esto no es propio de ti —me aventuré a decir cuando mademoiselle La Victoire y Vidocq estaban arriba descansando—. Y me parece un poco inapropiado.

—Watson, ya sabes que me importa poco el decoro. De este modo podré velar mejor por la seguridad de mademoiselle.

—Entonces entiendo que es solo por su bienestar —dije yo—. ¿No te sientes atraído por ella? ¿Ni siquiera un poco?

Holmes resopló.

—Watson, por favor. Si fuera así, ¿la alojaría cómodamente con su amante bajo mi propio tejado? —Hizo una pausa y sonrió con picardía—. ¿Acaso esperabas regresar a tu vieja habitación durante la investigación?

De hecho estaba deseándolo.

—No —respondí, con más brusquedad de la que pretendía.

De todos modos me quedé para escribir mis notas y pasé una tarde agradable mientras Holmes se entretenía con los telegramas, con una visita de los Irregulares y leyendo un poco. Sin embargo, a medida que nuestros visitantes franceses iban y venían, el apartamento fue llenándose de quesos suaves y malolientes y flores, como si Francia se hubiera anexionado a nuestros viejos aposentos. Holmes se marchó poco después a hacer un recado sin dar ninguna explicación y, mientras yo esperaba a que regresara, mi enfado se volvió intolerable. Recogí mis cosas para marcharme.

En ese momento Holmes entró por la puerta y se dejó caer sobre el sofá con un suspiro. De nuevo advertí la palidez provocada por el cansancio.

—¿Qué has estado haciendo, Holmes? —le pregunté.

Él miró hacia arriba para señalar la presencia de sus invitados en la habitación del piso de arriba.

—Luego, Watson.

—Descansa un poco —dije yo—. Son órdenes del médico. Ahora debo irme.

—Quédate a cenar.

—Te veré por la mañana —insistí yo antes de marcharme.

Tras pararme en un pub a tomar un sándwich, regresé a mi casa a dormir. Molesto y exhausto, caí en la cama y me quedé dormido de inmediato. Tras lo que parecieron unos pocos minutos, me despertó el timbre de la puerta. Miré el reloj.

Apenas eran las seis de la mañana y nuestra ama de llaves aún no se había levantado. Me arrastré reticente hasta la puerta con una bata echada sobre el pijama.

Ante mí había un viejo decrépito con los dientes rotos y sucios, encogido frente a la puerta como una rata malévola. Debía de ser marinero, a juzgar por su ropa.

—¿Qué sucede? —pregunté de malos modos.

—Vístete, Watson. —Fue la voz de Holmes la que surgió de dentro de aquel fantasma—. Mycroft nos ha convocado de inmediato.

CAPÍTULO 12

El puente colgante

Siempre he sostenido que la vida con Holmes es un poco como caminar sobre un puente colgante sujeto con cuerdas y suspendido sobre un abismo cubierto de árboles. Puede que la adrenalina resulte estimulante, pero uno nunca sabe lo que hay debajo y siempre corre el peligro de caer.

El poco equilibrio que pude haber recuperado tras pasar una noche durmiendo en mi propia cama se esfumó de inmediato con una carrera por la ciudad en un taxi tirado por un caballo, en dirección al Club Diógenes, la peculiar guarida de su aún más peculiar hermano mayor, Mycroft Holmes.

¿Por qué? ¿A qué venía tanta prisa? ¿Por qué el disfraz? ¿Por qué Mycroft nos había convocado a ambos? Holmes me lo explicó en parte mientras se quitaba los dientes y la peluca, se arrancaba la goma de la cara y comenzaba a limpiarse el maquillaje y la suciedad de las mejillas.

—Anoche visité los muelles; bueno, a primera hora de esta mañana, haciéndome pasar por un viejo marinero que no puede mantenerse alejado de la acción, y he llevado un pequeño obsequio como ofrenda de amistad. —Levantó una maltrecha petaca que llevaba oculta entre la ropa.

—¿Y qué has descubierto allí? —pregunté yo—. Te queda un poco debajo de la oreja izquierda.

Holmes se frotó con más fuerza.

—Simplemente esto. Han llegado tres cargamentos y cualquiera de ellos podría haber sido la estatua desaparecida. Sin embargo, uno en concreto parecían vigilarlo más que a los demás, y con gran dificultad he logrado ver por un segundo el contenido. Estoy bastante seguro de que se trataba de nuestra Nike.

—Oh —dije yo mientras digería la información. Todavía no me había tomado el café de por la mañana. Mientras nuestro taxi se tambaleaba por las calles, Holmes terminó su transformación y volvió a su apariencia habitual.

—Pero, ¿qué hay de mademoiselle La Victoire? Creía que estabas más interesado en ayudarla que en el robo.

—La misión de esta mañana no era más que una acotación de la que me he encargado en nombre de mi hermano —aclaró él con cierto resentimiento—. Pondré a Vidocq al corriente de los hechos según me convenga.

—Eso estaría bien —dije yo. Obviamente había una gran competitividad entre ambos. Yo sospechaba que Holmes se había embarcado en aquella exploración nocturna con el único propósito de superar a su colega francés.

—Mis esfuerzos probablemente sean la razón por la que Mycroft nos ha convocado aquí esta mañana.

—Pero, ¿cómo sabía él que habías tenido éxito en tus pesquisas?

Holmes no se molestó en responder a aquello.

CAPÍTULO 13

Mycroft

Esperamos al hermano mayor de Holmes en el Salón de Forasteros del club de caballeros de Mycroft, el club Diógenes. Las paredes de la habitación estaban revestidas con madera de nogal, protegida de cualquier ruido con una alfombra oriental de tonos verdes y dorados. Tenía un ventanal que daba a Pall Mall y que estaba flanqueado por estanterías que contenían libros y una colección de bonitos globos terráqueos antiguos. Allí estábamos apartados de los demás y se nos permitiría hablar con libertad. Según las normas de aquel club tan peculiar, los miembros debían guardar silencio cuando estuvieran en presencia de otros y se encontraran en las salas comunes del establecimiento.

Yo le pedí un café al encargado, me acomodé en una butaca junto al fuego y encendí mi cigarrillo matutino para intentar relajarme. Mi acompañante daba vueltas de un lado a otro delante del ventanal.

—Siéntate, Holmes —le rogué. Me ignoró y siguió dando vueltas.

Fui consciente de que un hombre enorme había entrado en la sala con la discreción de un gato y se había quedado junto a la puerta sin hacer ruido, mirándonos con desdén. Mycroft, más alto y mucho más pesado que su hermano, además de siete años mayor, entró en la habitación como un barco de guerra majestuoso. Iba vestido de manera impecable, con los zapatos abrillantados como un espejo y su expresión inconfundiblemente seria. Se sentó despacio en un sillón junto al fuego y se quedó quieto. Sus ojos inteligentes brillaban en aquel semblante leonino mientras contemplaba a su hermano pequeño con lo que uno podría considerar cierta desaprobación.

—Has tenido éxito —dijo. Era una afirmación, no una pregunta.

—Sí, la Nike está en Londres —respondió Holmes sin darle importancia.

—En vez de en Liverpool —dijo Mycroft—. Qué raro.

—Sí, y además un inconveniente para ellos, si se dirige donde creemos. Pero deben de tener sus razones. Se la llevan mañana. Está bien protegida, por cierto.

—Me lo imaginaba —respondió Mycroft—. Ya les ha costado la vida a cuatro hombres. Siéntate.

Holmes lo ignoró y siguió dando vueltas.

—No subestimes a los hombres contratados para protegerla —le advirtió—. Mis amigos americanos de Nueva York han confirmado sus contactos con la mafia.

—Sí, sí, formidable, lo sé. Y también lo es el coleccionista que probablemente puso todo esto en marcha —dijo Mycroft—. Por eso te ofrezco el caso, Sherlock. El doctor Watson y tú partiréis hacia Lancashire en el tren de mediodía. Estaréis en la finca de Pellingham cuando llegue la estatua, que será a última hora de mañana. Y, aunque normalmente es muy reservado con su colección secreta, en este caso ya te ha hecho una invitación personal para que presencies la instalación de la estatua con tus propios ojos.

Mycroft levantó una elegante carta delgada y alargada de la mesa que tenía junto a él y se la ofreció a Holmes. Yo habría jurado que sonrió al hacerlo, y aun así no había rastro de encanto.

Holmes había dejado de moverse y se había quedado quieto y en silencio junto a la ventana, ignorando la carta. Tenía la espalda hacia la luz y yo no podía ver su expresión, pero su voz sonó gélida cuando habló.

—He hecho lo que me pediste, Mycroft —dijo—. ¿Qué has descubierto tú sobre Emil?

—El chico está a salvo de momento. He localizado la casa de Londres donde está oculto. Está en buenas manos, debo añadir. Pero el plan ha cambiado. Voy a enviar a Vidocq a recuperar a Emil. Enseguida le daré la información. Tú pasarás a ocuparte del caso de la Nike.

—¡Mycroft! Dime dónde está Emil. Era nuestro trato.

—¿No sientes curiosidad por esta invitación? Claro que sí —agitó la carta una vez más.

Holmes se contuvo.

Mycroft asintió.

—Pero, de acuerdo, si quieres la zanahoria —dejó la carta en su lugar con un suspiro—. Siéntate.

Si había una zanahoria, entonces sin duda debía de haber un palo. A mí no me gustaba el tono de aquella conversación. Holmes se sentó por fin.

—Entiendo plenamente que el robo de obras de arte no te interesa, hermanito —dijo Mycroft suavemente—. Los apuros de niños desaparecidos o maltratados despiertan tu sensibilidad, y la de todos, claro. Pero, mientras estás en Lancashire haciendo esto por mí, también investigarás el asesinato de tres niños que desaparecieron de las fábricas del conde. Los tres eran huérfanos y creo que fueron reclutados de manera ilegal. La fábrica en cuestión se encuentra en una zona remota y ha logrado pasar inadvertida. Ha habido movimiento de dinero.

Holmes permaneció impasible. Mycroft suspiró y se quedó mirando a su hermano.

—El conde ha estado fuera de nuestro alcance y esto es lo que tienes que entender —continuó Mycroft—. Cuando podamos acusar al conde de un robo de magnitud internacional, y de los asesinatos relacionados, solo entonces se nos abrirá la puerta para investigar a fondo sus asuntos, incluyendo el destino de esos tres niños y de su propio hijo desaparecido. Hasta entonces, lo protegerán sus

amigos del Parlamento. Si recuperamos al pequeño Emil públicamente antes de ese momento…

Holmes se quedó callado con las manos apretadas.

—¿Lo entiendes? —preguntó Mycroft.

—Por supuesto —respondió su hermano—. ¿Y lady Pellingham?
¿Qué información tienes sobre ella?

—Su papel, si es que tiene alguno, se desconoce. Esa es otra de
tus misiones. Tenemos que entender la situación en Lancashire para
garantizar la seguridad del niño. Vidocq y la dama llegarán enseguida
—continuó Mycroft—. Les daré la dirección donde Emil está escondido y me aseguraré de que tengan protección durante el rescate. Es
posible que, después de que el conde sea arrestado, la dama regrese
con su hijo a Francia, y entonces su seguridad será cosa de la Seguridad Nacional.

Holmes se quedó mirando por la ventana como si no estuviera
escuchando.

—Será cosa tuya, hermanito, descubrir por qué estaba oculto y
de quién se ocultaba —prosiguió Mycroft—. Tu pista sobre el arma
y su pertenencia al gremio de los curtidores fue clave; gracias por
eso. De hecho Emil está en Bermondsey, en casa de Charles y Merielle Eagleton. El señor Eagleton es curtidor. La señora Eagleton es la
hermana del ayuda de cámara del conde, Pomeroy, que ha actuado de
intermediario con la madre de Emil.

—¿Por qué no enviar a la policía de inmediato? —pregunté yo.

Ambos se giraron hacia mí. Mycroft me miró con pena.

—El tablero de ajedrez, doctor Watson. Para empezar, la policía se
vería obligada a devolver a Emil a su padre. Tal vez no estuviera a salvo
allí. Tenga en cuenta la posibilidad de que fue raptado por algún
amigo porque en casa corría peligro. Y, para continuar, Vidocq debe
efectuar el rescate. Es vital hacer que se olvide de la estatua durante un
tiempo o, de lo contrario, podría intentar recuperarla para Francia.

Se volvió hacia Holmes.

—Confórmate con esto. En cuanto a Vidocq y a mademoiselle
La Victoire, mis fuentes me han dicho que están enamorados.

—Ella no confía en él —dijo Holmes—. Y tu plan es peligroso para ella y para el niño. A Vidocq solo le importa el niño por la recompensa.

Mycroft se quedó mirando a su hermano con severidad.

—Posiblemente. Pero hay otro asunto. Tienes sentimientos hacia la dama. Un error mayúsculo, hermanito.

—No seas ridículo, Mycroft —respondió Holmes—. Me conoces de sobra.

—Y aun así el doctor Watson estaría de acuerdo, ¿verdad, doctor? —Mycroft se volvió para mirarme.

—No, yo no di-diría tal co-cosa —tartamudeé.

Mycroft me observó por un instante.

—Y aun así es cierto —dijo volviéndose hacia su hermano para desafiarlo a que mirase hacia otra parte. Mi amigo le aguantó la mirada y Mycroft se encogió de hombros—. Es una artista sobresaliente e inteligente. Comprendo tu debilidad momentánea. Pero piensa en tu rival. Es probable que Vidocq, guapo, con buena reputación con las mujeres, se haya hecho un hueco en su corazón. Al estilo francés, más que falso es… complejo. Si además se siente atraído por ella, es probable que intente comerse su *brioche* también —añadió con una risotada.

Holmes le dio la espalda abruptamente a su hermano.

—¿Tienes un cigarrillo, Watson? —me preguntó. Yo le ofrecí uno y encendí una cerilla para encenderlo. Por un instante me pareció ver que le temblaba la mano. Estaba de espaldas a su hermano.

Mycroft nos observaba con tranquilidad y con una leve sonrisa en aquel rostro impasible. Yo tenía ganas de estrangularlo.

Holmes dio una calada larga a su cigarrillo y después recuperó su actitud lánguida.

—No tengo ningún interés personal en la dama, salvo el hecho de que ha depositado su seguridad en mis manos. El francés puede llegar a ser descuidado. Si entre mademoiselle La Victoire y el peligro solo se interpone Vidocq, el chico seguirá siendo vulnerable.

—No permitiré que corran peligro —dijo Mycroft—. Es una promesa.

Se hizo el silencio. Holmes siguió fumando. Mycroft se sirvió una pequeña copa de brandy y dio un sorbo. Eran las nueve de la mañana. ¿Dónde estaba mi café?

—Ahora vayamos a los detalles. Mi plan es un hecho consumado y podrás utilizar tus mejores habilidades —dijo Mycroft—. El conde ha estado escribiéndose con un tal Fritz Prendergast, del Museo Británico, un famoso experto sobre la leyenda de la Nike y todas las obras de arte relacionadas con ella. Yo he interceptado su correspondencia y llevo más de dos años preparando esta trampa; hay que pensar bien las cosas, ya conoces mis métodos. —Dio otro sorbo al brandy—. El conde ha caído en mi trampa al invitar a ese hombre a ver algo privado que está deseando compartir con la única persona que realmente apreciará el golpe. —En ese momento Mycroft golpeó con el dedo el sobre que yacía sobre la mesa junto a él—. Hasta el hombre más reservado y obsesivo necesita un público que aprecie su obra. Eso tú sí que lo entiendes, Sherlock —añadió Mycroft, y de nuevo me dirigió a mí una sonrisa.

Holmes masculló.

—Sin embargo, el conde y Prendergast no se han visto nunca y tú te harás pasar por ese hombre, querido hermano, cuando llegues esta noche con Watson a la finca. Se celebrará una gran cena y una visita a la colección.

Yo di un respingo, alarmado.

—¡Yo no puedo! Quiero decir que no soy actor.

—Eso es cierto, pero no tema, doctor —dijo Mycroft—. Fritz Prendergast está confinado en una silla de ruedas y va acompañado en todo momento por su médico privado. Solo tendrá que adoptar otro nombre. Su personalidad seguirá siendo la misma.

Holmes explotó.

—¡Esto es ridículo! Incluso aunque accediera a esto, no puedo investigar desde una silla de ruedas. ¿No podrías haberte inventado a alguien plenamente capaz de...?

—No. Fritz Prendergast es una persona de verdad y lleva tiempo escribiéndose con el conde, aunque nunca se hayan visto cara a cara —respondió Mycroft—. Está paralizado de cintura para abajo debido a un accidente que sufrió a los veinte años. Puedes hacerte pasar por él. Mira.

Mycroft sacó una fotografía de una carpeta situada sobre la mesa y nos la mostró. En la imagen aparecía un hombre delgado de aspecto ascético unos años mayor que Holmes, con largas patillas, gafas doradas y expresión entusiasta.

Tenían cierto parecido. ¡Muy inteligente!

Holmes miró la fotografía y la dejó sobre la mesa.

—¿Cómo has conseguido que…? ¿Dónde está el verdadero Prendergast ahora mismo? —preguntó.

No estoy seguro, pero me pareció ver cierta inquietud en el rostro de Mycroft, aunque desapareció al instante.

—Actualmente está incomunicado en Viena.

—¿Haciendo qué?

—Está en terapia con un médico privado de allí. Recuperándose, según creo, de una recaída en su adicción a la cocaína.

Holmes se puso tenso. Dio una calada larga y lenta a su cigarrillo. Yo empecé a alarmarme.

—Qué apropiado —murmuró.

—Mucho —convino Mycroft.

—¿Y cómo tuvo lugar la recaída? —preguntó Holmes.

—Estos asuntos funcionan de modo misterioso —respondió Mycroft. Se quedó mirando a su hermano intencionadamente. Yo no entendía lo que pasaba, pero, antes de poder reflexionar sobre ello, Holmes se puso en pie tan deprisa que tiró al suelo una mesita. Temblaba con una rabia que yo nunca había visto.

—¡Maldito seas, Mycroft! Vamos, Watson.

Me puse en pie, sorprendido por la vehemencia de su reacción.

—Doctor Watson —dijo Mycroft—, querría hablar con usted antes de que se vaya.

Me detuve, atrapado entre ambos. Holmes pidió con impaciencia nuestros abrigos.

—Doctor —dijo Mycroft—, mi hermano está al corriente, pero puede que usted no, del considerable esfuerzo que he realizado recientemente para sacarlo de la cárcel.

—¡La cárcel! —exclamé sin poder evitarlo—. ¿El caso del Destripador?

Holmes resopló.

—Falsificaron los cargos. ¡Lo sabes perfectamente, pero me dejaste pudriéndome allí una semana!

Mycroft suspiró.

—La política nunca ha sido tu fuerte, Sherlock. Tienes suerte de estar en libertad —añadió—. Y eso es solo porque la influyente persona a la que ofendiste necesita tus servicios en este caso. Es una oportunidad para que vuelvas a ganarte su simpatía. Una oportunidad que no debes dejar escapar.

—¿Quién es esa persona? —preguntó Holmes con voz aguda.

—Probablemente ya lo hayas deducido y no pienso decir su nombre. Pero es de las personas más famosas del país —dijo Mycroft—. Lo que no sabes es que le guarda rencor a Pellingham. Y aun así el conde ha estado fuera de nuestro alcance gracias a sus propios contactos.

—¿Y por qué iba a confiar en ti? —preguntó Holmes.

—Porque, querido hermano, no te queda otro remedio —respondió Mycroft. Se volvió hacia mí con cara de preocupación—. Doctor, supongo que sigue usted cuidando del bienestar de mi hermano, ¿verdad? Parece estar algo fatigado. Y creo que ha consumido cocaína recientemente.

Yo me quedé helado, sin querer revelar el estado en el que se encontraba mi amigo. Pero, igual que su hermano, Mycroft adivinó mis pensamientos con facilidad.

—Veo que llevo razón. Doctor, si el hombre anónimo se enterase de la negativa de mi hermano, no me cabe duda de que encontrarían alguna razón para volver a encarcelarlo, quizá para realizar trabajos forzados, y entonces hasta a mí me resultaría imposible liberarlo.

Holmes no se movió. Yo sentía náuseas. Mycroft se giró y me dirigió una amable sonrisa.

—¿Cómo cree que se las apañaría mi hermano?

El sol se había ocultado detrás de las nubes de nieve y el cielo oscuro era un reflejo del estado de ánimo de mi amigo cuando abandonamos el Diógenes. Bajo el brazo yo llevaba la gruesa carpeta y la carta de Mycroft envueltas en un tejido impermeable para protegerlas de la nieve. Sería un largo viaje en tren y mucho esfuerzo absorber toda la información que necesitábamos de aquellos papeles.

Nunca había visto a Holmes de peor humor.

Miraba al suelo y echaba humo. Era la imagen de la ira reprimida. Al salir de Waterloo Place y llegar a Pall Mall, se metió sin darse cuenta en mitad del tráfico, justo cuando se acercaba un carruaje a toda velocidad.

—¡Holmes! —grité yo, lo agarré del brazo y tiré de él para devolverlo a la acera. El carruaje pasó frente a nosotros y el conductor nos insultó.

Holmes se recuperó y seguimos nuestro camino sin cruzar palabra. La historia entre los dos hermanos tenía muchos recovecos, pero yo sabía que era mejor no preguntar. Cuando estaba soltero, sin familia cercana salvo Mary, a veces deseaba tener más parientes. Después de aquel día, pensaba que tal vez debiera considerarme afortunado. El palo de Mycroft se había convertido en algo más parecido a una porra.

Mientras andábamos por Pall Mall, nos encontramos con Vidocq y con mademoiselle La Victoire, que iban de camino al Diógenes. Vestido con un extravagante abrigo y una corbata colorida, el arrogante francés se nos acercó con la dama del brazo. Ella iba muy elegante con un vestido de lana color burdeos con los puños de piel y *soutache* negro. Llevaba un velo que le tapaba la cara.

Vidocq frunció el ceño al vernos, pero mademoiselle La Victoire se detuvo, se levantó el velo con un gesto elegante y sonrió a Holmes con cara expectante.

—Monsieur Holmes, según creo vamos a ver a su hermano, que sabe dónde está Emil. ¿Usted no viene con nosotros?

Yo miré a Holmes y descubrí que había borrado cualquier rastro de su estado de ánimo. Era un actor consumado y parecía tener el control absoluto de sus expresiones. Sonrió a mademoiselle La Victoire, expresó su arrepentimiento y le besó la mano.

—Por desgracia no es posible. Pero mi hermano tiene buenas noticias. Pronto se reunirá con Emil. Debo disculparme con usted —dijo—. Le prometí que encontraría a Emil personalmente, pero he de ausentarme.

—¿Ausentarse? —preguntó ella—. Pero…

Tras ella, sin ser visto, el francés le dirigió a Holmes una sonrisa triunfal. Le pasó un brazo a la dama por la cintura. Aquel gesto tuvo algo de posesivo.

—*Attendez*, mademoiselle. Estas son las buenas noticias —dijo Holmes—. Emil está a salvo, aquí en Londres. Mi hermano le contará los detalles y le dará a monsieur Vidocq la información que necesita para devolverle a Emil.

Holmes se volvió hacia Vidocq.

—Que, según creo, es tu propósito para ayudar a mademoiselle —dijo. Pero Vidocq no respondió.

—Entonces, ¿nos abandona, señor Holmes? —preguntó mademoiselle, mirándolo a la cara en busca de una explicación.

—Abandonarlos no, querida. Tengo un asunto urgente y debo viajar esta tarde. Por favor, le ruego que entienda que esto es lo mejor. Garantizaré el éxito manteniéndome en contacto con mi hermano. Y tengo pensado regresar cuanto antes. Si no queda satisfecha —y en ese momento le lanzó una mirada a Vidocq—, tenga por seguro que estaré encantado de ayudarla en cualquier momento.

—Pero tal vez no podamos permitirnos tanto tiempo —dijo ella. Tenía los ojos llenos de lágrimas de rabia. Yo estuve tentado de insistir para que nos quedáramos en Londres a pesar del peligro que corría Holmes.

—Está en muy buenas manos con un hombre que... que la quiere tanto —dijo él con una ironía evidente.

Vidocq se quedó detrás, observando a Holmes atentamente.

—¿Y cuál es el asunto urgente que te aleja de esta dama a la que prometiste ayudar? —preguntó.

Holmes hizo una pausa.

—Me temo que no puedo decírtelo —dijo—. Pero no te retrases, Vidocq. Este mundo es peligroso. Cuanto antes recupere mademoiselle a su hijo, más seguro estará el muchacho. Te sugiero que escuches lo que mi hermano tiene que decirte. Buenos días.

CAPÍTULO 14

Armados con mentiras

Holmes y yo llegamos a Euston Station cinco minutos antes de que saliera nuestro tren. Una vez allí, nos acomodamos en un compartimento de primera clase, reservado por Mycroft, para que Holmes pudiera estudiar sus textos de arte y yo mi informe sobre el «doctor Richard Laurel de Harley Street» en privado.

Había hecho la maleta apresuradamente al regresar a mi hogar, donde los pequeños y acogedores toques domésticos de mi esposa —la cesta de hacer punto, las tazas de té con dibujos florales y los antimacasares que acumulaban polvo bajo la luz tenue de la tarde— me recordaban que era una especie de loco, que me alejaba nuevamente de la vida sensata y me adentraba en la locura de mi antigua vida con Sherlock Holmes.

Era extrañamente feliz.

No había habido tiempo para cenar. Sentado en la relativa comodidad de nuestro lujoso compartimento en el tren, sin aliento y con ganas de beberme una jarra de agua, o mejor algo más fuerte, mis plegarias obtuvieron respuesta cuando alguien llamó a la puerta de cristal.

Abrí y me encontré con un botones que llevaba una bandeja con agua, sándwiches, galletas y fruta.

—Cortesía del señor Mycroft Holmes —dijo el joven cuando yo acepté la bandeja—. Ah, sí, otra cosa que podrían necesitar. —Sacó de detrás de él una extraña silla de ruedas, construida con todo detalle y decorada elegantemente con motivos florales simplificados, casi de aspecto japonés, y acolchada con cojines de terciopelo rojo. Tenía un mecanismo mediante el cual se doblaba sobre sí misma, como un acordeón, y por tanto cabía en cualquier lugar, incluso en nuestro pequeño compartimento.

—Mmm —dijo Holmes en cuanto el joven se marchó—. Si un experto en arte mundialmente conocido necesitara una silla de ruedas, sin duda sería esta.

—Tu hermano no deja nada a la casualidad —musité en voz alta.

—Este maldito trasto entorpecerá mi investigación.

—A Mycroft parece irle bastante bien sin moverse mucho por ahí —dije yo. Su hermano era increíblemente sedentario.

—Mi hermano tiene al ejército y a veces a la armada a su disposición. Yo solo te tendré a ti.

—Entonces seré tus ojos y tus oídos cuando sea necesario —respondí yo.

Holmes enarcó las cejas, pero no dijo nada. Comenzó a desenvolver la carpeta de Mycroft.

—¿Qué esperas encontrar exactamente? —le pregunté.

—Aún no estoy seguro. Para Mycroft la Nike, obviamente. —Sacudió una carta adjunta a su carpeta de información—. Cuando llegue la estatua, enviaré un telegrama a sus hombres, escondidos en Sommersby, un pueblo situado a unos treinta kilómetros al sur de la finca del conde. Entonces ellos intervendrán para efectuar la detención.

—¿A treinta kilómetros? ¿Por qué no avisar a alguien más cercano? Las autoridades locales, por ejemplo.

—Se sospecha que puedan estar involucrados —dijo Holmes—. En esos pueblos remotos, es cierto que las autoridades locales, a veces los agentes de policía y hasta los magistrados, pueden caer bajo el influjo económico de los terratenientes más importantes de su zona. En los últimos años no se da tanto el caso, pero en el norte y a lo largo de la frontera con Escocia…

—Sí, en el norte las cosas son distintas —convine yo.

—Es posible que hayan recibido dinero para hacer la vista gorda —dijo él mientras examinaba las primeras páginas como un halcón en busca de ratones.

—Pero, en lo relativo a nuestro caso, ¿qué esperas encontrar?

—Debemos descubrir por qué se llevaron a Emil y qué esconde allí su pasado y su futuro. Solo entonces podremos aconsejar a nuestra clienta. Si el niño ha corrido peligro o ha sido maltratado, cosa que sospecho, debemos erradicar y neutralizar ese peligro.

—¿No será suficiente que detengan al conde por el robo de la estatua? —pregunté yo.

Pero Holmes se había sumergido en la lectura. Segundos después levantó la mirada al darse cuenta de que mi pregunta había quedado suspendida en el aire.

—Probablemente se enfrentará a un juicio —respondió—. Y Mycroft tiene intención de acusarlo de diversos delitos, incluyendo crueldad y explotación infantil en sus fábricas. He leído aquí que su fortuna ha disminuido con rapidez en los últimos años; tal vez ese sea el motivo de estos actos. Otra cuestión será ver si se enfrenta a una sentencia. Ya has podido ver cómo funciona eso.

Yo me estremecí. Si a Holmes podían encarcelarlo tan fácilmente, significaba que la ley podía manipularse con más facilidad de la que yo hubiera imaginado jamás. Admitiré que aquello me había alterado mucho. A mis treinta y cinco años, a veces mi idealismo se daba de bruces con la realidad. Pasarían muchos años hasta que eso cambiara.

Probablemente Holmes diría que nunca renuncié por completo a mi optimismo sobre el comportamiento humano.

—Hay otros factores, Watson. Se dice que la influencia del conde es mucha. Apenas sabemos nada sobre su personalidad. Si ve a mademoiselle La Victoire como a una enemiga, entonces Emil y ella podrían seguir en peligro mientras él viva. Y también hay que pensar en lady Pellingham. Poco se sabe de ella y de su papel en este asunto. Simplemente tenemos muy pocos hechos a nuestro alcance.

—He estado pensando en lady Pellingham. ¿Qué sabes de ella hasta ahora?

—Además de ser americana, su dote era generosa gracias a las fábricas textiles que su padre tenía en Nueva Jersey, esa dote fue la que salvó al conde de la bancarrota, es increíblemente hermosa, ha marcado estilo durante sus estancias en Londres con sus vestidos de seda diseñados en París y, por desgracia, ha resultado ser estéril después de un aborto inicial. Aparte de eso, apenas tengo información sobre lady Pellingham —observó Holmes sin un ápice de ironía.

—¡Ja! —exclamé yo.

—Pero no sé nada de su personalidad, y de eso dependen muchas cosas.

—Bueno —dije yo—, sí sabemos que parece querer a Emil como a un hijo. Al menos eso fue lo que nos contó mademoiselle La Victoire. Eso significa que tiene buen corazón.

—No está claro si eso es cierto o no. Lady Pellingham tiene motivos para despreciar al chico y sentirse amenazada por su presencia —explicó Holmes—. Llegados a este punto, nos faltan datos para entender plenamente la situación. Ahora déjame seguir con mi estudio, Watson.

Siguió ojeando los papeles que Mycroft nos había proporcionado.

Yo me centré en mis asuntos y abrí con inquietud la carpeta dedicada al doctor Laurel. Me alivió descubrir que compartía mi historia y mi descripción, con la excepción del nombre. Cada vez estaba más seguro de poder llevar a cabo la trampa.

Una hora más tarde cerré la carpeta, orgulloso de mis logros. Sin embargo mi orgullo duró poco; en el mismo espacio de tiempo mi compañero ya había completado su estudio sobre el conde y sobre su propio «personaje», Fritz Prendergast, y había comenzado a leer unos gruesos documentos sobre escultura griega. Pasaba las páginas a gran velocidad.

Entre las muchas habilidades de Holmes estaba la capacidad para memorizar grandes cantidades de datos, retenerlos y organizarlos como si fuera una enciclopedia humana. Muchos de esos datos eran extraños y oscuros, incluyendo detalles sobre la ceniza de los puros y de los cigarrillos, sobre los uniformes y las condecoraciones militares, sobre los tipos de barro y de tierra, sobre las inflexiones y los acentos regionales, sobre perfumes y cosméticos y muchas cosas más de las que yo no sabía nada en aquel momento.

Avanzó tan deprisa en su estudio sobre escultura griega y sobre la leyenda de la Nike que terminó la tarea solo una hora después de que yo hubiera terminado la mía. Dejó los papeles a un lado y se quedó mirando por la ventanilla con cara de mal humor.

—Supongo que ya estás familiarizado con Prendergast y sus asuntos —murmuré yo.

—Por supuesto. Es un experto en escultura griega y en la leyenda de la Nike en particular.

—Pero, ¿qué hay del hombre en sí? —pregunté. Mi doctor Laurel tendría que estar familiarizado con su paciente.

—No mucho. No está casado. No le gustan los clubes. Tiene pocos amigos. Al parecer es algo acerbo cuando no está en su terreno.

—No debería suponer un gran desafío.

Pasaron unos minutos mientras nuestro tren avanzaba. En el exterior, la escasa luz había convertido en azul el paisaje cubierto de nieve.

—¿Cuál fue la causa de su parálisis? Aquí no aparece —dije yo señalando mi delgada carpeta—. Siendo tu médico, debería saberlo.

—Se cayó de un carruaje a los veinte años, durante un paseo por el campo con una joven. Al parecer después no hubo ninguna otra relación romántica. Ahora tiene cuarenta y cuatro.

—Diez años más que tú. ¿Puedo volver a ver la fotografía?

En la imagen, el demacrado Prendergast miraba altivamente por encima de sus gafas doradas. Observé en él un gesto napoleónico con la mano metida en el chaleco que le confería cierto aire arrogante.

—Parece bastante pedante —comenté—. O francófilo, quizá. La típica pose de Napoleón.

Holmes sonrió.

—Pedante, sí, pero en lo segundo te equivocas, Watson. Ahí no está imitando a Napoleón. Esa postura proviene de la antigua Grecia, donde estaba mal visto hablar con la mano fuera de la ropa. Solamente está reflejando el objeto de su pasión.

—Mmm. Delgado. Casi esquelético. Posiblemente por la cocaína —suspiré—. No has tocado tu sándwich, Holmes.

Él dejó de sonreír abruptamente y devolvió la atención a sus papeles.

—Parece mucha casualidad que Prendergast esté incomunicado —añadí para provocarlo. Seguía desconcertado por la extrema reacción de Holmes a la noticia de la terapia de Prendergast en Viena. ¿Mycroft habría sido capaz de organizar todo aquello?

—Estoy seguro de que sientes curiosidad por la industria de la seda —dijo Holmes cambiando de tema.

—No mucha.

—Bueno, yo tampoco, pero ahora debo familiarizarme más con las minucias del decadente negocio del conde. Déjame continuar, por favor.

Holmes siguió estudiando y yo me giré hacia la ventanilla. El terreno llano cubierto por un cielo blanco fue dando paso a un paisaje de colinas con campos delimitados por setos cubiertos de nieve. Aumentó ligeramente el número de colinas a medida que avanzábamos hacia el norte, acercándonos más y más a los lagos y a la frontera con Escocia. A nuestro alrededor se alzaban viejos robles desnudos, con sus ramas negras retorciéndose de manera grotesca hacia el cielo blanco.

Holmes pareció preocuparse a medida que leía. Finalmente dejó escapar un suspiro, abandonó los papeles y se quedó mirando hacia la oscuridad con la cabeza girada. Si no conociera tan bien a mi amigo, habría jurado que estaba disimulando las lágrimas.

—Holmes, ¿qué sucede?

Se volvió hacia mí sobresaltado, como si se hubiera olvidado de mi presencia. En su rostro podía apreciarse la tristeza.

—La historia es más oscura de lo que me temía. Echa un vistazo a esto —dijo antes de entregarme tres fotografías.

Eran imágenes que nunca olvidaré. Tres niños, todos muertos, con sus cuerpecitos retorcidos en posturas antinaturales, uno situado en el rincón de lo que parecía ser la cuadra de un caballo, y los otros dos fuera, parcialmente cubiertos de desechos y hojas.

Sentí náuseas.

—¡Dios mío, Holmes! ¿Qué es esto?

—Las infracciones laborales en los telares del conde incluían explotación infantil. Al parecer niños sacados de un orfanato, incluyendo los tres de las fotos. Todos desaparecieron y sus cuerpos fueron descubiertos como los ves. Además de estos, un cuarto niño ha desaparecido desde entonces.

—¿Quién tomó estas fotografías? —pregunté yo.

—No se sabe. Pero a Mycroft le llegaron de forma anónima, enviadas desde un pueblo situado a unos sesenta kilómetros.

—Parece como si los niños hubieran sido… desechados. ¡Casi como basura! —Me resultaba difícil pronunciar las palabras.

El rostro de Holmes se endureció. Con frecuencia he pensado que, aunque parecía ser una máquina fría y racional, no era del todo cierto. En su lugar, Holmes era un hombre de sentimientos muy profundos, pero capaz de compartimentar sus emociones cuando la situación así lo requería.

El horrible destino de aquellos niños parecía dar energía a mi amigo. Sacó de su maleta su kit de maquillaje teatral y colocó en el asiento junto a él todos los utensilios necesarios. Comenzó entonces la sutil transformación física para convertirse en Prendergast, famoso historiador de arte.

En menos de una hora estaba irreconocible. Su disfraz incluía detalles tales como un colorido pañuelo y unos zapatos con suelas a estrenar. Con el pelo blanco a la altura de las sienes, con los dientes ligeramente amarillentos y unas gafas doradas en la nariz, terminó su caracterización cambiando sutilmente su postura y su expresión.

Ya no era Sherlock Holmes quien estaba ante mí, sino un hombre completamente diferente.

—Admirable, Holmes —dije intentando borrar las inquietantes imágenes que se me habían grabado en la mente—. Uno de tus mejores disfraces.

Fuera, las sombras lo cubrían todo y la nieve blanca azulada que caía al otro lado de la ventanilla de nuestro compartimento helado pareció ascender por el aire, arrastrada por la niebla gélida. Yo no pude evitarlo y me estremecí.

—Calma, Watson —dijo Holmes. Me volví para mirarlo y se inclinó hacia mí para hablar con suavidad—. Allí donde vamos suceden cosas horribles; lo notas y tienes razón. Has de estar alerta en todo momento.

Yo palpé con los dedos el revolver que llevaba en el bolsillo de mi chaqueta de *tweed*.

—Estoy preparado, Holmes —dije.

Él se recostó y, con una extraña sonrisa, volvió a transformarse en Prendergast.

—Muy bien, doctor Laurel —respondió con una voz nasal.

El tren siguió avanzando en la oscuridad.

QUINTA PARTE

DENTRO DE LA BALLENA

«Los artistas que buscan la perfección en todo son aquellos que no la alcanzan en nada».
Eugène Delacroix

CAPÍTULO 15

La llegada

Nuestra llegada a Clighton, la inmensa finca de Pellingham, se produjo sin incidentes y sin nada fuera de lo normal, si visitar la enorme finca de un conde en Lancashire podía considerarse normal. Aunque Holmes se había movido en esos círculos en muchas ocasiones, yo tenía mucha menos experiencia con la nobleza.

En un principio debíamos cambiar de tren en Lancaster para montarnos en uno local que nos llevara hasta el pueblo más cercano, Penwick. Sin embargo, ese tren local había quedado atrapado por la nieve. Al parecer esa información había llegado hasta Clighton, de modo que, cuando bajamos del tren en Lancaster, nos recibieron unos sirvientes de uniforme que nos hicieron subir en un antiguo aunque hermoso carruaje, con todas las comodidades en su interior, cojines de terciopelo y mantas para el regazo que nos protegerían del frío. Sujetaron con destreza a la parte de atrás la silla de ruedas de Prendergast e iniciamos así un viaje que resultó durar una hora entera.

El clima era más desapacible en la zona norte de Gran Bretaña y yo me alegré de llevar mi grueso abrigo y mi bufanda de lana.

Lancashire como zona era algo desconocido para mí. Delimitado al oeste por salvajes playas de arena, era un lugar triste bañado por la niebla y por los vientos fríos del océano. Nuestro trayecto nos llevó a través de pueblos algodoneros, minas de carbón y varias fábricas que arrojaban sus residuos al aire helado. Las escasas y deprimentes viviendas que las rodeaban dieron paso finalmente a colinas con algunos árboles desperdigados.

Aquellos árboles comenzaron a crecer en número hasta formar bosques frondosos que conferían al lugar cierto aire de la Inglaterra medieval. El humo oscuro de las fábricas se transformó en una niebla fina que acariciaba los árboles negros mientras nuestro carruaje avanzaba hacia la finca del conde.

Al fin dejamos atrás los árboles y nos encontramos en la base de una colina desnuda; una oscura extensión de nieve, probablemente una zona despejada de pastos cuando hiciese mejor tiempo, en cuya cima se alzaba una casa imponente, Clighton. Con un tamaño palaciego, y con ventanas doradas que brillaban en la noche, parecía ser una amalgama de estilos gótico, Tudor y victoriano. Transmitía riqueza, historia y un gusto idiosincrásico.

El largo camino de entrada estaba flanqueado por olmos y, al acercarnos en la oscuridad, me sorprendió ver, a esas horas y solo para esperar la visita de un historiador de arte, a un pequeño grupo de sirvientes en fila junto a la puerta para recibirnos. Llevaban solo su uniforme de interior, temblaban de frío y cuchicheaban entre ellos.

—El conde debe de tenerte en muy alta estima —le susurré a Holmes.

—No te había dicho, Watson —dijo Holmes, también en voz baja—, que el propio Prendergast es un barón, de ahí que el conde confíe en otro noble. Supongo que eso ha ayudado.

—¡Un barón! —exclamé yo.

—Fue nombrado hace cuatro años por sus servicios a la cultura del imperio —explicó Holmes—. Por desgracia eso significa que, incluso siendo mi médico, tendrás que dirigirte a mí como «milord».

—Está bien que lo menciones —dije—. ¿Se te había olvidado?

—Por supuesto que no —respondió él con una sonrisa—. ¿Por qué enfadarte durante más tiempo del necesario?

—Oh, sí que me enfada —dije yo—. Y solo porque sé que tú disfrutarás con esto.

—Hay que aprovechar los pequeños placeres —murmuró con una sonrisa—. Ah, advierto un romance clandestino entre los empleados. No, dos. Pero uno ha terminado recientemente.

—¿Cómo diablos…?

—Watson, es demasiado evidente. ¿Ves a esa doncella rubia de rizos y al ayuda de cámara de pelo oscuro situado a dos personas de distancia en la fila? Le ha pasado una nota al ocupar su lugar y ella… ¡ah!

Nuestro carruaje se había detenido. Un joven de expresión confiada y ansiosa corrió a abrirnos la puerta. Nos saludó con una reverencia.

—Bienvenido, milord. Y doctor Laurel. Jeffrey, a su servicio. ¿Le ayudamos a bajar del carruaje?

Con la ayuda de varios sirvientes que llevaron a Holmes en su silla escaleras arriba, llegamos ante las imponentes puertas de roble. Allí nos recibió un mayordomo alto y elegante que se presentó como Mason.

—Bienvenido a Clighton, milord —dijo inclinando ligeramente la cabeza.

Mason lograba ser respetuoso e intimidante al mismo tiempo y yo sentí que nos estaba estudiando en profundidad, recorriendo con la mirada nuestros rostros, nuestra ropa y nuestro comportamiento; y todo sin que pareciera que estuviera haciéndolo. Yo me alegraba profundamente de que mi personaje se pareciera tanto a mí. Por tanto mi indumentaria era correcta hasta el más mínimo detalle.

Holmes y su hermano se habían esmerado mucho en la ropa de Prendergast y yo estaba agradecido de que así fuera. Como comentaba Holmes con frecuencia, para un observador atento, la ropa es una prueba de clase, de profesión y de actitud. A los ojos de las clases altas y de sus sirvientes, servía para dar un mensaje.

Después empujé la silla de Holmes a través de la puerta y entramos en un enorme recibidor. Desde allí se atravesaba la parte antigua de la finca hasta llegar al salón principal, donde la historia lo golpeaba a uno con la fuerza de un hacha. Era de estilo medieval, posiblemente de finales de 1400, y era enorme, con vigas de madera que reposaban sobre un muro bajo de piedra. El suelo enlosado era irregular en algunas zonas, y había quedado desgastado en las áreas más transitadas con el paso de los años. Sobre nuestras cabezas había un techo abovedado de estilo gótico con vigas de madera que terminaban en unos querubines tallados que contemplaban la actividad desde las alturas con sus rostros angelicales.

El lugar olía a humedad y, aunque todo estaba impecable, cientos de años de fuegos en la inmensa chimenea de un extremo y cientos de cenas y de bailes llenos de cuerpos sin lavar otorgaban a la estancia cierto aire turbio y ahumado.

—Esta parte de la casa tiene más de cuatrocientos años —dijo Mason—. Ahora apenas se usa, salvo para las grandes reuniones. Haré que Jeffrey los acompañe a sus aposentos en el ala nueva, donde encontrarán algo de beber para reponerse después del viaje y podrán cambiarse a su gusto. La cena se servirá en una hora en el comedor principal, y Jeffrey regresará para recogerlos entonces.

—¡Oh, un Tiziano! —exclamó Holmes mientras yo empujaba su silla detrás de Mason en dirección al ala nueva—. ¡Para! —Contempló el cuadro con gran interés—. Es un ejemplar magnífico. Se parece al *Hombre del guante*, adquirido por los franceses después de que nuestro desafortunado Carlos I perdiera la cabeza, pero este es mejor. Fue pintado algunos años más tarde, según veo. Existen muy pocos retratos de Tiziano. No esperaba menos del conde —observó—. ¿Dónde está, por cierto?

—Ahora mismo está descansando y le verá en la cena —respondió el mayordomo, que se negó a dar más detalles—. Pero ese cuadro lo compró su padre, el difunto conde —añadió con rigidez. Él también lo contemplaba con admiración—. Lo que verá en la zona antigua de la casa y en parte también en el ala nueva es la colección del padre. El actual conde tiene su propia colección guardada bajo llave en el Salón Paladio.

Me pareció notar cierto aire de resentimiento en su voz y me pregunté a qué sería debido.

—Usted será la primera persona ajena a la familia que contempla la colección en todo su esplendor.

—Todo un honor —dijo Holmes con la voz nasal y aguda que había creado para Prendergast—. Estoy deseando verla. Ahora, necesito descansar un poco antes de la cena.

El mayordomo llamó al sirviente con la campanilla. Después dijo en voz baja:

—Según creo, ha firmado un acuerdo con el conde para no revelar nada de lo que vea aquí, ¿no es cierto? Me veo en la obligación de preguntar, milord. El conde tiene muchas cosas en la cabeza últimamente.

A mí me extrañó que un mayordomo se tomara la confianza de hacerle una pregunta así a un invitado de honor, y Holmes estuvo a la altura. Adoptó al instante una expresión de desdén.

—Eso es un asunto privado —dijo con frialdad—. Ahora deseo retirarme a descansar.

—Como desee, milord —respondió Mason.

En unos minutos nos condujeron hasta nuestras habitaciones contiguas y el sirviente Jeffrey nos ayudó con nuestras pertenencias.

Holmes se colocó junto a la ventana y se quedó mirando hacia la oscuridad; los olmos de la entrada apenas se veían frente al manto de nieve azulado. Jeffrey y yo deshicimos las maletas y colgamos nuestras prendas en ambos dormitorios.

—¿Algo más, milord, o... señor? —preguntó.

—No, gracias —respondí yo, ansioso porque se marchara.

—Chico —dijo Holmes—, una cosa. Necesito la ayuda de un experto. Mis botas buenas han quedado dañadas durante el viaje. ¿Quién de entre los empleados podría ayudarme?

—Milord, yo puedo abrillantárselas —se ofreció Jeffrey.

—¡No! —exclamó Holmes, y el chico dio un respingo—. Son unas botas muy buenas procedentes de Italia. Necesito un experto en el tratamiento del cuero. —El chico se quedó mirándolo nervioso, sin saber qué decir.

Pero Holmes sabía cómo tranquilizar a un sirviente. Avanzó hacia él con su silla.

—Joven —le dijo amablemente mientras le ponía una moneda en la mano—, agradecería mucho tu ayuda. Seguro que hay algún hombre, sobre todo aquí, que sepa bien cómo tratar el cuero.

—Pomeroy, el ayuda de cámara del conde, sabe hacerlo —dijo Jeffrey—. Es una habilidad muy especial, sí, milord. Lo enviaré aquí en cuanto esté libre.

—Excelente —respondió Holmes.

Se volvió hacia mí con gesto triunfal en cuanto Jeffrey se marchó.

—Vamos a tener delante a nuestro sospechoso —dijo con una sonrisa—. El hombre que utilizó una navaja de curtidor para amenazar a nuestra clienta sabrá sin duda cómo tratar el cuero.

CAPÍTULO 16

Se necesita un arreglo

Pocos minutos más tarde, llamaron tímidamente a la puerta y apareció un joven pálido de pelo oscuro, entrado en carnes; debía de tener poco menos de treinta años y su expresión era sincera. Vestido de uniforme, daba la impresión de que se podía confiar en él. Se presentó como Pomeroy. Le dimos la bienvenida y Holmes le ofreció una bota muy buena que había dañado a propósito con un abotonador.

Pomeroy aceptó la bota y la examinó con atención.

—Es una pena, milord —dijo—. Tiene un arañazo muy profundo, pero puede que sea capaz de ayudarle.

—Watson, cierra la puerta —dijo Holmes—. Ahora, señor Pomeroy, deje la bota en el suelo. Le hemos llamado por otra razón completamente distinta.

Pomeroy lo miró sorprendido.

—Es en relación a Emil —anunció Holmes—, el hijo del conde. Según creemos, usted debía llevarlo al hotel Brown's esta Navidad para que se reuniera con su madre, la señorita Emmeline La Victoire, a quien probablemente conozca como Chérie Cerise, pero esa reunión se canceló.

—Yo… yo… —tartamudeó el ayuda de cámara mientras retrocedía.

—Nos han dicho que el niño lleva «fuera de casa» algún tiempo.

—¡Yo no sé nada de eso, señor! —logró decir el joven. Su voz sonaba aguda—. ¡Por favor!

—No tema. Si nos dice lo que necesitamos saber, no revelaremos su secreto. Pero sabemos que usted es cómplice. ¿Dónde está Emil?

—¿Quién es usted? —preguntó él.

Holmes suspiró.

—Mi nombre es Sherlock Holmes y este es el doctor Watson. Hemos venido a ayudarle a usted… y a Emil en nombre de mademoiselle La Victoire. Pero, si nos delata, correrá peligro. ¿Dónde está el muchacho?

—¿Emil? —preguntó el joven estúpidamente—. Señor, de verdad, yo no sé nada.

Holmes cambió de actitud.

—¡Maldita sea! ¿Dónde estaba usted el pasado miércoles por la noche?

—Yo… yo… ¡estaba aquí! —Pomeroy intentó correr hacia la puerta, pero yo me interpuse y le corté el paso.

—¿Su dama podrá confirmarlo? —preguntó Holmes.

Pomeroy palideció.

—Sí, la doncella rubia de los rizos.

Ah, de modo que Pomeroy y esa chica eran la pareja que Holmes había visto al llegar.

—¡Nellie! ¿Cómo sabía que…? Oh, por favor, señor…

—Creo que estaba usted en París, ¿verdad? ¿Esto le resulta familiar? —En ese momento Holmes sacó un extraño artilugio, un «cucharón con la punta afilada», como lo había descrito mademoiselle La Victoire, y se lo puso a Pomeroy delante de las narices. La navaja de curtidor. Debía de haberla conseguido en Londres, anticipando ese momento.

A mí me pareció un tanto teatral, pero tuvo el efecto deseado.

Pomeroy soltó un grito y se le doblaron las rodillas. Yo lo atrapé antes de que cayera y lo senté.

—Usted amenazó a mademoiselle La Victoire. ¿Por qué? ¿Y qué ha hecho con su hijo?

—Yo nunca le haría daño a la dama —dijo el joven con los ojos llenos de lágrimas—. Es… una mujer adorable. Y quiere a su hijo. Solo quería advertirle.

—Eso me parecía. ¿Por qué?

—Es una persona fuerte. Temía que intentara encontrar a Emil. Y, si lo hacía, yo solo quería ayudarlos a los dos. ¡Lo quiere tanto!

—Lo hizo con buena intención —intervine yo dándole una palmadita en el hombro.

—¡Watson, por favor! —exclamó Holmes—. ¿Y fue idea suya esconder al chico en Londres? ¿Secuestrarlo, por así decirlo?

—¡No! ¡Yo nunca haría algo así! Fue idea de su madre —continuó al ver nuestra confusión, o al menos la mía—. Me refiero a lady Pellingham. Ella me pidió ayuda.

—Tanto lord como lady Pellingham parecen confiar mucho en usted —observó Holmes secamente—. ¿Cómo es que le confiaron el bienestar del niño hace diez años? Por entonces debía de tener usted, ¿qué? ¿Dieciocho, diecinueve años?

Pomeroy agachó la cabeza.

—Rescaté al perro de la familia de un cepo y lo cuidé hasta que se recuperó —explicó.

Holmes se quedó mirándolo con severidad.

—Y algunos favores más. Desde entonces, yo…

—Sí, sí. ¿Y el conde o lady Pellingham estaban al tanto de sus encuentros anuales con la verdadera madre del niño?

Pomeroy palideció de nuevo.

—Solo el conde —respondió—. La dama pensaba que era para hacer las compras personales, ropa, regalos de Navidad, cosas así.

—¿Permitió que un bebé, y después un niño pequeño, viajara a Londres para ir de compras? —preguntó Holmes con incredulidad.

—Eh… eso fue más tarde. El conde dijo que quería que su médico de Londres examinara al muchacho cada seis meses.

—Mmm. Pero, ¿por qué esconderlo ahora? —pregunté yo.

—Paso a paso, Watson —respondió Holmes antes de volverse hacia Pomeroy—. ¿Dónde está el muchacho?

Por el rostro de Pomeroy pasaron muchas y diversas emociones hasta que al fin habló.

—Está en Londres, señor. A salvo.

—¿Dónde exactamente?

—Con mi hermana y su marido.

—¿Charles y Merielle Eagleton?

—Sí. ¿Cómo sabía…?

—La navaja. Es de un curtidor. ¿En Bermondsey?

—Sí.

—¿Por qué le pidió lady Pellingham que escondiera al chico? —quiso saber Holmes alzando la voz.

—¡Shh! —siseé yo.

—La dama me dijo que aquí había peligro. Nellie y yo también lo hemos notado.

—¿Peligro de qué tipo? ¡Detalles, por favor! —exclamó Holmes.

—Lady Pellingham no me lo dijo. Yo no estoy en posición de cuestionar sus decisiones, señor.

—Evidentemente. Pero usted ha observado algo. Descríbalo.

Pomeroy empezó a temblar. Holmes se le acercó y se inclinó hacia él para sacarle las respuestas.

—Nellie se dio cuenta primero. Emil ha… bueno, ha cambiado recientemente. Siempre fue un niño alegre, hablador, simpático. Le gustaba leer. Pero últimamente había dejado de sonreír. Y… de hablar.

—¿El conde dijo algo al respecto? —preguntó Holmes.

—No sé si se dio cuenta, señor —contestó el joven—. Tiene muchas cosas en la cabeza…

Llamaron a la puerta en ese instante. Pomeroy dio un brinco y todos nos quedamos quietos.

—¿Milord? —Era el mayordomo—. ¿Está con usted el ayuda de cámara del conde?

—Así es —respondió Holmes con su voz de Prendergast—. Le he pedido ayuda con mis botas. —Después bajó la voz y se dirigió a Pomeroy—. Seguiremos con esto después de la cena. No diga nada o lo delataremos.

Pomeroy asintió aturdido.

—Confío en que le haya sido de ayuda —se oyó la voz de Mason.

Holmes despidió al aterrorizado ayuda de cámara con un gesto de la mano. Pomeroy se secó las lágrimas y tomó aliento. Comenzó a caminar hacia la puerta y se olvidó de la bota. Yo lo agarré de la manga y se la entregué. Él la aceptó aliviado y abrió la puerta. Mason lo miró con rabia.

—¿Y bien?

—Sí, señor —murmuró Pomeroy—. Puedo ayudar al caballero, señor.

El mayordomo lo miró atentamente y después le dejó pasar. Se quedó en la entrada de nuestros aposentos y arqueó una ceja al ver que aún no estábamos vestidos para la cena.

—He recibido órdenes de acompañarlos a la cena. ¿Necesitan ayuda para vestirse? Puedo enviar a alguien.

—Gracias, podemos solos —respondí yo.

—Los esperaré en el pasillo —dijo el mayordomo—. Es muy fácil perderse en esta casa —añadió.

—Maldita sea —susurró Holmes después de que el hombre cerrara la puerta—. Después de la cena tenemos que despistar a este molesto mayordomo y retomar nuestra conversación con Pomeroy. Ahora vístete, deprisa. Después ven a echarle un vistazo a algo.

—¡Está esperándonos, Holmes! —dije yo.

—Recuerda que yo estoy paralítico. Tardo en vestirme. ¡Pero corre!

—Mason está pegado a nosotros —murmuré mientras seleccionaba la ropa para la cena—. ¿Crees que sospecha?

—No. La corbata blanca, Watson, esa no. Es el clásico perro guardián, leal a la familia por encima de todo. El conde es vulnerable con el tema de su colección de arte. Yo seré el primero que la vea. Es desconfiado, nada más.

—Yo creo que…

—Tú puedes creer lo que quieras, pero yo no. Date prisa. El «bull terrier» nos espera.

Me fui a mi habitación y me cambié con rapidez. Pero Holmes fue más rápido y, cuando regresé, estaba vestido y preparado, con un amplio papel abierto sobre su cama, haciéndome gestos para que le echara un vistazo. Era un plano detallado de la casa.

—¿Cómo ha conseguido esto Mycroft? —pregunté, maravillado por los recursos de los hermanos Holmes—. ¡En casa de vuestros padres no debía de haber nada que estuviera a salvo!

Holmes no se molestó en responder.

—Verdaderamente es un laberinto —dijo señalando el mapa—. Mira atentamente, Watson.

—¿En qué puede ayudarnos esto ahora? No puede verte nadie caminando por ahí.

Él suspiró.

—No, pero a ti sí.

Yo devolví la atención al papel. Era un laberinto de pasillos y extrañas habitaciones. Nos quedamos estudiándolo durante solo unos minutos, por culpa del maldito Mason, y después nos fuimos a cenar, guiados por el mayordomo.

CAPÍTULO 17

En el seno de la familia

El mayordomo nos acompañó a través de un sinfín de pasillos y giros hasta el gran comedor. La parte antigua de la casa no estaba hecha para la silla de ruedas y nos llevó algo de tiempo.

Al llegar al comedor, Mason se volvió hacia mí y anunció:

—Yo me encargaré de lord Prendergast por usted, doctor. Puede ir a cenar con los empleados o, si lo desea, le enviaré la cena a su habitación.

¡De modo que me consideraban un sirviente! Apreté la mandíbula con fuerza.

—Mason —dijo Holmes bruscamente—. El doctor no es mi sirviente, sino un amigo de confianza y colega, además de un héroe de guerra condecorado. Lo que sugieres es impensable. Cenará conmigo, o no cenaremos en absoluto.

Mason se tragó su sorpresa e hizo una reverencia. Al fin y al cabo, Prendergast era un barón.

—Como desee, milord. Informaré al conde. —Se dio la vuelta y dio instrucciones a uno de los sirvientes para que colocaran un servicio más en la mesa.

El comedor era enorme, con revestimientos de madera y una fila de cuadros a ambos lados. En la mesa había porcelana china, vajilla y cubertería de plata suficientes como para igualar en valor a una villa de tamaño medio en Mayfair. Habían preparado seis servicios. Las velas estaban encendidas y las llamas proyectaban reflejos titilantes sobre el conjunto.

Nos invitaron a esperar en un extremo de la habitación, donde estaban preparadas las bebidas. Un sirviente nos sirvió a cada uno un jerez. Holmes se fijó en un retrato alargado y bastante inquietante situado detrás del aparador.

—¡Qué Géricault tan bonito! —exclamó con entusiasmo—. Me recuerda a uno de los retratos que realizó en el manicomio. A uno en particular. *Retrato de un cleptómano.*

El sirviente que estaba sirviéndonos las bebidas dio un respingo y se alejó con rapidez para chismorrear con el mayordomo. Yo me incliné hacia Holmes y susurré:

—¡Estás forzando la credibilidad! ¿Con qué motivo?

—Te aseguro que todo lo que digo es real —respondió él con una sonrisa taimada—. ¡Existe un retrato con ese nombre!

El mayordomo con vista de águila rodeó la mesa y ajustó los servicios con precisión mientras nos lanzaba alguna mirada ocasional. Probablemente estuviese contando los cubiertos de plata. *Retrato de un cleptómano*, por supuesto.

Seguimos esperando al conde con las bebidas en la mano.

Pasaron cinco minutos. Entraron más sirvientes y se colocaron en fila junto a las paredes recubiertas de madera. Tras ellos colgaban más retratos sombríos, todos mirando con tristeza hacia la habitación. Los pasos sonaban amortiguados sobre la gruesa moqueta. La riqueza de varias generaciones quedaba suspendida en el aire como una capa de polvo.

A pesar de mi curiosidad sobre el conde, temía que fuese a ser una velada muy larga. Tuve que contener un bostezo.

La puerta lateral del comedor se abrió con un fuerte golpe y sobresaltó a los sirvientes, que se recolocaron de inmediato. Un hombre bajito, pero corpulento y rellenito, de unos cincuenta años, rubicundo y con el rostro afable entró en la habitación con la fuerza de un temporal.

—¡Barón! —gritó. Se acercó a Holmes y le ofreció la mano con una amplia sonrisa que le hacía parecer un niño grande y entusiasmado—. Bienvenido a nuestra morada. —Estaba pletórico y se rio de su propio chiste.

Era americano. El padre de lady Pellingham, sin duda.

—Señor Strothers, imagino —dijo Holmes débilmente, con la lejanía de un barón que pasaba su vida en un museo—. Es un placer —añadió estrechándole la mano al hombre.

—Está en lo cierto. Soy Daniel G. Strothers, de Nueva York y Nueva Jersey. Mis amigos me llaman Danny. Vine para la boda.

—¿Y decidió quedarse? —pregunté yo.

—Mi hija insistió. Además soy útil, ¡y la verdad es que me encanta estar aquí! Mi yerno ha estado intentando instruirme en los aspectos más refinados de la vida. Pero me temo que es una batalla perdida.

Holmes sonrió con educación.

—He oído que es usted un auténtico experto en arte —continuó Strothers—. Supongo que tendrá mucho tiempo para estudiar estando atrapado en esa silla. ¿Qué le ocurrió?

Holmes lo observó con una tolerancia cansada.

—Un accidente. Hace mucho tiempo. Un carruaje. Pero ya estoy acostumbrado.

—A un amigo mío le ocurrió lo mismo. ¡Una lástima! Entonces, ¿está paralítico?

—Mmm —murmuró Holmes mirando hacia otro lado.

Haría falta algo más que clases de arte para conseguir pulir a Strothers. Pero eso no me molestaba; su mirada directa y su sonrisa amable me tranquilizaron de inmediato. Y para Holmes la clase era invisible cuando no era relevante para un caso.

—Perdone —dijo el americano al notar que se había excedido. Entonces se volvió hacia mí—. ¿Y quién es usted, señor? —preguntó sin dejar de sonreír. Los americanos eran de lo más directos.

Yo vacilé durante solo un segundo y Holmes se apresuró a responder por mí.

—Este es el doctor Laurel, mi médico y también mi amigo.

Nos dimos la mano. La de Strothers era cálida y poderosa.

—Bueno, Laurel, ¿usted también es un experto en arte? —me preguntó.

—En absoluto —repuse yo.

—Entonces, ¿caza? ¿Hace deporte? —añadió esperanzado. Me di cuenta entonces de que el padre de lady Pellingham estaba tan fuera de lugar como yo en aquella estancia agobiante.

—Me gusta practicar tiro —dije.

—¡Qué bien! —exclamó—. Esta es una zona excelente para ello. ¡Esta misma tarde he atrapado tres pájaros! Y con este tiempo. Imagine. Quizá podamos ir mañana juntos.

Las perspectivas parecían mejorar.

Anunciaron la llegada de un tal señor Frederick Boden y se nos unió un hombre rígido con buena constitución de treinta y muchos años, cuyo porte erecto y atuendo impoluto sugerían un pasado militar. Era guapo, con cejas oscuras y pobladas y un bigote que le daba un aire severo, así como una cicatriz de guerra en la mejilla que le hacía parecer cruel. Según mi opinión de médico, debía de haber sido una herida grave, no muy reciente, pero bien cosida.

Le ofrecieron una copa, pero declinó la invitación. Su voz aguda de tenor contrastaba enormemente con su actitud masculina.

Holmes se apartó y arrastró a Strothers a una conversación unilateral sobre Géricault. Yo intenté hablar con el otro. Resultó difícil; al hombre le interesaba la conversación insustancial tan poco como a Holmes, así que cambié de tema y comencé a hablar del ejército, basándome en mi suposición sobre el servicio militar. Al fin Boden mencionó que había participado en la batalla de Abu Klea.

—¡Ah, el cuadrado de infantería! ¡Un buen movimiento! —exclamé yo. El ejército británico, que estaba en inferioridad numérica durante la batalla, había vencido adoptando la forma de un cuadrado impenetrable. La batalla era famosa; Boden debía de haber vivido unas aventuras emocionantes. Pero no se dejó tentar para hablar sobre el tema.

—Actuamos cuando nos necesitaban —respondió tranquilamente

140

a mi pregunta. Después sonrió con rigidez, como si hubiese sido una ocurrencia tardía.

Había algo raro en él; decidí intentar sonsacarle. Tenía un acento refinado, el de un hombre educado y privilegiado. Continué, convencido de que Holmes se sentiría orgulloso de mis averiguaciones.

—¿Qué le trae entonces por Lancashire? —pregunté.

Él me miró bruscamente y después disimuló la expresión en lo que pareció ser un gesto consciente.

—Me encargaron supervisar las seis fábricas del conde —dijo.

¿Era un empleado, entonces? Aun así era de alta cuna. ¿Quién sería y por qué habría sido invitado a una cena como aquella en casa del conde?

—Como favor personal al conde, claro —añadió como si me hubiera leído el pensamiento—. Mi familia tiene terrenos en otra parte.

Intuía que era hijo segundo; de buena familia, aunque no heredaría la fortuna. Los hombres así con frecuencia se labraban una carrera en el ejército, reclutados como oficiales, conservaban sus privilegios a lo largo del servicio y a su regreso lograban puestos de honor.

—Doy por hecho que ha tenido éxito —dije—. La seda del conde es considerada la mejor del país.

Eso fue un error. Su tono se volvió gélido.

—El señor Strothers es un hombre con mucha visión comercial. Al emplear sus estrategias, he devuelto los intereses del conde, la seda entre otros, a su estado inicial. Así el conde podrá continuar apoyando el arte como hicieron su padre y su abuelo antes que él.

—Ah, muy bien entonces —murmuré yo.

—Ni lord Prendergast ni usted estarían aquí de no ser así —hizo una pausa, al parecer esperaba que le diese las gracias.

Llegados a ese punto guardé silencio. Me pregunté si aquel hombre estaría relacionado de algún modo con las misteriosas desapariciones y las muertes en torno al telar. Pasados varios segundos volví a aventurarme.

—¿Cuántas fábricas supervisa ahora, señor Boden? —pregunté.

—Ninguna. Solo fue un favor puntual. Ahora soy el magistrado local.

Qué extraño. Pero, ¿cuál sería su conexión actual? Estaba decidido a averiguarlo. Tal vez fuese el compañero de caza y amigo del americano, aunque sus personalidades fuesen como la noche y el día. Claro que eso podría decirse de muchas amistades.

—¿Usted caza, señor? —pregunté—. Ese es uno de mis intereses. El señor Strothers ha mencionado que en la zona hay mucha caza.

—Sí, cazo, por así decirlo —respondió—. Principalmente ciervos. Al contrario que al señor Strothers, la caza menor no me interesa. —Sonrió al decir aquello y después se giró abruptamente—. He cambiado de opinión —le ladró a uno de los sirvientes—. Sírveme un jerez.

Aunque no hubiera nada inapropiado en sus palabras, me alegré de que hubiera terminado nuestra conversación. Ese hombre me ponía nervioso. Proyectaba silenciosamente algo que no podía identificar, cierta actitud violenta.

Me pregunté si Holmes se habría dado cuenta. Parecía absorto en una animada conversación con Strothers mientras intentaba explicar algún detalle de otro de los sombríos retratos de la sala. Pero, cuando Boden se alejó de mí para aceptar su copa, vi que Holmes le dirigía una mirada penetrante.

Pasaron varios minutos incómodos, con Boden y conmigo escuchando en silencio la lección de arte de Holmes; nuestros anfitriones seguían sin aparecer. Aunque fuese costumbre esperar a una gran entrada en algunos círculos, aquello empezaba a rozar la grosería.

Por fin se abrieron las puertas del comedor y la habitación quedó en silencio. Si hubiera sonado una fanfarria en aquel momento, no habría desentonado. Desde el final de un largo pasillo se aproximaba nuestro anfitrión, caminando despacio, con una majestuosidad bien estudiada. Iba solo.

El conde era un hombre alto y fornido, de pelo rubio y todavía guapo a sus cuarenta y muchos años. Llevaba un costoso atuendo de noche que resultaba actual y, al mismo tiempo, traía reminiscencias del pasado. Su chaleco estaba bordado a mano y su chaqueta era una obra de arte de la sastrería londinense.

Su lento caminar nos dio tiempo suficiente para advertir el esplendor que obviamente esperaba transmitir.

Su porte era arrogante, una mezcla de privilegio, esnobismo y energía difusa que caracterizaba a lo peor de su clase. En su cara se veía el desdén y sus movimientos lánguidos parecían ensayados para enervar. O quizá fuera que yo estuviera hambriento.

El conde al fin entró en el comedor y los sirvientes se tensaron notablemente. Strothers se volvió para mirar a su yerno.

—Ah, aquí estás, Harry, hijo mío. ¡Por fin podremos cenar! ¡Pongámonos a ello!

—Daniel —dijo el conde con una cordialidad fría. Después se dirigió a los demás, aunque se quedó mirando al vacío por encima de nuestras cabezas—. Lady Pellingham está indispuesta. Se reunirá con nosotros más tarde —anunció.

Después se volvió lentamente para saludar a mi amigo.

—Lord Prendergast, bienvenido a Clighton. Es todo un placer conocerlo al fin. —Sonrió con desgana. Al parecer eso era lo que los nobles consideraban entusiasmo. Me cayó mal desde el principio.

Cuatro sirvientes se acercaron a la mesa para sacar nuestras sillas mientras un quinto nos acompañaba hasta nuestros asientos. Holmes se situó en el lugar de honor a la derecha del conde. Boden se colocó junto a él y Strothers enfrente. A mí me pusieron junto a Strothers. El asiento de lady Pellingham, situado frente al conde, permaneció vacío.

El conde procedió a ocupar lentamente su asiento. Los demás lo imitamos uno a uno. Yo vacilé, sin estar muy seguro del protocolo.

—Siéntese… Laurel, ¿verdad? —me preguntó el conde con desdén.

Se volvió entonces hacia Holmes.

—No esperaremos a lady Pellingham. Francamente, conociendo

tan bien el tema que nos ocupa, se aburriría con nuestra conversación. Empezaremos sin ella.

Hizo un gesto a los sirvientes para que comenzaran a servir y siguió centrado en Holmes.

—Según tengo entendido, le ha gustado el Tiziano de mi padre —dijo, y su rostro se iluminó al fin—. Tengo dos más, mejores incluso que ese.

—¿Mejores? —preguntó Holmes—. ¡Estoy deseando verlos! ¿De qué periodo son?

La cena se desarrolló hablando de nada salvo de la colección de arte del conde y todo su esplendor. La comida era suntuosa y abundante; sopa de tortuga seguida de un plato de marisco, después un segundo. No era necesario hablar; el conde y Holmes acaparaban la mesa con su animada charla sobre arte, interrumpida solo por el ruido de los cubiertos y los discretos movimientos de los sirvientes.

Cuando sirvieron las ostras como cuarto plato, miré a Holmes. Él odiaba esos bichos resbaladizos e hizo un esfuerzo para que no se le notara. Justo en ese momento volvieron a abrirse las puertas y lady Pellingham entró en el comedor.

Todos nos volvimos hacia ella. Ataviada con un vestido de seda rosa oscuro de estilo parisino que acentuaba su melena rubia pálida, la belleza de la dama rivalizaba con la de nuestra clienta, aunque eran muy distintas. No era robusta como su padre, más bien una muñeca de porcelana con cintura de avispa, muñecas delicadas, tirabuzones rubios y una actitud amable. Entró apresuradamente y se detuvo brevemente junto al conde al murmurar una disculpa.

El conde la contempló con frialdad, pero también con preocupación.

—¿Ya te encuentras mejor? —le preguntó, le estrechó una mano y le dio una palmadita.

Ella la apartó bruscamente. Después sonrió a su marido para disimular el gesto.

—Sí. Mejor, gracias. —Ocupó inmediatamente su asiento al otro extremo de la mesa.

—Mi mujer es como un helecho —dijo el conde con una sonrisa—. Come poco y parece vivir del aire.

—Siempre ha sido así —agregó su padre con una carcajada—. Come un poco, Annabelle. Vas a salir volando.

Las pálidas mejillas de lady Pellingham se sonrojaron ligeramente con esas palabras, se volvió hacia Holmes con una sonrisa forzada. Tenía acento americano, pero era mucho más suave que el de su padre.

—Lord Prendergast, doctor Laurel, bienvenidos. Por favor, disculpen mi tardanza. Me alegro mucho de verlos. Mi marido me ha hablado mucho de su gran pericia, señor.

A medida que avanzaba la cena, me di cuenta de dos cosas. Lady Pellingham apenas hablaba y prácticamente no comía nada. Parecía preocupada. Tanto su marido como su padre se mostraban solícitos, la miraban preocupados o la animaban a hablar, a comer o a relajarse.

En un momento dado, Holmes logró preguntarle por su familia. Admitió que su madre había muerto muchos años atrás. Su padre puso cara de pena cuando dijo aquello, pero la actitud de ella escondía algo más complejo. Pena y… ¿quizá rabia?

—Según tengo entendido, el conde y usted son los felices padres de un niño —dijo Holmes con la aparente intención de cambiar de tema.

Lady Pellingham dejó caer el tenedor de golpe.

—Ahora mismo no se encuentra aquí —dijo tras recuperarse.

—Sufría una tos crónica —explicó el conde—. Annabelle lo ha organizado todo para que pase el invierno en un clima más cálido, ¿verdad, querida?

—Mmm. Eso debilita al muchacho —resopló Strothers—. ¡Mala idea!

—Espero que no sea tuberculosis —intervine yo.

El conde y su esposa me dirigieron una mirada cargada de veneno. Había sido un paso en falso por mi parte. En esos círculos, la tuberculosis se consideraba una enfermedad de pobres, y aun así yo conocía a varios nobles que la padecían.

—Por supuesto que no —aseveró lady Pellingham—. Hemos cuidado bien de él. —Poco después se excusó de la mesa y se retiró, supuestamente a su habitación.

Sentí, más que ver, la decepción de Holmes. Pero continuó como si nada hubiera ocurrido. Al finalizar la cena, logró convencer al conde para que le mostrara un adelanto de su colección privada, esa misma noche, nada más terminar, porque estaba deseando verla.

Para mi sorpresa, el conde accedió. Parecía tan ansioso como Holmes.

CAPÍTULO 18

Un primer vistazo

Cuando el conde se marchó con Holmes a ver su museo privado ubicado en el Salón Paladio, yo fui invitado a fumar un puro y tomar coñac con Boden y con Strothers en el salón de fumadores. Pero, a medida que nuestra breve charla sobre armas y caza fue centrándose en temas industriales, empecé a sentirme inquieto. Por simpático que fuese Strothers, Boden me hacía sentir incómodo y la conversación sobre productividad y asuntos de transporte me aburría bastante. Me disculpé, fingí que estaba fatigado y me ausenté.

Agradecido por estar solo, decidí investigar un poco. Viéndolo con perspectiva, aquello fue un error, el primero de la velada. Esperaba encontrarme con Pomeroy y tal vez continuar la conversación que Holmes había iniciado. Tras servirnos la cena, los sirvientes probablemente estuvieran reunidos en la cocina cenando ellos también, pensé.

Fui en esa dirección, tomé una escalera trasera que conducía hasta una parte mucho menos decorada de la casa, con revestimientos de madera y sencillas paredes de yeso, tenuemente iluminada con luces de gas intermitentes que apenas brillaban. Llegué hasta una puerta trasera que daba a la despensa y allí encontré lo que buscaba. Nellie y Pomeroy estaban a medio metro de mí, escondidos en un armario empotrado. Estaban abrazados y yo me quedé detrás de la puerta para escuchar. Holmes estaba en lo cierto sobre ellos.

—Freddie, Freddie —sollozaba la muchacha—. ¿No podemos marcharnos esta noche?

—Calma, Nellie. No dejes que Dickie te amenace. Necesito un día más, eso es todo.

—¡Pero está a punto de contarles lo nuestro! ¡Lo noto!

Pomeroy suspiró.

—No pasará nada. Es por Emil y por la dama por quienes temo.

—Déjalo, Freddie. ¡Podrías ir a la cárcel!

—¡Pero la dama está tan asustada como nosotros! Tengo que ayudarla.

¿Lady Pellingham tenía miedo? Pero, ¿de quién y por qué?

De pronto tuve la sensación de que alguien me observaba. Me di la vuelta despacio. Mason estaba al otro extremo del pasillo, mirándome fijamente. No estaba lo suficientemente cerca como para oír la conversación, pero sin duda me había visto escuchando.

—Hola —dije—. Buscaba leche caliente. Estoy preparándole la medicación nocturna a lord Prendergast —añadí en voz alta con la esperanza de advertir a la joven pareja.

Las voces cesaron al otro lado de la puerta. Mason se me acercó severamente.

—Siempre puede pedir cualquier cosa que necesite —hizo una pequeña pausa—, señor.

—¡Ah, los has encontrado! —exclamó Holmes con el estridente tono de Prendergast.

Apareció Jeffrey empujando la silla de ruedas por el pasillo. Fue justo a tiempo.

—Y, Mason, su jefe tiene una colección asombrosa. ¡Estoy en el séptimo cielo! —continuó mi amigo—. Estoy deseando estudiarla en profundidad mañana.

—Milord —dijo Mason rígidamente con una pequeña reverencia. Se volvió hacia Jeffrey—. ¿Y el conde, Jeffrey?

—Se ha retirado, señor. Ya he avisado a su ayuda de cámara.

—Debo ir a verlo una última vez —dijo Mason—. Pero, antes de hacerlo, ¿puedo acompañarlos a sus habitaciones?

—El conde ha mencionado un exquisito Vigée Le Brun que tienen en la entrada y que me gustaría ver antes de retirarme —dijo

Holmes—. El doctor Laurel está acostumbrado a esta obsesión mía. Podemos volver solos.

—Es difícil recorrer esta casa en su estado, milord. Jeffrey, acompaña a nuestros invitados con una luz. Y después llévalos a sus aposentos.

Se marcharon para prepararlo todo y Holmes se inclinó rápidamente hacia mí.

—Qué insistente. Pero estamos de suerte, Watson. He conseguido identificar suficiente arte robado entre las posesiones del conde como para abrir un ala en el Museo Británico, por no hablar de poder acusarlo sin temor. Ni siquiera es comparable a la colección de lord Elgin.

—¿Y qué me dices de la Nike?

—¡La entregarán mañana a mediodía! Mycroft tendrá lo que necesita. Y nosotros tendremos el camino más despejado para investigar el misterio de Emil y de los otros niños. —Sonrió triunfal—. El conde es un lunático con el tema. Está obsesionado.

—Pero, ¿ahora qué? —pregunté yo, pensando que la línea entre el aficionado y el lunático era muy delgada.

—Confío en poder ver la habitación del niño. Y, si es posible, a lady Pellingham.

Pero ninguna de esas cosas ocurriría, o al menos no como Holmes había esperado. Jeffrey regresó con una luz y, después de un laberíntico paseo por la casa a oscuras, durante el cual Holmes hizo que el joven se sintiera a gusto sin parar de hablarle, llegamos hasta el bonito retrato de una noble rusa que nos miraba con socarronería en mitad de la oscuridad.

—Y, ¿hay ilustraciones? —preguntó Holmes mientras observábamos el cuadro—. Las ilustraciones de los niños son una de mis pasiones.

—Tal vez en el cuarto del niño, milord.

—¡Llévanos allí!

—Lo siento, señor, pero eso nos está prohibido. Ninguno de nosotros puede poner un pie allí, señor.

Holmes activó su particular encanto.

—Nadie tiene por qué enterarse, Jeffrey, y harás de este viejo barón un hombre feliz.

—No puedo, milord. Ojalá pudiera.

—Una pena —dijo Holmes—. Me encanta el arte infantil. Y también los niños. Me recuerdan a mis días más felices y despreocupados.

—Sé lo que quiere decir, señor —respondió Jeffrey.

—¿Tú conoces al niño? —le preguntó Holmes.

—Así es, señor. Todos lo conocemos. Un muchacho muy alegre, siempre sonriente.

—¿Siempre?

—Bueno, hasta hace poco.

—¿Qué ocurrió hace poco? —preguntó Holmes.

—Nadie lo sabe. Pero no ha hablado en casi un mes.

—¿De verdad? ¿Y por qué crees que es?

Jeffrey se quedó callado.

—He hablado más de lo debido, milord —dijo finalmente.

No logramos sacarle nada más y pronto regresamos junto al mayordomo. Mason estaba esperándonos donde lo habíamos dejado y yo empecé a sospechar. ¿Nos habría seguido a través de la casa?

Achaqué mi temor al cansancio. Me alegraría cuando acabara aquel día, porque pensaba que tal vez estuviera adoptando alguna de las manías de mi amigo.

—¿Le ha gustado el Vigée, lord Prendergast? —le preguntó.

—¡Desde luego, Mason! —exclamó Holmes—. Sus retratos tienen tanta vida que parece que fuesen a ponerse a hablar en cualquier momento. Dormiré bien, soñando con lo que he visto esta noche.

Si al menos eso hubiera sido cierto. Pero resultó que ambos presenciaríamos algo tan horrible que la imagen se nos quedaría grabada para siempre en el cerebro. Tardaríamos mucho en poder volver a dormir bien.

SEXTA PARTE

CAE LA OSCURIDAD

«Nuestro principal objetivo no consiste en ver lo que yace vagamente en la distancia, sino en hacer lo que está claramente a nuestro alcance».
Thomas Carlyle

CAPÍTULO 19

¡Asesinato!

Una vez más, Mason me acompañó mientras yo empujaba la silla de Holmes hacia nuestras habitaciones. Al acercarnos hacia la escalera principal, pasamos junto a la biblioteca, a través de cuya puerta abierta se veían las hileras de libros encuadernados en cuero. De pronto un ruido nos pilló a todos por sorpresa; ¿un libro al caer al suelo, quizá? Y entonces las voces de dos personas en mitad de una discusión en el otro extremo de la biblioteca.

Reconocí la primera; era la voz de lady Pellingham, que prácticamente gritaba.

—Tu insensibilidad es... es... intolerable. Da igual tú pasión por el arte, ¡estás ciego!

Una voz masculina de barítono respondió en un susurro furioso; no logramos distinguir las palabras, pero parecía tratarse del conde.

—¿Por qué no logro que te des cuenta? —fue la respuesta de la dama.

Mason cerró las puertas dobles de la biblioteca. El siguiente sonido nos llegó amortiguado, pero era claramente la voz del conde, que ahora gritaba.

Mason nos llevó aceleradamente por otro pasillo hasta llegar al fin a la base de la larga escalera que conducía a nuestras habitaciones, ubicadas en el tercer piso.

—Esperen aquí —dijo—. Llamaré a dos sirvientes para que

lleven a lord Prendergast y su silla. —Resonó entonces por el pasillo el grito de terror agudo de una mujer.

—¡Dios mío! —exclamé yo.

El mayordomo me agarró del brazo con fuerza.

—No se mueva —me gritó prácticamente a la cara antes de salir corriendo por el pasillo.

Holmes se incorporó de inmediato.

—Deprisa, Watson. Gira por este pasillo y corre conmigo, como el viento.

—Pero…

—¡Hazlo! Ese grito procedía de la biblioteca. ¡Conozco otra manera de llegar! —Sin dudar agarré la silla y empujé a Holmes corriendo por otro pasillo. Siguiendo sus indicaciones, giramos a la derecha, a la izquierda y después otra vez a la izquierda. En pocos segundos estábamos frente a una nueva puerta que conducía a una oscura antesala con muchas librerías y un par de escritorios. Al otro lado de aquella pequeña sala había otra puerta abierta que daba a la biblioteca, cuyas luces estaban encendidas.

Entré con Holmes en la antesala y estuve a punto de tropezar con una pila de papeles que se habían caído del escritorio y yacían en el suelo.

—¡Ahí! —susurró Holmes—. ¡Acércate a esa puerta!

La puerta del otro extremo de la sala estaba parcialmente abierta; a través de la rendija podíamos ver el interior de la biblioteca. Los sirvientes corrían asustados de un lado a otro. Algunos de ellos estaban arremolinados en torno a algo que había en el suelo. Entonces la multitud se separó y yo advertí un vestido rosa brillante tendido en el suelo, y una mano pálida junto a él. ¡Era lady Pellingham!

—¡Hemos llegado demasiado tarde! ¡Qué tonto he sido! —siseó Holmes—. ¡Ve a verla, Watson!

Pero yo ya me había adelantado y entré corriendo en la habitación.

—¡Soy médico, déjenme ayudar! —grité—. ¡Échense a un lado!

Los sirvientes que rodeaban el cuerpo de lady Pellingham me dejaron pasar. Me arrodillé junto a ella. No respiraba. Le busqué el pulso en la muñeca, pero no lo encontré. Me agaché para observarla más atentamente, pero Strothers entró corriendo, me echó a un lado y tomó a su hija entre sus brazos para estrecharla contra su cuerpo.

—¡Annabelle! —gritó con dolor—. ¡Mi niña! ¡Oh, Dios mío!

—¡Señor, déjeme examinarla! —exclamé yo. Pero el hombre estaba cegado por la pena y no la soltaba. Comenzó a sollozar. Yo intenté amablemente quitarle el cuerpo inerte de lady Pellingham de entre los brazos. Logré que Strothers la soltase y entonces la tumbé con cuidado en el suelo.

Entonces le vi la cara. Sus hermosos rasgos formaban una máscara de terror, tenía los ojos desencajados, los labios retorcidos y la lengua fuera. Clavado en su pecho había un abrecartas de plata, rodeado por gotas de sangre que manchaban el corpiño rosa.

Aun sabiendo que estaba muerta, me ceñí al protocolo. Volví a buscarle el pulso. No tenía. Saqué mi pañuelo y, con manos temblorosas, lo abrí para taparle la cara y ocultar aquella horrible imagen. Levanté la mirada. A nuestro alrededor había un círculo de rostros horrorizados.

—Lo siento mucho —dije—. No hay nada que pueda hacer.

Tras ellos, Holmes había entrado con su silla en la habitación y estaba estudiándola con atención.

Sollozando, Strothers volvió a lanzarse sobre el cuerpo de su hija.

—Apártense todos del cuerpo. —La voz aguda de Boden interrumpió el murmullo general. Todos se dieron la vuelta y vieron al magistrado de pie en la puerta con el conde y con Mason, que obviamente había ido a buscarlos a ambos. Silencio. Mason agarraba al conde del brazo para que se apoyara en él.

—Obviamente ha habido un asesinato —declaró Boden, que pasó a hacerse cargo de la situación—. Que todos se aparten y no toquen nada.

—Por supuesto —respondió Holmes, que se salió por un momento del personaje. Boden lo miró bruscamente.

Entonces el conde se acercó, vacilante.

—¿Annabelle? —susurró—. ¿Annabelle?

Los sirvientes se echaron a un lado y le permitieron ver claramente el cuerpo. Yo estaba arrodillado a un lado de la víctima y Strothers al otro.

El conde pudo ver entonces con claridad a su esposa muerta y cayó al suelo de rodillas con un gemido. Mason y otro sirviente lo agarraron mientras caía.

—¡Doctor! —exclamó Mason mientras trataba de dejar a su señor en el suelo.

Yo no podía hacer nada por la mujer, así que corrí junto al conde. Yacía inconsciente sobre la moqueta, agitando los párpados y con el pulso acelerado. ¿La impresión? ¿La pena? Fuera cual fuera la causa, estaba profundamente trastornado.

—¡Brandy! —grité mientras le aflojaba el cuello de la camisa. Enseguida me trajeron lo que pedía.

—¡Despejen la habitación de inmediato! —ordenó Boden. Después se dirigió a Strothers—. Daniel, por favor…

Strothers levantó la mirada. Había vuelto a estrechar el cuerpo sin vida de su hija contra su pecho. Soltó un gemido de dolor y la dejó otra vez sobre la moqueta.

—Siento mucho tu pérdida —dijo Boden—, pero estamos en la escena de un crimen. Todo el mundo debe apartarse de inmediato.

Strothers se movió como si estuviera en trance, ayudado por dos sirvientes mientras otro empujaba la silla de Holmes hacia el recibidor. Boden se acercó al cuerpo y apartó mi pañuelo para dejar al descubierto de nuevo aquel horrible rostro.

—Qué pena —murmuró.

Escudriñó la habitación. Solo quedábamos en ella el mayordomo, el conde y yo. El conde se había incorporado y contemplaba horrorizado el rostro desencajado de su esposa. Comenzó a tener arcadas, así que me interpuse entre ellos para que no pudiera verla.

—Doctor, saque a lord Pellingham de la habitación —dijo Boden.

—Señor Boden —respondí yo—, es posible que la dama no haya muerto de…

Pero Boden me invalidó con vehemencia.

—A no ser que sea usted un policía con experiencia, doctor, déjeme a mí la investigación. Haga lo que le digo. Ahora.

Nos retiramos todos a un recibidor cercano, donde sentaron al conde en una silla. Yo seguí atendiéndolo a regañadientes. Había recuperado la conciencia, pero ahora boqueaba y gemía. Strothers, en cambio, estaba sentado enfrente, callado y sin parar de llorar.

Holmes estaba apartado del resto, observando la escena con atención.

Le administré un fuerte sedante al conde y su respiración se relajó.

—Annabelle. Annabelle —repetía mientras iba desvaneciéndose.

Un joven sirviente, rubio y delgado como un junco, salió corriendo hacia la biblioteca.

—¡Richard! —gritó Mason al verlo—. ¡Vuelve a tu puesto!

—Señor —dijo el joven sin aliento—. El señor Boden me ha llamado. —Yo advertí la sutil reacción de Holmes, situado a mi lado.

Mason vaciló solo un instante y después asintió para dar su consentimiento.

—Entonces ve, Dickie —dijo. El joven rubio entró en la biblioteca y cerró la puerta tras él.

¡Dickie!

El sedante que le había administrado al conde estaba funcionando y este asintió con la cabeza.

—Alguien tendrá que llevarlo —dije yo.

Mason ordenó a dos hombres que se llevaran a Pellingham y yo me volví hacia Holmes. Estaba muy quieto en su silla, pero sabía que debía de estar consumido por la frustración y el arrepentimiento.

—Calma —le susurré.

La puerta se abrió de golpe y salió Boden seguido del sirviente rubio.

—¿Dónde está el conde? He resuelto el caso.

Holmes y yo intercambiamos una mirada de sorpresa.

—El conde está sedado —expliqué yo—. Lo han llevado a su habitación. Me temo que estará inconsciente hasta por la mañana.

Boden dio un golpe con el pie en el suelo.

—Mason, tráeme a Pomeroy, su ayuda de cámara. Que venga inmediatamente, y no dejes que se escape. ¡Podría intentarlo!

Yo notaba que Holmes estaba alterado y era incapaz de actuar. Mason llamó a algunos sirvientes mientras yo me acercaba a ver cómo estaba Strothers. El anciano tenía la cara manchada por las lágrimas y temblaba de pena. Me agarró la mano con fuerza.

Holmes se giró abruptamente sobre su silla para mirarlo a la cara.

—Me... me pondré bien —dijo Strothers—. Es... es solo que...

—Señor, ¿quiere un sedante? —le pregunté.

—Tal vez solo necesite hablar —dijo Holmes amablemente.

Strothers dio un respingo y después se secó las lágrimas.

—Ninguna de las dos cosas, pero gracias. Necesito... necesito... ¿Qué habría querido Annabelle que hiciera?

En ese momento entraron dos sirvientes fornidos que arrastraban a un Pomeroy aterrorizado. Lo colocaron frente a Boden.

—Aquí está el villano —anunció Boden—. Al menos el señor Strothers podrá saber esta noche quién ha matado a su hija. Pomeroy, quedas acusado oficialmente de asesinato.

Holmes y yo intercambiamos una rápida mirada de incredulidad.

—¡Señor! Yo no he tenido nada que... —comenzó a decir el aterrorizado joven. Boden se acercó y le dio un fuerte bofetón en la cara.

—¡Señor Boden! —exclamó Holmes con la voz aguda de Prendergast—. ¿Por qué ha de ser tan duro?

—Tengo pruebas. Este hombre ha sido visto entrando en la biblioteca minutos antes del asesinato con una bandeja de plata en la que llevaba una carta y el arma del crimen, el abrecartas. La dama estaba sola en ese momento y la bandeja ha sido descubierta cerca del cuerpo. —Boden volvió a abofetear a Pomeroy—. ¿Qué tienes que decir a eso?

El ayuda de cámara estaba paralizado por el horror.

—¡No… no es cierto, señor! ¡Yo no he entrado en la biblioteca!

—Te han visto —dijo Boden. El sirviente rubio llamado Dickie dio un paso hacia delante con una sonrisa y asintió con la cabeza—. Tenías la oportunidad y los medios. Pronto descubriré el móvil.

Se volvió hacia los demás.

—Es hora de retirarse y dejar que los agentes de policía locales se hagan cargo de esto. Llamaremos también al forense. Señor Strothers, se hará justicia por su adorada hija. Me aseguraré de ello. Mason, lleva a todos a sus habitaciones.

CAPÍTULO 20

La sirvienta

Minutos más tarde estábamos de vuelta en nuestros aposentos, con la puerta cerrada por dentro. Holmes se levantó de la silla como un proyectil y, retorciéndose las manos, comenzó a dar vueltas de un lado a otro.

—¡Soy idiota! —murmuró—. ¡Esto es un desastre! Quieren inculpar a Pomeroy. ¡Tengo que entrar en esa habitación!

—¡Holmes, tus zapatos! —exclamé yo.

Se detuvo, confuso. Entonces se los quitó sin dudar.

—Gracias, Watson. —No sería conveniente que las suelas de los zapatos de un hombre paralítico estuvieran desgastadas. Y debía mantener la farsa hasta que arrestaran al conde. Siguió andando solo con las medias.

—¡Maldita sea! ¡Necesito echar otro vistazo al cuerpo!

—No podemos arriesgarnos, Holmes —dije yo.

—¡Si hubiera tenido treinta segundos más, ya sabríamos quién es el asesino!

—¿Crees que no fue el conde?

—¡Datos! ¡Datos! ¡No tenemos todo lo que necesitamos! ¡Si ha sido el conde, entonces debemos tener pruebas irrefutables!

Gruñó exasperado. Después se dejó caer sobre una silla y se quedó mirando el débil fuego que ardía en la pequeña chimenea, frotándose el pecho y con cara de cansancio y de dolor. La habitación se enfriaba con rapidez. Habían permitido que el fuego se extinguiera.

Él estaba agotado y yo también.

—Holmes, vámonos a dormir. No hay nada que podamos hacer a estas horas.

—La noche aún no ha acabado, Watson. Alguien debió de advertir la alianza de Pomeroy con lady Pellingham. Fueran cuales fueran las fuerzas que se pusieron en contra de la dama, su asesino o no, ahora conspiran para quitarlo a él de en medio.

Llamaron a la puerta y los dos dimos un respingo.

—¿Quién es? —pregunté yo mientras Holmes corría a sentarse en su silla de ruedas.

Era Nellie. La sirvienta rubia que Holmes había visto a nuestra llegada estaba pálida por el miedo y tenía las mejillas manchadas por las lágrimas. Le permití pasar y cerré la puerta tras ella. Se quedó de pie ante nosotros, temblando e incapaz de hablar. Holmes se le acercó y le estrechó las manos con ternura.

—El señor Pomeroy te envía aquí, ¿verdad? Y te llamas Nellie, ¿no es cierto?

Ella solo pudo asentir con la cabeza.

—Sé que eres la novia del señor Pomeroy —dijo Holmes con suavidad—. ¿Qué puedo hacer por ti?

—El señor Holmes, ¿verdad? —preguntó ella.

—Ah, de modo que te lo ha dicho —Holmes me dirigió una mirada de frustración y se levantó de la silla—. ¿Qué sucede?

—Freddie —respondió Nellie—. ¡Él no ha sido!

—Eso pensaba yo. Pero, ¿puedes demostrarlo?

—No ha podido ser mi Freddie. Estaba conmigo cuando la señora ha gritado. ¡Conmigo! —sollozó.

—¿A quién se lo has dicho?

—Solo a Janie, la chica que friega en la cocina. Bueno, no se lo he dicho. Ella también nos ha visto.

—¿Por qué no decírselo a Mason? —preguntó Holmes.

—Freddie dice que no debíamos contarle a nadie lo nuestro. Perderíamos nuestro trabajo.

—Cualquier idiota se daría cuenta de que vosotros... da igual.

Pero, ¿quién es ese «Dickie» y por qué iba a mentir sobre la presencia de Pomeroy en la biblioteca?

—A Dickie yo antes le gustaba. Pero Freddie y yo… y entonces Freddie lo acusó de haber robado una botella de oporto, así que ya ve… —Se detuvo y comenzó a sollozar con fuerza.

—Claro —dijo Holmes—. Entiendo. Cálmate. Me encargaré de que se haga justicia. Mañana expondré tus pruebas.

—¡Esta noche! ¡Debe hacerlo esta noche, señor! —Sus sollozos aumentaron de volumen.

Holmes levantó las manos con frustración.

—Watson, encárgate de esto. —Se apartó y comenzó a caminar de un lado a otro.

Yo agarré a la muchacha por los brazos y la mantuve en pie.

—Nellie, has de tener valor. —Le di una palmadita en la mano—. Debes entender que las leyes llevan un proceso. El señor Holmes es muy bueno en su trabajo. Él se encargará de que tu joven amor sea exonerado.

—¿Sea qué?

—Se encargará de que quede en libertad. Te lo prometo. Pero debes guardar nuestro secreto.

Ella asintió con la cabeza. Yo le sequé las lágrimas y permití que se marchara. Me sentía inquieto y me volví hacia mi amigo.

—Holmes, me preguntaba si habría llegado el momento de revelar nuestras identidades y unirnos a la investigación.

—No hasta que entreguen la Nike —respondió él y se volvió hacia mí—. Apuesto a que sucederá por la mañana de igual modo, a pesar de este desafortunado incidente.

—No creo que el conde pudiera…

—No subestimes la obsesión de un hombre. La entrega se realizará como estaba planeada.

—Pero, ¿qué pasa con Pomeroy? ¿Crees lo que dice la chica?

—Sí. Estoy seguro de que a Pomeroy le han tendido una trampa —dijo Holmes.

—¿Cómo lo sabes?

—Por la bandeja de plata.

—¿Qué pasa con ella?

—No estaba presente en la habitación en el momento del asesinato.

—¡Si has estado en la habitación menos de un minuto! ¿Cómo puedes saber…?

Holmes me hizo callar con una mirada.

—Dado que la han puesto allí después, y no en nuestra presencia, ha debido de llevarla alguien después de que nosotros abandonáramos la habitación. Solo Dickie ha entrado en la habitación después de que se vaciara.

Yo no dije nada. Por supuesto, él tenía razón.

—Es posible que hayan cambiado alguna cosa más. Ahora, Watson, debo pedirte que hagas algo. —Vaciló antes de seguir—. Es peligroso.

—¿Qué necesitas, Holmes? Sabes que estoy preparado.

—Vuelve abajo. Tienes que acceder al cuerpo y examinarlo.

—Jamás me permitirían acercarme al cuerpo. Probablemente ya se lo hayan llevado.

—¡Debes intentarlo! ¡Hazlo en secreto si no te queda otro remedio! La puñalada era *post mortem*, de eso estoy seguro; había muy poca sangre.

—Estoy de acuerdo. ¡Y su cara!

—Exacto. Los ojos y la lengua indican o veneno…

—… o estrangulamiento —conjeturé yo.

—Eso es. Debo saber cuál de las dos cosas. Tengo que volver a la biblioteca. ¡Maldita silla y maldita farsa! —Golpeó la silla con frustración.

—Holmes, cálmate. Yo puedo ser tus ojos y tus oídos. —Me dispuse a marcharme, pero me di la vuelta preocupado—. No se te ocurrirá aventurarte por la casa tú solo mientras yo hago esto, ¿verdad, Holmes? Porque te descubrirían sin duda.

—¡No soy idiota! —respondió él—. Lo siento. Te lo prometo. No daré un paso más allá de esa puerta. Cuenta con ello.

—Quiero que me des tu palabra.

Suspiró resignado.

—Tienes mi palabra. Y ten mucho cuidado, Watson. El asesino podría seguir en la casa.

Tras consultar brevemente los planos de Holmes, regresé a la biblioteca utilizando nuestro camino de antes. Con el arresto de Pomeroy, casi todos los empleados se encontraban compungidos y no quedaba casi nadie deambulando por la casa. Pero la biblioteca estaba cerrada por ambos extremos.

Forzar la cerradura no era una opción. Sin duda tendrían a alguien velando a la pobre lady Pellingham. Y ofrecer mis servicios no me conduciría a ninguna parte, de eso estaba seguro. Aquel era un plan sin sentido impropio de Holmes.

Después probé suerte en la cocina y lo único que conseguí fue la leche con galletas que había utilizado como excusa y la información de que el forense, llamado Hector Philo, también era el médico del pueblo y que estaba ocupado con un parte difícil, de modo que no podría acudir a llevarse el cuerpo hasta por la mañana.

Mientras tanto, habían llevado el cuerpo de lady Pellingham a la alacena, que era un lugar muy frío y estaba protegido por dos sirvientes. También me dijeron que Pomeroy había sido encarcelado y que Dickie no estaba por ninguna parte.

Regresé con cuidado a nuestros aposentos, crucé el umbral de la puerta y la cerré tras de mí con gran alivio.

CAPÍTULO 21

Al borde del abismo

Al entrar, advertí que la habitación estaba a oscuras y que hacía mucho frío. Algo iba mal.

—Holmes —susurré, pero no hubo respuesta. No distinguí a nadie en la cama. Dejé la leche y las galletas, me acerqué al fuego, ya casi apagado, y encendí la luz de gas situada encima. La habitación estaba vacía. La ventana estaba completamente abierta y las cortinas ondeaban con el viento. Me entró el pánico y fui a mi habitación; tampoco estaba allí. Cerré mi puerta de acceso desde el pasillo y volví corriendo a la ventana abierta de su habitación.

Había un falso balcón al otro lado y me asomé. El aire helado me golpeó en la cara. Estaba tan frío que resultaba difícil respirar.

—¿Holmes? —repetí. Mi voz se perdía con el viento.

Tal vez me hubiera mentido y hubiera salido a deambular por la casa. Pero la silla de ruedas seguía en la habitación. ¿Habría sido capaz de correr ese riesgo tan absurdo?

Entonces oí un leve murmullo.

—¡Watson!

Me asomé a la oscuridad, pero no vi nada en el suelo.

—¿Holmes? ¿Dónde estás?

—¡Justo debajo de ti!

Y entonces lo vi; a pocos metros de distancia, con las extremidades estiradas como una araña contra el lateral del edificio. Hacía equilibrio con los dedos de los pies sobre el tubo de desagüe y con las manos se agarraba a las vides que crecían por el lateral de la antigua estructura.

—Aun a riesgo de sonar evidente, estoy un poco atascado —dijo con una sonrisa.

Estiré el brazo hacia él, pero no lo alcancé. Me encaramé más.

—¡Así corres peligro, Watson! Ata la manta a la barandilla del balcón y lánzame el otro extremo.

Hice lo que me pedía y, en cuestión de minutos, estaba a salvo en la habitación. Cerró la ventana tras él y corrió las cortinas. Se volvió para mirarme mientras golpeaba los pies descalzos contra el suelo y se frotaba las manos.

—¡Dios mío, el fuego se ha apagado! ¿Puedes encenderlo, Watson? No quiero tener que llamar a nadie más esta noche.

Me quedé mirándolo sin moverme, furioso. Se había puesto en peligro y también había hecho peligrar la investigación con aquel juego ridículo.

—Holmes, has sido un idiota —respondí—. Enciéndelo tú.

Daba saltos por el dolor provocado por el frío. Si no lo hubiese puesto todo en peligro, tal vez hubiera resultado divertido. Pero tenía la cara blanca y su cuerpo se convulsionaba por la exposición al frío. Estaba frenético y la preocupación pudo más que mi enfado. Me acerqué y le agarré las manos. Tras examinarle los dedos comprobé que no sufría congelación. Había tenido suerte, mucha suerte.

Apartó las manos con vehemencia y gritó:

—¡El fuego, Watson! ¡Enciende el fuego, vamos! —agarró una manta de su cama y se envolvió con ella mientras gruñía—. Sí, sí, ¡ha sido un error! Y no el único.

Encendí el fuego y me eché a un lado para permitirle acercarse. Se sentó y, mientras se ponía unos gruesos calcetines, saqué disimuladamente el paquete de sedantes del bolsillo y eché un poco del polvo en la leche que había conseguido en la cocina.

—Leche caliente, bébetela.

—Dime qué has encontrado —dijo él.

Se lo conté mientras él temblaba allí sentado. No agarró el vaso de leche, así que se lo puse en las manos.

—Me has encomendado una tarea de tontos. Bébete esto. Vamos, Holmes, te has arriesgado a caer y a sufrir congelación, ¿y para qué? Voy a avivar el fuego. —Me agaché para golpear la leña.

—A través de las ventanas he descubierto que el cuerpo está en la alacena, la habitación más fría de la casa —me contó—. Lo tienen protegido. Y han reorganizado la biblioteca, ¡como sospechaba!

—Yo no he descubierto nada más. Holmes, hemos perdido este asalto y no podemos hacer nada más por esta noche. Estás alterado y es hora de descansar.

El fuego prendió en los troncos y el calor comenzó a extenderse por la habitación. Holmes se sentó al borde de su cama; era la viva imagen del abatimiento. Era extraño verlo derrotado durante un caso y nunca se lo tomaba bien.

Eché un tronco más al fuego para que durase encendido. Cada vez me preocupaban más sus decisiones y sus evidentes obsesiones. Tal vez mejorase con el sueño. Me di la vuelta para mirarlo.

Mi sedante había surtido efecto, porque Holmes se había dejado caer hacia atrás sobre la cama y roncaba ligeramente. Me sentí orgulloso de mi pequeño éxito, lo coloqué en el centro de la cama, le eché por encima del resto de las sábanas y, al darme la vuelta para marcharme, algo llamó mi atención.

Había vertido la leche con el sedante en un cuenco situado en la mesilla de noche.

Suspiré y me fui a mi habitación. Tardé en dormirme. Estaba inquieto por la muerte violenta y por nuestros evidentes fracasos a lo largo de la noche. Una mujer había sido asesinada mientras visitábamos su hogar, su hijo seguía desaparecido y un hombre inocente había sido inculpado. Nuestra clienta estaría haciendo Dios sabía qué en Londres con un aliado dudoso y en aquel momento nosotros no podíamos hacer nada al respecto.

Pero lo peor de todo era que había comenzado a dudar de nuestras propias habilidades. Holmes y yo habíamos cometido un error tras otro. ¿Acaso los pocos meses que llevaba casado me habían cambiado tanto? ¿Me había relajado? ¿O Holmes habría sufrido en prisión tanto como para quedar dañado en algún aspecto?

Para calmar mis pensamientos, me obligué a pensar en mi dulce Mary. Al fin me dormí. Pero el horrible rostro sin vida de lady Pellingham atormentó mis sueños, y seguiría haciéndolo durante muchas noches.

CAPÍTULO 22

Un terrible error

En el circo hay una expresión: «El espectáculo debe continuar». Describe ciertos valores que bien podrían aplicarse a las clases altas inglesas, para quienes cualquier muestra externa de turbulencias en el agua se considera un síntoma de debilidad.

De modo que a la mañana siguiente, como si la señora de la casa no hubiese sido asesinada la noche anterior, habían servido sobre el aparador de uno de los salones un suntuoso desayuno. Holmes y yo estábamos sentados a la mesa, contemplando a través de las ventanas el campo nevado y los árboles negros a lo lejos.

Estábamos solos en la habitación.

—Watson —susurró Holmes—, debes ir al pueblo. Invéntate una excusa. Envía un telegrama a Mycroft diciendo que la estatua está cerca y que la entregarán mañana en torno al mediodía. Yo me quedaré, si me lo permiten, para ver qué puedo descubrir sobre el asesinato. Mientras tanto, tú debes interceptar al forense y ganarte su simpatía.

—¿Y qué pasa con nuestra clienta?

—Debemos confiar en que esté a salvo en manos de Vidocq; Mycroft se asegurará de eso. Probablemente Emil ya esté con ella. Pero, hasta que no resuelva la situación aquí y el conde no esté entre rejas, nos arriesgamos a que el niño deje de estar bajo nuestra protección y vuelva legalmente a las fauces del peligro. Es especialmente vulnerable ahora que lady Pellingham ha muerto.

—Entonces el conde representa el peligro, ¿esa es tu teoría?

—No tenemos suficientes datos para estar seguros. Por eso debo quedarme.

—¿Crees que el asesinato está relacionado con el niño? ¿O con la obra de arte?

—Eso sigue sin estar claro.

—No creo que entreguen aquí la Nike dadas las circunstancias.

—Apuesto a que eso no puede impedirse —dijo Holmes, pero, antes de que pudiéramos continuar, un sirviente entró con café y empezó a rellenarnos las tazas. Mason también entró y se acercó a la mesa.

—Caballeros —comenzó—, les pido perdón por la interrupción y por las noticias que les traigo. Dada la reciente tragedia, el conde no puede seguir siendo su anfitrión. Les pide perdón, pero les ruega que regresen a Londres esta mañana.

La decepción de Holmes era real.

—Desde luego, Mason —respondió—. Le escribiré pronto, pero, por favor, transmítale nuestro más profundo pesar y nuestra gratitud por su hospitalidad.

Puede que nunca sepa si lo que ocurrió a continuación fue intencionado o accidental, pero en ese instante el sirviente que estaba sirviéndole el café a Holmes tropezó y derramó parte del liquido hirviendo sobre la pierna de mi amigo. Incapaz de controlar su reacción, Holmes dio un respingo e inmediatamente se dio cuenta de su error inevitable.

Mason se quedó mirando a Holmes, pero su sorpresa enseguida dio paso a la rabia.

—Por favor, márchate —le ladró al sirviente. Después se volvió hacia Holmes—. No sé qué es lo que pretende, señor, pero es usted un impostor. Si no fuera por la tragedia que acabamos de sufrir, me encargaría de que acabara en prisión en menos de una hora. Pero debo ocuparme de otros asuntos. Tomarán el próximo tren a Londres o me encargaré personalmente de que sean arrestados. Confíen en mí, habrá consecuencias.

En cuestión de minutos nos sacaron de la finca, nos subieron a una diligencia con nuestro equipaje revuelto y, tras un tumultuoso trayecto en el que Holmes y yo no hablamos, acabamos frente a la estación de tren de Penwick. Lanzaron nuestro equipaje al suelo, el mío se abrió con el golpe y el contenido quedó desperdigado sobre la nieve medio derretida.

Yo empecé a recoger mis cosas y Holmes sacó algunas de sus prendas de su equipaje.

—Deprisa, Watson —me dijo—. Almacena nuestras cosas en la estación mientras me cambio. ¡Debemos ir a la prisión! Puede que Pomeroy pueda ayudarnos, y nosotros a él.

Entonces se metió en un servicio y volvió a salir minutos más tarde, habiendo erradicado por completo la imagen de Prendergast y recuperado su aspecto de siempre. La velocidad de transformación de mi amigo fue asombrosa, pero no había tiempo para pensar en aquello.

Echamos a correr por la calle sin estar seguros de la dirección que debíamos tomar, así que nos detuvimos a preguntar a una de las pocas personas que caminaban por allí a esa hora tan temprana.

Era un joven de nuestra misma edad que caminaba decidido por High Street. Era delgado, iba bien vestido y tenía el pelo cobrizo. Llevaba unas gafas doradas y tenía un rostro afable; además llevaba una bolsa de médico. Le pedí indicaciones para ir a la prisión y, para mi sorpresa, dijo que él también se dirigía hacia allí. Agregó que era el doctor Hector Philo y que era el médico del pueblo.

—Ah, entonces también es usted el forense, ¿correcto? —pregunté yo.

—Pues sí, lo soy —respondió el joven. Holmes y yo intercambiamos una mirada de preocupación. ¿Por qué se dirigía hacia la prisión y no hacia la finca? Yo tenía un sinfín de preguntas que hacerle, pero Holmes me advirtió con una mirada y adoptó un tono agradable e informal.

—Nosotros también vamos a la prisión —dijo—. ¿Le importa que le acompañemos?

—De hecho sería un alivio —respondió el joven—. Nunca es agradable ir allí.

La prisión se encontraba a cierta distancia de la estación y, mientras recorríamos las calles heladas y pasábamos frente a las tiendas cerradas y los mercados que abrían para empezar el día, Holmes siguió conversando con el doctor Philo. Pero el joven doctor empezó a ponerse nervioso y a mostrarse reticente. Al final, para dejar de hablar de sí mismo, nos preguntó sobre nosotros; nuestros nombres, profesiones y el lugar del que veníamos.

Para mi sorpresa, Holmes se lo contó.

—Yo soy Sherlock Holmes, de Londres —dijo con tono amable—. Soy detective independiente. Tal vez haya oído hablar de mí.

Al oír aquello, el joven se detuvo en seco.

—¡Dios mío! —exclamó asombrado—. ¡Desde luego que sí! ¡Mi esposa Annie y yo seguimos sus aventuras! Se volvió para estrecharnos la mano con entusiasmo—. ¡Y usted debe de ser el doctor Watson! No saben lo feliz que me hace verlos a los dos… sus métodos científicos… la manera en que… pero… ¿qué hacen aquí?

—Se lo explicaré más tarde —respondió Holmes—. ¿Dice que admira mis métodos?

—Oh, por supuesto. Aunque yo soy médico de pueblo principalmente, me he convertido en el forense de facto en esta zona, pese a mis reticencias, pero le aseguro, señor Holmes, que en muchos casos me hubiera gustado poder discutir mis hallazgos referentes a una muerte con alguien con su experiencia y la del doctor Watson.

—Entonces, ¿se ha encontrado con alguna muerte sospechosa, doctor? —preguntó Holmes.

—Sí, y más de una. Pero… oh… nos acercamos a la prisión. Aquí no podemos hablar con libertad.

—¿Por qué no?

—El magistrado, Boden. Es… es un hombre peligroso. Juez y jurado en una sola persona. Se ha convertido en la autoridad de la zona y pobre del que se oponga a él.

—¡Pero debe haber un juicio justo! —exclamé yo—. ¿Cómo es posible?

El doctor Philo nos miró con evidente nerviosismo.

—Estamos lejos de Londres. Creo que ha habido sobornos para hacer la vista gorda, pero ya les explicaré luego mis teorías. —Miró entonces hacia la prisión y se detuvo, dubitativo.

—¿Qué sucede? —pregunté.

Philo se quedó allí con los ojos cerrados.

—Que Dios me perdone —dijo—. Me temo que tengo que escribir el certificado de defunción de un pobre infeliz que fue arrestado anoche. Ha muerto mientras estaba en prisión.

Fue como si Sherlock Holmes recibiera una descarga eléctrica.

—¡Entremos, rápido! —gritó, y entró corriendo en la prisión. Yo no tenía idea de lo que pensaba hacer, pues, incluso aunque Boden no lo reconociera sin el disfraz, sin duda a mí sí me reconocería. Y tal vez ya le hubiesen llegado al magistrado las noticias sobre nuestras identidades falsas. Philo y yo corrimos tras él.

En el mostrador supimos con gran alivio que Boden se había ido a casa a dormir después de una noche de trabajo. Mirándonos había un hombre muy pesado de pelo pajizo con un bigote encerado y la cara llena de granos. Bottoms, se llamaba, y parecía tremendamente estúpido.

Nos observó con sus ojos pequeños y desconfiados, pero Philo le dijo que éramos sus ayudantes y que habíamos sido invitados por Boden. Bottoms parpadeó varias veces mientras asimilaba aquella información, nos pidió que firmásemos en una especie de libro de invitados, donde Holmes y yo escribimos nombres falsos, y después nos condujo a los tres a una celda fría y húmeda. Hacía tanto frío allí que se veía nuestro aliento al respirar.

Allí, horrorizados, descubrimos a Pomeroy tumbado boca arriba sobre un banco de madera, muy quieto. Estaba en mangas de camisa a pesar de las bajas temperaturas. Philo corrió hacia él y le buscó el pulso.

—Está vivo —anunció—, pero conmocionado —se volvió hacia mí—. Doctor, ayúdeme a examinarle la espalda.

Incorporamos con cuidado al pobre ayuda de cámara y, a pesar de mi experiencia en la guerra, sentí náuseas.

La parte de atrás de la camisa de Pomeroy estaba teñida de negro por la sangre, hecha jirones, y los pedazos de tela se le habían incrustado en una serie de cortes profundos. Había sido fustigado con severidad y todavía con la ropa puesta.

—¿Qué diablos ha ocurrido? ¡Lleva aquí menos de seis horas! —exclamé, me incorporé y sujeté la cabeza del pobre Pomeroy mientras Philo preparaba una inyección con estimulante—. ¿Ha sido sentenciado y castigado al mismo tiempo durante la noche?

—Exacto —dijo Philo—. Y no es el primero.

Le clavó la aguja y el hombre permaneció quieto como la muerte durante varios segundos. Entonces suspiró profundamente y se quedó quieto.

—Lo hemos perdido —declaró el doctor Philo. Volvimos a tumbarlo con cuidado.

Yo había estado tan preocupado por nuestro paciente que no había prestado atención a Holmes. Mi amigo estaba a un lado, consumido por los remordimientos.

—Soy un tonto —susurró—. ¡Un tonto! ¡Que Dios me perdone!

—¡Holmes, nadie podría haber predicho esto!

—Nos advirtieron. Todo encaja. Las dos personas que conspiraron para ocultar a Emil están muertas. Boden forma parte de un plan mayor. ¡Vamos! ¡Debemos marcharnos de inmediato!

Una vez fuera, y de nuevo lejos de la prisión, caminamos apresuradamente, realizando un enrevesado camino por el pueblo con cuidado de que no nos siguieran. Holmes iba acribillando al doctor con sus preguntas y Philo las respondía todas.

—Sí —dijo Philo—, hubo una serie de muertes, aquí en el pueblo y en los alrededores.

—¿Había niños entre las víctimas? —preguntó Holmes.

Philo dio un respingo.

—¡Pues sí! Desaparecieron tres niños del telar situado a treinta kilómetros de aquí. Se encontraron tres cuerpos, pero no puedo decir la causa de la muerte, aparte de que fueron golpeados y probablemente abusaron de ellos.

—¿Qué edad tenían?

—Entre nueve y diez años. Nadie lo sabe con exactitud; eran huérfanos.

—¿Cuándo fue?

—A lo largo de los últimos seis meses. Estoy seguro de que fueron sacados ilegalmente del orfanato local.

—¿Cómo ha obtenido esta información?

—Tengo un amigo en el orfanato —dijo Philo, avergonzado—. Lamento no haber podido hacer más.

—Y aquí, en la prisión, ¿cuántos prisioneros han sido castigados sin un juicio previo?

—No lo sé. Solo utilizan mis servicios como forense. Pero, desde que llegó Boden, cuatro han muerto de forma similar; bueno, uno se ahorcó. Muchos hombres de este pueblo viven con miedo y se cree que yo soy cómplice. Lo cual —añadió con tristeza— en cierto modo es verdad. —Hizo una pausa y tragó saliva.

—¿Y eso por qué?

Philo miró al suelo avergonzado.

—Mi esposa ha sido amenazada y yo también...

—Sí, claro. Pero, ¿no ha escrito a Londres informando de las muertes? ¿Sobre los niños?

—He escrito a Scotland Yard en tres ocasiones sin obtener respuesta.

Holmes asimiló aquello.

—Sí, y también envió fotografías, ¿verdad?

Philo asintió avergonzado.

—La situación es peligrosa; entiendo su posición. Pero en nosotros ha encontrado a unos aliados y no le decepcionaremos. Debemos marcharnos. Supongo que tendrá asuntos urgentes en Clighton. Tenga cuidado allí.

—¿Qué pasa en Clighton? —preguntó Philo, confuso.

Holmes lo miró sorprendido.

—¿No le han dicho que vaya a la mansión?

—¿Hay alguien enfermo?

Holmes hizo una pausa.

—Watson, ven conmigo. Nuestro telegrama no puede esperar. ¡Después hemos de localizar el cuerpo y examinarlo! —Se dio media vuelta y salió corriendo hacia High Street.

El doctor Philo se volvió hacia mí.

—¿El cuerpo de quién, doctor Watson? —imploró—. ¡Dígamelo!

—Lady Pellingham fue asesinada anoche.

—¡Dios mío!

—La causa de la muerte no está clara, doctor Philo —añadí, y le conté los detalles que había observado en relación a la puñalada y a la expresión de la dama—. Esperábamos examinar el cuerpo más atentamente, pero no hemos podido.

—Si me lo permiten, lo haré yo —se ofreció Philo con tristeza y me entregó su tarjeta—. Aquí está la dirección de mi casa y de mi consulta. Por favor, vengan a visitarme en breve y podremos hablar con más libertad. Tengo más cosas que contarles y, de hecho, necesito su ayuda.

Acepté la tarjeta.

—Me aseguraré de que Holmes la reciba —le prometí antes de salir detrás de mi amigo.

Tuve que correr para alcanzar a Holmes, cuyas largas zancadas le habían permitido recorrer ya media manzana.

—¡Holmes! —grité mientras corría.

Él se dio la vuelta y me ladró:

—¡Calla! No es necesario que todo el mundo se entere de que estamos aquí.

—Pero, ¿ahora qué? —pregunté mientras intentaba recuperar el aliento—. Este es un lugar sin ley. ¡No podemos hacerlo solos!

—Informaré a Mycroft y a Scotland Yard. ¡A la oficina de correos, deprisa! La vi cuando veníamos. No tenemos tiempo que perder. Ya habrán alertado a Boden de nuestra presencia. Haré que los hombres de Mycroft estén preparados esperando nuestra señal mañana por la mañana —continuó—. Mientras tanto, debemos intentar ver el cuerpo y pasar todo lo desapercibidos que nos sea posible.

Mientras avanzábamos hacia la oficina de correos bajo la pálida luz del sol de invierno, advertí algo que estuvo a punto de hacer que se me parase el corazón. Frente al estanco situado a mi izquierda había un repartidor de periódicos que anunciaba el periódico matutino de Londres.

Me fijé en el titular de la portada. *¡Sangre en Baker Street! ¡Se teme que Sherlock Holmes y su amante hayan muerto!*

Agarré el periódico y leí.

El famoso detective Sherlock Holmes está desaparecido y se teme que haya muerto. Al parecer vivía con una mujer, que se cree que es francesa y dedicada al teatro. La policía local, alertada por un transeúnte, descubrió en la residencia del detective, situada en Baker Street, un caos y una destrucción absolutos, así como una gran cantidad de sangre. El inspector Lestrade, de Scotland Yard...

No seguí leyendo, pero alcancé a Holmes frente a la oficina de correos.

—¡Lee esto! —exclamé. Mientras leía, Holmes palideció más aún.

—Watson, debes regresar a Londres de inmediato. ¡Esto es un completo desastre! Nuestra clienta, si sigue viva, está en peligro. ¿Quién sabe si habrán localizado a Emil? He sido un absoluto idiota. Ve a ver a Lestrade. Averigua qué ha ocurrido en el 221B y encuentra a mademoiselle La Victoire. Pide ayuda a Mycroft si las respuestas no son concluyentes.

—¡Pero, Holmes! ¿Por qué no regresas tú a Londres? ¿Qué puedes hacer aquí?

—Watson, tengo que saber qué ocurrió con los niños del telar y descubrir al asesino de lady Pellingham. ¿No te das cuenta? Todo está relacionado. Si Emil ha muerto, ya no importará, pero, si sigue vivo, ¡no estará a salvo hasta que desvele el misterio aquí! Debo lograr que arresten al conde como prometí. Todo apunta a la mansión, ¿no te das cuenta?

—Esto es demasiado —me quejé yo—. Necesitamos ayuda.

—Watson, no tenemos elección. Yo me encargaré de mi parte; asegúrate de hacer lo mismo. Mira, el tren de las diez y dieciséis hacia Londres acaba de entrar en la estación. ¡Corre!

Le entregué a Holmes la tarjeta del doctor Philo.

—Al menos en él tienes a un aliado. Enviaré un telegrama codificado. Cuida de él.

—Bien hecho. Yo te escribiré a Baker Street. ¡Ahora vete!

SÉPTIMA PARTE

SE ENREDAN LOS HILOS

«La vida y la muerte son un hilo, la misma línea
vista desde lados opuestos».
Lao Tzu

CAPÍTULO 23

El terror se entreteje

El tren hacia Londres iba relativamente lleno y, mientras avanzábamos hacia el sur bajo el sol de la mañana, encontré un asiento junto a la ventana en un compartimento de primera clase. Allí me quedé contemplando el paisaje. Los cristales helados de las ventanillas del tren añadían otra dimensión invernal a la inmensa extensión blanca del otro lado. Estaba muy agitado.

No paraba de pensar en el aprieto de nuestra clienta y de su hijo. Fuera lo que fuera lo ocurrido en el 221B, sin duda había producido daños, aunque aún quedaba por descubrir a qué o a quién. Como sucedía con frecuencia cuando investigábamos un caso, llevaba conmigo mi bolsa médica.

Necesitaría toda mi fuerza y mi concentración para la tarea que tenía por delante. De nuevo intenté descansar y me sobrevino el sueño. No me desperté hasta que el tren llegó a Euston.

Sin embargo, mientras yo dormía, mi amigo se encontraba muy activo, otra muestra más de su legendaria energía cuando tenía un caso entre manos. Me apartaré aquí de mi narración habitual para relatar lo que hizo Sherlock Holmes en las siguientes horas, tal y como él me lo contó a mí después.

Tras dejarte en la estación, Watson, recuperé mi maleta y me transformé rápidamente en un trabajador escocés, pelirrojo y con barba. Si los rumores eran ciertos y estaban empleando a huérfanos en el telar del conde, necesitaba pruebas. Y, si esos eran los niños cuyos cuerpos fueron descubiertos más tarde, los mismos que aparecían en las horribles fotografías que nos proporcionó Mycroft, entonces no había tiempo que perder.

Los acontecimientos que rodeaban a aquel extraño y privilegiado conde escondían más de un misterio por resolver. No podía dejar de pensar que la desaparición de Emil, los niños desaparecidos, la estatua robada y los dos recientes asesinatos estaban relacionados de algún modo. El secreto se escondía en Clighton, pero las dos personas que más luz podrían arrojar sobre el asunto, lady Pellingham y el intermediario Pomeroy, habían muerto. Hasta que no pudieran atrapar al conde in fraganti recibiendo la Nike, seguiría fuera de nuestro alcance.

Necesitábamos más pruebas, más datos. Si nuestras sospechas sobre el maltrato infantil eran ciertas, los visitantes en el telar no serían bien recibidos. Sin embargo, haciéndome pasar por el humilde y hambriento «Bill MacPherson», desesperado por encontrar trabajo y dispuesto a que lo explotaran, enseguida me permitieron pasar para solicitar el empleo. Con la gorra en la mano, y convenientemente intimidado, me encontré en una antesala situada frente al despacho del capataz, esperando a ser entrevistado.

Sentado en un banco de madera en aquella sala de espera polvorienta, pude ver parte de un despacho más lujoso a través de una puerta abierta. Una segunda puerta daba a una inmensa zona de trabajo, y pude atisbar la amplia colección de maquinaria compleja.

Se trataba de una admirable muestra de brazos mecanizados que giraban, separaban, enrollaban y tejían los coloridos hilos para crear las lujosas telas que, a juzgar por el sudor de los hombres y mujeres que manejaban dichas máquinas, pronto adornarían los cuerpos de los adinerados de todo el mundo.

Pero, ¿a costa de cuánto sufrimiento humano? Me estremecí al ver a aquellos esclavos de las máquinas corriendo para alimentar, pedalear, empujar, tirar, enhebrar y, francamente, cuidar de aquellos aparatos infernales a una velocidad que agotaría a cualquier atleta.

El trabajo requería una repetición mecánica e insensibilizadora para la que el cerebro humano nunca fue diseñado.

Preferiría estar en la prisión de Pentonville, mi querido Watson, antes que trabajar en aquel telar. El rugido de aquella enorme habitación se filtraba hasta la pequeña sala donde yo me encontraba, y el ritmo de las máquinas hacía temblar incluso las tablas de madera del suelo.

Si había niños trabajando allí, desde mi posición no se veían. Probablemente los tendrían escondidos. Antes explotaban a los niños hasta agotarlos, los alojaban en buhardillas heladas y les negaban la educación; los trataban básicamente como a esclavos. Pero eso ahora es ilegal. Los niños en edad escolar solo pueden trabajar a media jornada y reciben educación una parte del día. Pero allí, en mitad del campo y bajo la nube de inmunidad que parecía envolver al conde, cualquier cosa era posible.

Tenía que encontrar a los niños y hablar con ellos. Abandoné el banco en el que me habían ordenado esperar y entré a la sala principal. Allí pasé desapercibido durante varios minutos, pues los hombres y mujeres estaban absortos en sus ocupaciones con aquellas máquinas hambrientas.

Llevaban el pelo recogido con cintas o gorros, y la ropa ajustada a la altura de los brazos y las piernas, o enrollada para evitar de ese modo cualquier enredo fatal, o cualquier retraso en la producción, Dios no lo quisiera. Pese a las gélidas temperaturas del exterior, el calor de los cuerpos apretujados allí y de las máquinas en funcionamiento hacía que la atmósfera fuese húmeda y sofocante.

Mientras caminaba por un pasillo central, observé las caras pálidas de aquellos esclavos de la maquinaria. Una joven de no más de veinte años corría de un lado a otro frente a una fila de madejas que desenrollaban el hilo trenzado y lo enrollaban en unas bobinas. La chica corría para no dejar de colocar nuevas bobinas en su lugar. Un paso en falso y podría haberse enredado fácilmente. Mientras yo la observaba, tropezó y soltó un grito, pero enseguida recuperó el equilibrio y siguió corriendo hacia el final.

Junto a ella había un anciano con las muñecas envueltas en unos puños de cuero que suministraba hilo a uno de los telares. En su cara era evidente el dolor, sin duda procedente de las manos.

El sonido era un rugido sordo acentuado por el grito ocasional de algún capataz o miembro del equipo, y el tono oscilaba entre un pitido agudo y los golpes graves de las máquinas. La complejidad de aquel tumulto era suficiente para alterar cualquier oído.

Era una especie de versión mecánica y a vapor del infierno de Sísifo.

Como sabes, Watson, no soy enemigo de la tecnología y el progreso, en teoría; y no necesariamente en la práctica. Por ejemplo, puede que en el futuro haya un teléfono en Baker Street.

Y, siendo sincero, no todos los trabajadores parecían angustiados. Algunos realizan su trabajo con gran facilidad, aparentemente aptos tanto física como mentalmente para sus tareas. Mientras avanzaba entre ellos, me distraje brevemente.

Había leído sobre el telar Jacquard, claro, pero allí pude apreciar de cerca el complejo funcionamiento de aquel invento brillante. Unas tarjetas de cartón perforadas, de aproximadamente ocho por veinticinco centímetros, cosidas entre sí por hilos, iban entrando una por una en una máquina. Cada tarjeta dictaba entonces, por medio de su código, el lugar donde debían ir los hilos de diferentes colores en la urdimbre y la trama de la tela que estaban tejiendo, de manera que creaban patrones de gran complejidad. Un bonito estampado de rojos y azules estaba creándose ante mis ojos, siguiendo las instrucciones mecánicas de las tarjetas perforadas.

Pensé en aquello por un momento. Si un hombre podía emplear aquella tecnología para crear un patrón, pensé, entonces ¿qué otras acciones y procesos podrían mejorarse con una colección de tarjetas llenas de agujeros? ¿Una acción o una decisión complejas podrían descomponerse hasta el punto de lograr escribir un código que las recreara? ¿Para resolver quizá un enigma o un problema matemático que requiriese de múltiples iteraciones y cálculos?

En mi trabajo, las situaciones más complejas con frecuencia se resolvían prestando atención a los pequeños detalles y a su significado global. Pero, si no la deducción, ¿no podría tal vez reproducirse la inducción con materiales inorgánicos que funcionaran a vapor? Tal vez incluso llegasen a simularse el pensamiento y la acción del hombre.

Fascinado con aquellas ideas, estuve a punto de olvidarme del motivo que me había llevado hasta allí. El grito de un niño llamó mi atención hacia un rincón de la habitación. Allí, apartados de los demás, se encontraban cuatro niños haciendo girar la seda en varias filas de bobinas enormes. Hacían pasar los largos hilos entre las bobinas para enrollarlos y darles forma que permitiera tejerlos después. Uno de los niños se había apartado del resto y lloraba con el dedo lleno de sangre.

Un hombre corpulento que se encontraba cerca se volvió hacia el niño, le agarró la mano lesionada y tiró con fuerza de ella para inspeccionarla. Después se inclinó hacia el muchacho con cara de odio.

—Intentabas llamar la atención y escabullirte, ¿verdad? —le dijo con voz cruel—. ¡Eso ya lo veremos!

Se sacó un pañuelo mugriento del bolsillo y, mientras yo contemplaba asqueado la escena, le vendó el dedo con tanta fuerza que el niño volvió a gritar. Empujó al muchacho de nuevo hacia las bobinas de hilo y el chico aterrizó en el suelo.

—Vuelve al trabajo, gusano asqueroso. Hoy no cenarás.

Horrorizado, me dije a mí mismo que, cuando me hubiera ocupado de Boden y del conde, haría que Londres fuese consciente de las condiciones laborales de aquel telar.

—¡Tú! —gritó una voz aguda por encima del rugir de las máquinas—. ¡Tú, MacPherson!

Miré hacia el otro lado del largo pasillo, más allá de las bestias metálicas y ruidosas. El capataz y el empleado que me había pedido que esperase estaban al otro extremo, señalándome con el dedo. Yo me encogí de hombros y quise aparentar que me había perdido.

Pero el capataz hizo un gesto de rabia y por detrás se me acercaron dos trabajadores fornidos. No era el momento de negociar, así que me di la vuelta y salí corriendo.

Al final de la habitación de trabajo había dos puertas. La primera estaba cerrada y, como los hombres estaban cada vez más cerca, abrí la segunda, que daba a unas estrechas escaleras.

Mientras bajaba, los escalones de madera crujían bajo mis pies. Llegué a otra puerta, que estaba cerrada desde mi lado. Quité el pestillo y me apresuré a entrar, sabiendo que podrían dejarme atrapado. Pero la alternativa me parecía mucho peor.

Era una especie de almacén. La habitación, fría y húmeda, estaba llena de fardos de seda salvaje metidos en sacos de lino. Cerré la puerta detrás de mí, coloqué una silla contra el pestillo y busqué una manera de huir. Al otro extremo de la habitación había un ventanuco de cristal sucio y corrí hacia él a través de un estrecho pasillo entre la seda amontonada. Se levantaba el polvo a mi paso.

Mis perseguidores llegaron a la puerta y oí que gritaban y forcejeaban. La silla de la puerta empezó a temblar.

La ventana estaba cerrada. Busqué a mi alrededor algo con lo que romper el cristal y me sorprendió descubrir a un niño pequeño oculto entre las sombras, sentado sobre un montón de mantas raídas, que me miraba con curioso interés. No debía de tener más de diez o doce años.

—Hola —dijo—. Por favor, libéreme.

Continuaban los golpes en la puerta.

El chico levantó un brazo raquítico y descubrí que lo tenía esposado a un aro situado en la pared. Junto a él vi que había otros aros y más mantas deshilachadas mezcladas con paja. Por debajo de una de las mantas asomaba un animal de peluche hecho con un calcetín.

Parecía que allí tenían encerrados a los niños como esclavos. Watson, ya sabes que no soy un hombre sentimental, pero aquello era impensable.

La puerta volvió a temblar y oí que las voces se alejaban.

El niño se quedó mirándome.

—Yo puedo ayudarle —dijo con atrevimiento. Un mechón de pelo castaño y sucio le cubría parcialmente los ojos.

Fuera o no fuera cierto aquello, no abandonaría al niño así. Me acerqué a él y saqué una pequeña ganzúa de mi arsenal habitual.

—¿Te están castigando? —le pregunté.

—Dormimos aquí. Pero hoy sí.

—¿Por qué? —No respondió. En cuestión de segundos ya lo había liberado.

—¿Puedo quedarme con eso? —preguntó tras observar fascinado el proceso.

Regresaron las voces y empezaron a golpear la puerta por el otro lado. Oí que probaban varias llaves. Idiotas.

—Quizá más tarde. ¿Hay otra salida?

Él me sorprendió con una sonrisa.

—Puede.

Un fuerte golpe en la puerta indicó que habían conseguido algo con lo que echarla abajo.

—Este no es momento para negociar.

El niño se quedó callado y siguió mirándome.

—¿Qué quieres?

—Ese aparatito.

—De acuerdo. —Le di una de mis ganzúas.

—Y… algo más.

Se oyó otro fuerte golpe. Estaba dejándome manipular por un niño de diez años.

—¿Qué?

—Lléveme con usted cuando se vaya.

Esa era mi intención de todos modos, pero asentí como si hubiera ganado. Enseguida el chico me condujo a un rincón de la habitación. Allí empujó una enorme caja sobre las piedras del suelo, apartó una lona sucia y dejó al descubierto un tosco agujero en la pared. Me metí detrás de él, apenas cabía por el estrecho pasadizo, y llegué a un callejón exterior.

Estaba bloqueado a ambos lados por unas verjas altas y alambre de espino. El niño señaló una escalera oxidada que llevaba al tejado. Trepó como un mono y yo lo seguí.

Obviamente aquel era un camino que el chico utilizaba mucho. El hielo del tejado inclinado era traicionero, pero logramos atravesarlo bajo la nieve que caía y llegamos a un hueco de casi metro y medio de largo que separaba nuestro edificio del siguiente. Frente a nosotros se encontraba una parte del telar que había sido construida recientemente.

El chico se volvió hacia mí con una sonrisa.

—Entonces, ¿se apunta, señor?

Yo asentí. Él realizó el salto con la facilidad de una liebre y después me miró.

—¿Está seguro? —me preguntó con una sonrisa desafiante.

Para su sorpresa, yo salté con facilidad y me sobró espacio.

—No está mal para ser un viejo —dijo él.

—La vejez es un concepto relativo —respondí.

Una trampilla situada en el tejado daba a otro almacén mayor que parecía ser la sala de envíos. Apiladas había cajas y cajas de tela terminada. Allí el aislamiento era más eficiente y la temperatura de la habitación era soportable.

Nos detuvimos para recuperar el aliento y para calentarnos las manos junto a un conducto de ventilación del que salía un chorro de aire ligeramente más caliente procedente del piso inferior.

El chico me hizo un gesto y yo lo seguí hasta un lugar estrecho y secreto situado tras una pila de cajas, donde había mantas, paja y varios productos de comida. También había libros y revistas, así como restos de cera.

Pero aquel no era el escondite de un niño fantasioso al que le gustaba leer y pensar en soledad. En su lugar, parecía el refugio de un animal salvaje.

Nos sentamos y oímos los gritos de las personas que nos buscaban en la distancia.

—Aquí no nos encontrarán —dijo el chico. Suspiró y sacó un trozo de pan sucio de debajo de un trapo. Tenía moho en uno de los lados. Él arrancó cuidadosamente esa parte, después agarró un pedazo de la otra y comió con ansia.

Nos quedamos mirándonos y él me ofreció un pedazo de pan limpio. Parecía asqueroso, pero el gesto me pareció conmovedoramente generoso.

Lo acepté y sonreí.

—Gracias. —Fingí que daba un mordisco. Al chico no se le escapaba nada y me miró de reojo, así que di un bocado de verdad.

—Freddie —dijo—. Es mi nombre, por si quiere saberlo.

—¿Eres huérfano? —pregunté.

Él se rio amargamente.

—Claro que no. Mi madre vendrá enseguida con el té y los bizcochos.

«Y para protegerte de tus torturadores», pensé yo.

—¿Te sacaron del orfanato Willows? —pregunté.

—¿Quién lo pregunta?

Suspiré sin saber qué hacer. Entonces advertí un ejemplar manchado y manoseado del *Anuario navideño de Beeton* del año anterior que asomaba por debajo de una manta. Lo reconocí al instante y supe que contenía el primero de tus —y perdóname, Watson— escabrosos relatos sobre nuestras aventuras.

—¿Te gusta leer? —le pregunté.

Él siguió la dirección de mi mirada y escondió la revista.

—Leo a veces —respondió con desconfianza.

—¿Te enseñaron en el orfanato?

—Me enseñó mi madre, antes del orfanato. Te lo preguntaré otra vez. ¿Quién eres?

—Freddie, puede que hayas leído sobre mí. Soy Sherlock Holmes —dije—. He venido para investigar la desaparición de varios niños en este telar. ¿Sabes algo al respecto?

Freddie se quedó mirando hacia donde estaba escondida la revista. Quería creerme, pero no podía.

—Usted no es Sherlock Holmes. No se parece a él.

¡Y tenía razón! Yo seguía siendo «Bill MacPherson, el trabajador». Me quité la gorra y la peluca de pelo rojo y rizado para dejar al descubierto mi pelo oscuro. Después me arranqué las largas patillas y el bigote y me quedé sentado ante él con mi aspecto real. De nuevo el chico se quedó con la boca abierta.

—¡Vaya! —exclamó—. ¡Es usted!

Supongo que tus relatos tienen sus ventajas, Watson.

—¿Qué me dices de los niños desaparecidos? —le insistí—. Date prisa, Freddie. Es hora de irnos.

Una vez abiertas las compuertas, Freddie resultó ser un testigo muy locuaz. Habían desaparecido tres niños, el último un buen amigo suyo. Todos habían salido del orfanato, todos chicos de entre diez y doce años.

El secuestro en sí no había tenido testigos, salvo en el caso del primer niño, y tampoco había quedado claro. Pero Freddie sí que vio a alguien que describió como un «hombre muy grande» a contraluz frente a la puerta de la sala de trabajo principal del telar. Aquel hombre había aparecido en dos ocasiones en la época de las desapariciones. Una de las veces había señalado a Peter, un niño rubio y pequeño, que fue el primero en desaparecer. Lo habían sacado a rastras del telar y, cuando empezó a gritar de miedo, le prometieron un dulce si se portaba bien. Fue la última vez que vieron al pobre Peter.

Entonces hice algo de lo que me arrepiento, Watson. Saqué una de las fotos que llevaba conmigo y se la mostré a Freddie, que se quedó pálido y apartó la mirada, blasfemando para no llorar.

—¿Lo conoces? —le pregunté.

—Es Peter —respondió con un susurro—. Un niño muy simpático. ¿Tiene más fotos de esas?

No debería haberle enseñado ni siquiera aquella. Que Dios me perdone, Watson, pero negué tener más. Se volvió entonces hacia mí con actitud feroz.

—Mataré a quien haya hecho esto —dijo.

—No, Freddie. Se hará justicia. Me encargaré de que sean castigados, te lo prometo —le aseguré—. Ahora necesito que me ayudes. —Le hice algunas preguntas sobre el «hombre grande», pero Freddie no pudo darme ningún otro dato.

—¿Nadie preguntó por los niños que habían desaparecido? —quise saber.

—Yo pregunté una vez por mi otro amigo, Paulie. Por eso

me encerraron ahí. Me dijeron: «Sigue preguntando y serás el siguiente».

—Freddie, debemos marcharnos ya —dije—. ¿Sabes cómo salir?

Él asintió y me pregunté por qué no habría huido antes de allí.

—Pero no tengo ningún sitio al que ir, señor Holmes —explicó como si me hubiera leído el pensamiento.

—Eso déjamelo a mí —respondí.

Y así Freddie y yo partimos hacia el pueblo. La temperatura había bajado aún más. Me di cuenta de que la ropa deshilachada del muchacho apenas lograba calentar su escuálida figura, así que me detuve en una pequeña tienda y le compré un abrigo, una bufanda, un gorro, unas manoplas y unos calcetines.

Pero no podíamos quedarnos mucho tiempo en el pueblo. Para entonces, los hombres de Boden ya se habrían enterado de mi engaño en Clighton y de nuestra visita a la prisión, Watson. Pronto averiguarían lo de la fuga del visitante en el telar y relacionarían ambos incidentes.

Lo que tenía que hacer antes de que la red se cerrase sobre mí era ir al depósito de cadáveres a examinar el cuerpo de lady Pellingham. Pero, ¿qué podía hacer con el muchacho?

Entonces recordé la tarjeta del doctor Philo. Caminamos hasta la pequeña casita situada a las afueras del pueblo, donde se encontraban tanto su residencia como su consulta.

Llamé al timbre y abrió la puerta una joven Valquiria, con la melena rubia recogida en un moño a la altura de la nuca y vestida con la falda y el delantal manchado de sangre de una enfermera de la guerra. Se quedó allí de pie con mirada inquisitiva.

—¿Se trata de una emergencia? —preguntó con educación, aunque con un tono que no admitía frivolidades—. Las horas de consulta del doctor han terminado y ahora está descansando.

Freddie se echó a llorar y la mujer se ablandó de inmediato. Annie Philo, pues se trataba de la esposa del buen doctor, se arrodilló frente a él.

—¿Qué sucede, hombrecito? —le preguntó amablemente. Él extendió la mano como si estuviera herido y, mientras la mujer se la examinaba con detenimiento, me guiñó un ojo. ¡Pequeño diablillo!

Apareció el doctor Philo por detrás de su esposa.

—Annie —dijo—, este es el señor Sherlock Holmes, amigo del doctor Watson. Ya te he hablado de él.

Poco después estábamos en la espaciosa cocina de los Philo, agasajados con sopa, té y brandy. Freddie comía como un cachorro hambriento, haciendo ruido al sorber la sopa hasta que lo reprendí con una mirada. Pero nuestra tranquilidad duró poco.

Cuando le pregunté al doctor Philo qué había descubierto sobre la muerte de lady Pellingham, me contestó lo siguiente:

—No me llamaron para que fuera a Clighton. Así que fui al depósito con una excusa y pregunté por las muertes que habían tenido lugar en las últimas veinticuatro horas. No habían recibido ningún cuerpo, salvo el de un viejo granjero que había muerto la noche anterior por congelación. Aquello me sorprendió, pero no tenía sentido insistir. Así que después me fui al cementerio y descubrí horrorizado que había habido un entierro pocas horas antes. Nadie lo admitía, pero vi la tierra removida en una zona donde no había nieve. Cuando no se avisa ni al forense ni al enterrador, uno supone que sucede algo irregular. ¡Señor Holmes, creo que han enterrado a la dama a las tres de la tarde!

Al recibir aquella información, experimenté una urgencia con este caso que no me permitiría descansar tranquilo. Les dije al doctor Philo y a su esposa que partiría hacia el cementerio en cuanto oscureciera, y allí desenterraría el cuerpo de lady Pellingham y descubriría la verdad sobre su asesinato. Por suerte no había sido incinerada.

El doctor Philo me entendió por completo.

—Iré con usted —se ofreció—. La tierra estará helada y será difícil removerla.

Su esposa le puso una mano en el brazo.

—Nada de eso, Hector. Tienes que pensar en tu familia y, si atrapan al señor Holmes, podrían colgarlo por esto.

—¡Pero la dama…! ¡Ha de hacerse justicia! —exclamó él.

—No —intervine—. No permitiré que nadie me acompañe. Pero, si no he regresado por la mañana, escriban a mi hermano a esta dirección con el mensaje que hay dentro.

Llegado a este punto, Holmes me permitió interrumpirlo y respondió:

—Lo siento, Watson, no podía esperarte. Tenía que hacerlo de inmediato y aprovechando la oscuridad. Y sí, es cierto: si hubieras estado conmigo, las cosas tal vez hubieran sido diferentes. Pero déjame acabar…

Lo hice y él continuó con su relato.

—El doctor Philo salió a buscarme la pala y la ganzúa que necesitaría, así como un chubasquero y unas botas. Cuando Freddie se quedó dormido junto al fuego, la señora Philo lo tapó con una manta y se acercó a mí. «Lo siento», me dijo. «Pero espero que lo entienda».

«Sí, observo que está embarazada».

«¡Dios mío!», exclamó. «¿Cómo lo ha sabido? ¡Ni siquiera se lo he dicho a Hector todavía!».

«Hay ruibarbo sobre la mesa, magnesio allí y naranjas fuera de temporada en el alfeizar de la ventana. Supongo que tiene náuseas matutinas», respondí.

«Oh… bueno, es evidente ahora que lo menciona», dijo ella. Como de costumbre, Watson, cuando desvelo mis métodos, parecen triviales.

«Su secreto está a salvo conmigo, señora Philo. En cualquier caso, no permitiría que viniera conmigo. Este es mi trabajo. Pero sí que me gustaría descansar un poco antes de que anochezca. ¿Tiene sitio?».

Mientras Annie Philo me preparaba una cama improvisada en el sofá del estudio, me quedé mirando por la ventana. Se había levantado viento y estaba nevando ligeramente. Habría tormenta por la noche y sabía que tenía por delante un gran desafío. Me preocupaba la idea de remover la tierra helada y esperaba poder estar a la altura.

CAPÍTULO 24

Watson investiga

Al llegar al 221B, subí corriendo las escaleras y encontré a Lestrade y a sus hombres todavía allí, horas después de haber sido alertados.

Me quedé mirando a mi alrededor alarmado. Obviamente en nuestra casa había tenido lugar una violenta pelea. Aunque no se veía «una gran cantidad de sangre», los muebles estaban volcados, había papeles desperdigados, los jarrones de flores estaban tirados y rotos y habían dejado manchas de humedad sobre la moqueta y el sofá. Una de las cortinas estaba rajada.

—Dios mío, ¿qué ha ocurrido aquí? —pregunté.

—¡Doctor Watson! ¡Qué alivio verle! Eso es lo que esperábamos que nos contara —dijo Lestrade mientras se levantaba del sofá y se me acercaba con actitud derrotista—. Recibimos su telegrama y fue toda una alegría. Estábamos preocupados por ustedes, doctor.

—Holmes está a salvo en Lancashire —expliqué, con la esperanza de que eso aún fuese cierto—. ¿Qué han descubierto?

—Qué buena noticia, doctor. Temía que tuviéramos que rastrear el Támesis buscando sus cuerpos —dijo Lestrade.

—Pero, ¿no había nadie más aquí cuando llegaron?

—Dentro no. pero parece que había habido una mujer y otros dos durante la pelea. Franceses, parece ser. Una mujer muy sofisticada, según creo. —Me miró con una mezcla de suspicacia y admiración. Yo no tenía tiempo para eso.

—Pero, ¿y fuera? ¿Qué han encontrado? ¿Quién los alertó?

—Alguien en la calle oyó ruidos y se lo dijo a un agente. Para cuando llegamos, se habían marchado todos.

—¿No ha habido muertos?

—Bueno, ha habido uno. En la entrada.

—¿Un hombre? ¿Una mujer? ¡No será un niño! ¡Vamos, Lestrade!

—Perdone, ha sido un día muy largo. Era un hombre de unos cuarenta años, diría yo. Bien vestido. Llevaba la tarjeta de Mycroft Holmes, el hermano del señor Holmes. Creemos que trabajaba para él. Estamos interrogando…

—¡Pero y la sangre! ¡En el periódico decía que había sangre!

—Ya la hemos limpiado.

—¿Por qué? ¿Cómo voy a saber lo que ha ocurrido aquí?

—Pensábamos que habían muerto. Así que, pensando en la señora Hudson… La buena mujer se alteró mucho al verlo. Por suerte se encontraba fuera del edificio cuando se produjo el ataque.

—Gracias a Dios.

—Pero hemos tomado notas y medidas, por supuesto, doctor. Principalmente era un charco, justo aquí. —Lestrade señaló una mancha sobre el suelo de madera, junto a una de las ventanas. La habían fregado.

—¿Han tocado o movido algo más? —pregunté yo.

Se acercó uno de los hombres de Lestrade.

—Más sangre, señor, en la escalera. Junto a la puerta.

¿Cómo no la había visto al entrar?

Había una gran marca de color rojo oscuro en la pared junto a la puerta principal. La examiné y advertí una salpicadura y una mancha. Utilizando los métodos de Holmes deduje que alguien había recibido un fuerte golpe y había caído contra la pared, después había sido arrastrado, lo que había provocado la mancha.

Sentí pánico. ¿Habría sido mademoiselle La Victoire? ¿O el niño? No, la mancha estaba demasiado alta sobre la pared. Tal vez hubiera sido Vidocq, o uno de los asaltantes.

Regresé arriba para examinar con más atención la sala de estar, intentando utilizar los métodos de Holmes. Pero, al igual que la mayoría de los olores son imperceptibles para los humanos, pero evidentes para un sabueso, estoy seguro de que había multitud de pistas que para mí eran invisibles.

Habían rajado el sofá. Cuchillos. Tal vez se tratara del grupo vestido de negro. Miré a mi alrededor para buscar agujeros de bala, pero no vi ninguno, salvo la anterior práctica de tiro de Holmes, que mostraba las letras «VR» en la pared.

Por suerte su Stradivarius estaba intacto en un rincón. Pero la mesa con los productos químicos y todo el equipo estaban destrozados.

—Temo por el destino de nuestros invitados —dije—. Dígame qué más han encontrado.

—Primero, ¿quiénes son esos invitados? —preguntó Lestrade—. Tal vez así podamos saber quién vino a atacarlos. ¿La dama en particular, doctor?

Me miró con una sonrisa. Su curiosidad por «la dama» rozaba la impertinencia.

—Una clienta —respondí secamente—. Se lo repito, ¿qué más han encontrado? —empezaba a entender la impaciencia de mi amigo con la policía.

—Francesa, imagino.

—¡Lestrade! Es un tema muy peligroso y había tres personas aquí, ¡incluyendo un niño! Nuestra clienta, francesa, sí, su hijo y un hombre que se suponía que debía protegerlos.

—De acuerdo. Eso explica el desastre —dijo él—. Hubo una gran pelea. Creo que participaron varios hombres, aquí mismo, en la sala de estar. Aquí no había cuerpos. Hemos rastreado el lugar de arriba abajo. Pero no se sabe quién se marchó con quién ni en qué circunstancias.

Fue entonces cuando vi una esposa que colgaba de un poste de una de nuestras librerías. ¿Qué diablos había sucedido allí?

Corrí escaleras arriba hacia mi antiguo dormitorio. Abrí la puerta y recibí una bofetada del fuerte aroma del perfume Jicky. Había un frasco roto en el suelo, junto con un decantador de cristal hecho añicos. La cama estaba revuelta, como si alguien hubiera salido asustado de ella. La mesita, que en mi época albergaba numerosos libros de medicina y novelas de marineros, estaba volcada. La maleta de mademoiselle La Victoire se había caído de una balda y las delicadas prendas interiores de encaje estaban desperdigadas por el suelo.

Estaba examinándolas un joven y fornido agente, tal vez con más interés del que era necesario.

—¿Ha encontrado alguna pista ahí? —pregunté con brusquedad.

Él dejó la delicada prenda avergonzado y me miró con los párpados entornados.

—¿Quién es usted, señor? —preguntó.

—El doctor John Watson, y se encuentra usted en mi habitación. O, mejor dicho, la que era mi habitación. —El enfado producido por sus métodos nubló por un momento mi razón. El agente enarcó las cejas de manera insinuante y sonrió con lo que solo podía ser admiración envidiosa.

—Lo siento, señor —dijo—. No pretendía husmear.

—Una mujer y su hijo estaban usando esta habitación. Le agradeceré que se meta en sus asuntos —respondí yo.

Miré a mi alrededor en busca de sangre, pero no vi ninguna. Sin embargo mi alivio duró poco. Algo llamó mi atención bajo el escritorio. Me agaché y lo recogí. Era un caballo de juguete con el cuello roto. ¡El niño había estado allí y habían destrozado su juguete! Mi preocupación aumentó.

—Oh, no habíamos visto eso —dijo el joven agente.

Yo suspiré. Si Holmes hubiera estado allí, ya se habría hecho una idea de lo sucedido. Regresé al piso de abajo con la imperiosa necesidad de actuar, pero no sabía dónde ir. La señora Hudson entraba en ese momento con una bandeja de té para Lestrade y sus hombres. Al verme, estuvo a punto de dejar caer la bandeja, pero en su lugar la dejó sobre la mesa de comer. Corrió a mis brazos.

—¡Oh, doctor Watson! ¡Esto es demasiado! ¡Demasiado! —exclamó.

Yo la abracé con cariño. La pobre señora Hudson; primero Holmes con su ataque de desesperación y el incendio, después los extraños invitados franceses y ahora esto.

—¡Pero usted está bien, señora Hudson! ¡Gracias a Dios! —le dije.

—¿Y el señor Holmes? —preguntó ella, aún temblorosa.

—Está a salvo en Lancashire —dije para tranquilizarla—. Debo averiguar dónde se han ido nuestros clientes o dónde se los han llevado. ¿Usted no oyó nada?

—¡No estaba aquí! —respondió ella—. Había recibido una carta para que fuera a Bristol a casa de mi hermana, pero resultó ser una falsa alarma. ¡Creo que fue algo para hacer que me marchara de aquí!

Me alivió saber que la señora Hudson no corría peligro. Sin embargo, también era cierto que no sabía qué hacer después. La mujer fue quien me dio la respuesta.

—Venga conmigo, doctor, tengo algo para usted —susurró.

La seguí escaleras abajo hasta su apartamento. Abrió la puerta y me encontré por primera vez en los dominios de nuestra casera. El papel de flores de las paredes y la mesa de la entrada, llena de flores navideñas, junto con el delicioso olor a pan de jengibre que salía de la cocina de la señora Hudson me hicieron recordar con nostalgia la época que había pasado allí con Holmes. Aunque la señora Hudson era nuestra casera, no nuestra ama de llaves, siempre había cuidado de Holmes y de mí como cuidaría una tía de sus sobrinos universitarios e inmaduros.

Pero enseguida borré aquellos pensamientos. Nuestros clientes estaban en peligro. La señora Hudson se acercó con una carta que Mycroft había enviado desde el Diógenes.

—Llegó hace dos horas por mensajero —dijo ella—. No tengo ni idea de cómo sabía que usted estaría aquí.

Pero Mycroft lo sabía todo, pensé mientras abría el sobre para leer la carta.

Doctor Watson,

sin duda mi hermano le habrá echado de Lancashire. Tenga por seguro que su clienta Emmeline La Victoire, su hijo y Jean Vidocq están a salvo. Mis hombres llegaron, pero un poco tarde. La pequeña herida en la cabeza de monsieur Vidocq es la responsable de la sangre que han descubierto. Sin embargo, le sugiero que se reúna con ellos de inmediato en la dirección de más abajo, donde los ha llevado Vidocq para refugiarse. Por favor, disuada a la dama y a su hijo de ir a Lancashire. Podrían correr peligro los dos hasta que se consumen mis planes.

Mycroft.

La dirección era la de un lugar que conocía bien.

Recorrí el camino en taxi por Baker Street hasta llegar a Oxford Street, desde donde atravesamos Hanover Square hacia el sur hasta llegar a Verrey's, en la esquina de Regent Street. Aquel elegante restaurante francés era el lugar en el que Holmes y yo habíamos cenado en una ocasión, después de un caso especialmente bien pagado.

El restaurante aún no estaba abarrotado, pues era tarde para las señoras que lo frecuentaban después de ir de compras y demasiado pronto para los comensales de la noche. Al principio el dueño se mostró reticente a admitir que tenía allí a nuestra clienta, pero al oír el nombre de Mycroft Holmes su actitud cambió de inmediato.

Me dejó frente a una pequeña puerta situada al final de un tramo de escaleras, detrás de la cocina. Llamé. Se oyó movimiento al otro lado, pero no hubo respuesta.

—Soy yo, John Watson —grité—. Mademoiselle La Victoire, tengo un mensaje del señor Holmes. —Oí que alguien susurraba con enfado; entonces la puerta se abrió ligeramente y se asomó mademoiselle.

Pareció aliviada al verme y me dejó pasar.

—Oh, *mon Dieu* —exclamó—. Doctor Watson, ¿dónde está el señor Sherlock Holmes? ¿Solo tiene un mensaje? ¿Él no ha venido? —Miró hacia las escaleras, esperanzada. Después se lanzó a mis brazos.

Gracias a Dios que estaba a salvo.

—*Ferme la porte!* —dijo una voz con un gruñido tras ella. Cuando cerró la puerta, vi a Vidocq tumbado en una pequeña cama, con la cabeza envuelta en uno de los pañuelos de seda de la amplia colección de mademoiselle. Estaba manchada de sangre y el francés estaba pálido. Entonces vi por primera vez al niño.

Emil estaba sentado a una mesa, encorvado y quieto. El parecido con su madre era innegable; su piel clara, sus ojos verdes y algo de su nariz se le parecían mucho, mientras que los rizos rubios debían de ser el legado de su padre.

Pero su actitud me preocupaba. Estaba quieto y pálido y, cuando lo miré, apartó la mirada, como si al hacerlo se volviese invisible. Comenzó entonces a balancearse hacia delante y hacia atrás, tarareando suavemente. Yo había visto ese comportamiento en hombres vencidos en combate. El chico estaba traumatizado.

Miré a su madre. Tenía los ojos llenos de sangre.

—No puede hablar —susurró.

—No quiere hablar —aclaró Jean Vidocq desde la cama.

Yo vacilé un instante. El médico que hay en mí tomó las riendas. El estado del niño, aunque me preocupaba, no podía remediarse de inmediato. Mademoiselle La Victoire no había sufrido ningún daño, pero Vidocq, por otra parte, podría tener una contusión.

A petición de la dama, examiné la herida de la cabeza de Vidocq. Sin ninguna elegancia, él me permitió quitarle el pañuelo y comencé a limpiarle, coserle y vendarle el corte, superficial, aunque largo.

—¿Quién le atacó, Vidocq? —pregunté—. ¿Qué querían?

—Los mismos hombres que nos atacaron en París. Habían venido a matar a su amigo.

—Pero, ¿a usted no? —quise saber mientras sacaba una aguja.

—¡Ahh! ¡Cuidado, doctor! —Puso cara de dolor, pero admito que yo no estaba siendo tan compasivo como podría haberlo sido—. Su amigo fue torpe. Creo que fue visto cuando investigaba en los muelles y condujo a los villanos hasta su propia casa.

Yo lo dudaba. Cuando Holmes quería pasar desapercibido, nadie se fijaba en él, sobre todo en Londres, cuyos callejones conocía de memoria. Ni siquiera yo lo había reconocido vestido como un viejo marinero.

—Sí, el gran Sherlock Holmes comete errores —continuó Vidocq.

En ese momento le interrumpió mademoiselle La Victoire.

—Estás mintiendo, Jean. Tú mismo fuiste a los muelles, ¡y llevabas la ropa del señor Holmes! Si tenemos en cuenta el momento del ataque, ¡fuiste tú quien atrajo a los lobos hasta nuestro refugio!

Ella y yo intercambiamos una mirada de comprensión. Lo dejé pasar. Estaban a salvo, al menos por el momento. Terminé con Vidocq, regresé junto al niño y me arrodillé a su lado.

—¿Emil? —dije amablemente—. Soy el doctor Watson. Soy amigo de tu ma... de mademoiselle La Victoire. Esta dama que tanto te quiere. Y he venido a ayudarte.

El muchacho movió los ojos, pero se negó a devolverme la mirada. En su lugar, se retorció y comenzó a gimotear suavemente. Dios, ¿qué le había sucedido a aquel niño? Tenía que examinarlo, pero no era ni el momento ni el lugar. Me puse en pie y vi que mademoiselle La Victoire estaba recogiendo sus cosas.

—¿Qué está haciendo? —le pregunté.

—Voy a enfrentarme a ese monstruo. Su padre me dará explicaciones sobre lo que le ha pasado a mi... a Emil —respondió—. Hay un tren a Lancashire dentro de cuarenta y cinco minutos. Emil y yo tomaremos ese tren.

Oh, no.

Vidocq se levantó de un salto.

—*Mais oui!* —exclamó—. Yo iré contigo, cariño.

¡Idiota! Claro que querría ir a Lancashire. ¡La estatua llegaría en cualquier momento!

Mycroft no solo me había pedido que los disuadiera de regresar, sino que además temía la reacción del niño cuando descubriera que la mujer a la que quería como a una madre había sido asesinada.

Obligar al niño a enfrentarse a ese hecho en su estado actual podía suponer un desastre.

—¡No! —dije yo enfrentándome a Vidocq. Tras él, mademoiselle La Victoire seguía recogiendo sus cosas—. ¡No estarán a salvo si se los lleva allí!

—¿Y eso por qué? —preguntó Vidocq.

Yo no sabía qué cosas contarle llegados a ese punto. Tampoco deseaba revelarlo todo con Emil en la habitación, así que bajé la voz.

—¡Piense en el niño! Lo enviaron a Londres por su propia seguridad. No fue secuestrado. Allí correrá peligro.

Mademoiselle se acercó y se interpuso entre nosotros.

—¿Dónde está ahora el señor Holmes? —preguntó.

—Está encargándose del conde mientras nosotros hablamos —respondí—. Es un asunto complicado y será mejor dejárselo a un profesional, mademoiselle. Avisarán a la policía en breve.

—¿De verdad? Monsieur Holmes ha cometido muchos errores, *n'est-ce pas?* Tal vez este sea otro más —dijo Vidocq. Yo sabía que seguía pensando en la Nike.

—Por favor —le dije a la dama—. Es una situación compleja. Hay otros niños implicados.

—¿Otros niños? —preguntó ella—. ¿Otros niños han sido…? —Miró a Emil y no quiso continuar la frase.

—Peor, mademoiselle —respondí. Ella me mantuvo la mirada.

—Entiendo —dijo—. Entonces, si lo que temo es cierto, puede que Emil no vuelva a estar a salvo hasta que acabemos con el mal. ¿Dice que el señor Holmes está trabajando en mi caso? Y Vidocq viajará con nosotros. ¿Qué me dice de usted, doctor Watson? ¿Vendrá? Con tres hombres como ustedes, Emil y yo estaremos protegidos.

Yo vacilé. Estaba muy preocupado por Holmes y además estaba ansioso por regresar a Lancashire.

—En cualquier caso —continuó la dama—, venga o no venga, yo pienso marcharme en el próximo tren.

—Y yo iré contigo —insistió Vidocq.

Garabateé una nota rápida para Mycroft y salí con ellos hacia Euston. En menos de una hora estábamos sentados en un compartimento de primera clase en un tren con destino a Lancashire. Emil se quedó dormido al instante en brazos de su madre, y ella dormitando sobre su hijo. Vidocq y yo permanecimos despiertos. Mientras el tren avanzaba hacia el norte en dirección a la tormenta, le hice un gesto para que se reuniera conmigo en el pasillo, fuera del compartimento, donde pudiéramos hablar con libertad.

—Vidocq —le dije ofreciéndole un cigarrillo—, necesito cierta información. —Me aceptó el cigarrillo e hizo una pausa, esperando a que yo se lo encendiera. Lo ignoré, de modo que se encogió de hombros, se lo encendió él mismo y después tiró la cerilla al suelo.

Entonces se apoyó relajadamente contra la ventana. Su sonrisa desenfadada y el pañuelo que llevaba en la cabeza a modo de venda le hacían parecer el pirata de una obra de teatro. Dio algunas caladas al cigarrillo y después me miró a través del humo.

—¿Qué necesita? —preguntó. Dios, era un hombre de lo más irritante.

—Dígame qué ocurrió en Londres mientras nosotros no estábamos. ¿Qué ha descubierto sobre la gente que se llevó a Emil? ¿Qué ha observado en el niño? Dígame todo lo que crea que pueda sernos de utilidad en Lancashire.

Él hizo una pausa mientras inhalaba y saboreaba el humo. Después apagó el cigarrillo en el suelo del tren y comenzó su relato.

CAPÍTULO 25

El relato de Vidocq

Mientras Vidocq y yo estábamos en el pasillo frente al compartimento, iba anocheciendo al otro lado de las ventanillas heladas del tren. Mademoiselle La Victoire y Emil dormían en nuestro acogedor compartimento, visible a través de las pequeñas rendijas en las cortinas de las ventanillas. Aunque no puedo garantizar la precisión de nuestro colega francés, sí que puedo estar seguro de la mía; tomé notas inmediatamente después de la conversación. Creo que en líneas generales era cierto. Por tanto, aquí está lo que Vidocq me contó, con sus propias palabras.

Como bien sabe, Chérie y yo visitamos a Mycroft, el hermano de su amigo, después de encontrarnos con ustedes en la calle. A ninguno de los dos nos agradó su plan; a mí me ordenó que renunciase a la búsqueda de la Nike (confirmando así la sospecha de Chérie de que la estatua era mi prioridad, ¡lo cual no me hizo ganar puntos con ella!). Mycroft Holmes me pidió que fuese a una dirección en Bermondsey donde sus hombres habían localizado a Emil. Me informó de que su amigo había localizado la estatua en los muelles de Londres, pero Mycroft me aseguró que lo había arreglado todo con la Seguridad Nacional francesa para que la Nike regresara a Francia y así yo compartiría el mérito de su recuperación, a cambio de que cooperase ahora.

Me di cuenta de que me estaban echando a un lado para que el pernicioso hermano de Mycroft —no, no suavizaré las palabras con respecto a su amigo— pudiera recuperar públicamente la Nike de Marsella mientras a mí me encasquetaban a mi amada y a su hijo desaparecido. Admitiré que eso no... ¿cómo dicen ustedes?... no me sentó bien.

Cuando, como es natural, no soy inmune a los sentimientos y a las dolorosas emociones de mi amada, lo más lógico me pareció ignorar al petulante entrometido de Mycroft Holmes. Y, como habría hecho usted en mi lugar, decidí centrarme primero en la misión que me parecía más apremiante.

Lo que pensé fue lo siguiente: sin duda la estatua saldría de Londres en un futuro inmediato hacia su destino final, mientras se creía que el niño estaba a salvo y que no iba a moverse a ningún lado.

Con esa prioridad en mente, regresamos al 221B y allí le pedí a Chérie que hiciese las maletas para partir enseguida hacia París mientras yo salía solo a recuperar al niño. Le dije que volvería en unas pocas horas. Mi plan, por supuesto, era visitar primero los muelles, pero naturalmente no se lo confesé a ella.

Pero *hélas!* Mi querida Chérie se negaba a eso. Quería ir ella también a buscar a Emil. Había querido ir directamente desde el club Diógenes, y nuestro regreso al 221B había hecho que se impacientara enormemente.

Pero sospechaba que ella tenía otros planes. Advertí en ella una profunda furia; una rabia potente que no se calmaría con el simple rescate de Emil. Él era su primera prioridad, pero... ella deseaba saber el qué, el quién y el porqué de su situación. Y, si le habían hecho algún daño al niño, sabía que nunca abandonaría Inglaterra sin haberse vengado.

Las emociones de una mujer, ¡oh! No son muy útiles en nuestro negocio, *n'est-ce pas?* Se situó frente a la puerta del apartamento de su amigo, furiosa, irracional, negándose a dejarme ir solo. Yo sabía que podría poner en peligro mi misión, así como el rescate de su hijo. De pronto tomé una decisión.

—Chérie, cariño —le dije—. ¡Ven! Mira por la ventana. Hay alguien en la calle que es posible que nos haya seguido. ¡Puede que tengamos que realizar maniobras evasivas para recuperar a Emil!

Ella se acercó a la ventana y miró hacia la calle.

—¡Oh, Dios mío! —exclamó—. ¡Sí que hay alguien ahí! ¡He visto a ese hombre frente al Diógenes hace menos de veinte minutos, Jean! No puede ser casualidad.

Pero… ¿qué era aquello? Ya la había atraído hacia la ventana con un engaño para poder sacar algo de mi maleta, algo que ahora escondí en mi espalda. Pero, ¿había realmente alguien allí?

Me guardé el objeto en el bolsillo, me acerqué a ella y aparté la cortina. Mi amada tenía razón. Allí, al otro lado de la calle, había un hombre acurrucado bajo los aleros, intentando esconderse. Mientras lo contemplábamos, miró hacia la ventana. *Alors!* Tal vez pudiera usar eso a mi favor. Volví a correr la cortina y le agarré la mano a Chérie.

—Cariño —le dije—, sería más seguro que te quedaras aquí. Yo podré despistarlo más fácilmente si voy solo, y será lo mejor para Emil.

Habría sido mejor para ambos si ella hubiese aceptado.

—¡Jamás! —exclamó—. Iré a buscar a Emil. No permitiré que vuelva con un desconocido.

Pero yo no estaba de acuerdo. Así que, con un movimiento rápido, saqué las esposas que me había guardado en el bolsillo y esposé a mi amada al poste de una enorme librería que hay en su salón.

En el sur de Francia tenemos un tipo de viento especial. Parece surgir de la nada y golpea con una furia que puede derribar una casa pequeña. Se llama mistral. Y esa fue exactamente la respuesta de mi delicada flor.

Con una patada dirigida a mi zona más vulnerable seguida de un puñetazo con la mano que tenía libre, caí al suelo y entonces me tiró a la cabeza un jarrón lleno de sus malditas flores.

—*Salaud!* —exclamó, y no me molestaré en traducir esto. Después me dirigió una serie de improperios mientras forcejeaba.

Me levanté del suelo, agarré una silla y se la acerqué con cuidado, como uno se acercaría a un león en el circo. Ella respondió con un rugido.

Mi intención solo era ofrecerle un sitio en el que descansar mientras me esperaba, pero me quitó la silla de las manos y la lanzó al otro lado de la habitación. Estuvo a punto de golpear un viejo violín. Perdón, ¿era un Stradivarius? En cualquier caso, la silla cayó contra una mesa llena de productos químicos y quedó hecha pedazos. Los líquidos se esparcieron por todas partes. ¡Qué olor!

Frustrado en mi intento de ofrecerle comodidad, agarré dos cojines del sofá y, desde la distancia, se los lancé.

—¡Siéntate! —exclamé por encima de sus gritos—. ¡Volveré con tu hijo!

Advertí que mi abrigo y mi sombrero estaban peligrosamente cerca de ella, así que los dejé allí y, en su lugar, tomé un sombrero y un abrigo de un perchero situado junto a la puerta antes de salir.

Una vez en la calle cubierta de nieve, miré a mi alrededor, pero el hombre oculto entre las sombras debía de haberse rendido y ya no estaba. Tal vez no estuviese siguiéndonos y simplemente buscara cobijo. Pero yo tenía cosas mejores que hacer.

Llegado ese punto de su relato, le interrumpí.

—¿Dejó a mademoiselle La Victoire esposada y sola? ¿Corriendo peligro? —pregunté. ¡Aquel hombre era un canalla irresponsable!

Vidocq se encogió de hombros.

—Oh, doctor Watson. Lo dijo el mismo señor Holmes; los que nos amenazan van detrás de la estatua y de mí, no de mademoiselle.

—¡Pero no podía estar seguro de ello!

—Estaba bastante seguro. En cualquier caso, nadie fue a buscarla. Déjeme continuar, si quiere saber cómo rescaté a Emil, claro.

Yo accedí. Es cierto que a mademoiselle no le había pasado nada. Pero me escandalizaba el poco respeto que mostraba aquel hombre hacia la mujer a la que aseguraba amar. Lo insté a continuar de todos modos.

Mon Dieu! El aire de Londres es gélido. Cuando estaba en la calle, me puse la ropa que había llevado conmigo. Con las prisas, había tomado el abrigo y la elegante chistera que Holmes había usado en París. Me los puse; el abrigo me apretaba porque yo soy más ancho y, en general, parecía demasiado pomposo para mi próxima misión. Me metí en un callejón, abollé el sombrero, le doblé el ala y manché con barro y con nieve medio derretida ambas prendas para envejecerlas y disimular su elegancia. No quería despertar sospechas en los muelles, ¿comprende?

Satisfecho con mi trabajo, me dirigí hacia los muelles. Una vez allí, fui a la dirección que había leído, del revés, durante nuestra reunión con Mycroft. Es uno de mis talentos especiales. ¿Qué? ¿No le parece especial? En cualquier caso, no tardé en localizar la Nike, cubierta por lonas y sujeta con estructuras de madera. Estaba bien protegida.

Reconocí a dos de los hombres de nuestra aventura en Le Chat Noir. No tenía más que enviar un telegrama a París indicando la localización de la Nike y asegurándome así el reconocimiento por su recuperación, pues los franceses podrían decir que habían localizado la estatua tan fácilmente como los ingleses. Si la Seguridad Nacional tenía hombres en Londres, estaría en nuestro poder al caer la noche.

Cuando me fui a enviar el telegrama, sentí que alguien me seguía y realicé una maniobra evasiva, aunque nunca llegué a ver a nadie y completé mi misión sin interrupciones.

Ahora que la estatua estaba localizada podría encargarme del asunto de Emil. Me fui entonces a esa horrible zona industrial londinense llamada Bermondsey. *Mon Dieu*, ¡qué peste!

El dulce aroma de la fábrica de galletas Peek Freans (no entiendo por qué los ingleses insisten con esas galletas insípidas teniendo nuestra deliciosa *pâtisserie*, que es claramente superior) mezclado con los olores acres de las muchas curtidurías hacía que resultase difícil respirar. Vi que otros lo hacían, así que me até un pañuelo sobre la nariz y me dirigí hacia la dirección proporcionada por Mycroft.

Allí, en una casita sombría situada detrás de otra junto a la carretera principal, descubrí a mi presa. Mycroft nos había dicho que a Emil lo tenían una hermana y un cuñado de uno de los sirvientes del conde; era un curtidor que había acogido al niño en su casa. Aún quedaba por ver si aquella acción constituía un secuestro para pedir rescate o un intento por librar al muchacho de algún peligro que pudiera correr con el conde. ¿Quién sabe?

A través de la ventana vi a un niño triste, sentado solo a una mesa con un caballo de juguete. Lo reconocí por las descripciones que me había hecho mi amada. Era delgado, tenía el pelo rubio y rizado, parecía introspectivo, con esa reconocible pátina de riqueza. Era evidente ese brillo, que no se si se debe a la abundancia de buena comida, a la ausencia de trabajo físico o incluso a no tener que preocuparse por saber de dónde saldría su próxima comida.

Pero también observé… ¿cómo lo dicen ustedes?... una profunda tristeza. No advertí ninguna lesión física. Y aun así algo iba mal. El niño estaba sentado con su juguete, balanceándose hacia delante y hacia atrás de forma mecánica, con la mirada perdida y triste. Algo malo le había sucedido.

Tenía pocas comodidades allí. Salvo su caballo, no tenía más juguetes y además se veía su aliento a causa del frío. Había un camastro hecho con varios colchones de paja en un rincón, con algunas mantas deshilachadas dobladas encima. Las ascuas del fuego de la cocina estaban casi apagadas. El chico debía de estar sufriendo.

No había tiempo que perder. Rodeé la casa por fuera, asomándome a las ventanas para ver si había alguien más dentro. Parecía que lo habían dejado solo, aunque no sabía por cuánto tiempo. Tenía suerte, pero debía actuar deprisa.

Regresé a la cocina, abrí la ventana con facilidad y me colé a través de ella.

—¿Emil? —dije—. ¿Emil? Vengo de parte de tu madre. Voy a llevarte con ella. —Se me olvidó que llevaba la cara tapada con el pañuelo para protegerme del mal olor. Eso y mi acento extranjero debieron de asustar al niño. Debí haberme dado cuenta de aquello.

El muchacho gritó y retrocedió. Agarró una silla y la sujetó entre ambos. Desde luego, era hijo de su madre.

Intenté razonar con él. No me respondía ni en inglés ni en francés, y tampoco hizo ningún movimiento para acompañarme.

—Por favor, Emil, ¿quieres venir conmigo? —le rogué. Aunque, ¿por qué iba a seguir a un desconocido que le aterrorizaba?

Pero entonces oí el ruido de alguien que regresaba por la puerta principal y renuncié a la educación. Agarré un gran saco de lona que había en un rincón de la habitación y metí al niño dentro.

Calmez-vous, doctor Watson. Lo hice con cuidado, ¡no soy un monstruo! Lo llevé a cuestas hasta el 221B de Baker Street. ¿Qué? Sí, en el saco.

Y, después de todas las molestias, ¿cree que mi amada me recibió con gratitud y cariño? *Mais non!* ¡Ni se lo imagina! Entré en su apartamento y dejé en el suelo mi carga. En cuanto Chérie vio moverse el saco, supo que se trataba de Emil.

¡Y el mistral se convirtió en una tempestad! Me obligó a sacar al chico del saco en el otro extremo de la habitación antes de atreverme a acercarme a ella y liberarla.

En cuanto quedó libre, fue como si hubiera desaparecido de la tierra. Corrió hacia su hijo y lo estrechó entre sus brazos. Él le devolvió el abrazo y ambos lloraron.

—Emil, *mon chéri!* —exclamó ella.

El niño no dijo nada y de pronto retrocedió, confuso. Al fin y al cabo ella no era la madre que él conocía. Pero una amiga de la familia sin duda era mejor que aquel desconocido enmascarado.

—Oh, mi pequeño. Sabes quién soy, *non?* —preguntó Chérie. Él asintió. La reconocía, pero seguía confuso—. Estás a salvo, *mon petit*, ven conmigo. —Él vaciló, pero volvió a caer en sus brazos mientras lloraban los dos de nuevo.

Ella lo cubrió de besos, lo examinó en busca de hematomas y signos de violencia, después lo llevó arriba, donde le preparó un baño caliente.

Yo me quedé solo, descubrí un brandy de primera en el aparador y me senté a leer los periódicos y a fumar un buen puro que había encontrado en una caja sobre la repisa de la chimenea. Así pasamos la velada. Ella no me habló hasta que el niño se quedó dormido en su propio dormitorio.

Su agradable sala de estar inglesa es bastante cómoda, y estaba quedándome dormido junto al fuego cuando ella regresó abajo. Entró con actitud vergonzosa, o así lo interpreté yo.

—Jean —comenzó—, no logro que Emil hable. ¿Ha sido difícil rescatarlo? ¿Cómo lo has encontrado? ¿Quién estaba protegiéndolo? ¿Has corrido algún peligro? ¿Qué ha ocurrido?

Cuando una mujer te pregunta de ese modo, no tiene sentido usar la mera sinceridad. «No. Callado. Nadie. No. Lo metí en un saco» no habría bastado.

Así que, en su lugar, admito que embellecí un poco el relato. ¿Acaso no es un abecedario bordado en seda más bonito que un simple trozo de lino? Me cuidé de ser preciso en mi descripción del niño y de sus circunstancias. Quizá inventé un par de detalles. A una mujer le gusta un buen relato.

Eh, non, doctor Watson, no me mire con escepticismo. Esta historia que le cuento es la verdadera. Se lo aseguro.

Continúo. Agradecida, Chérie pareció perdonarme por completo por haberla esposado a la librería. Cualquier rencor que pudiera guardarme había desaparecido frente a su nueva preocupación: ¿Qué le habría ocurrido a Emil para que estuviese tan callado? Ni siquiera ella lograba que hablase y, llegados a ese punto, estaba profundamente preocupada.

—Lo mataré si le ha hecho daño al niño —dijo.

—¿Te refieres al conde? —pregunté yo. Quería asegurarme.

—Sí. O le ha hecho daño a Emil o ha pasado por alto algo que le ha ocurrido a nuestro hijo. Descubriré de qué se trata y pagará por ello. ¡Le haré pagar!

—*Calmes-toi,* Chérie. Estoy seguro de que Emil acabará por hablar —le dije.

—Debemos marcharnos inmediatamente a Lancashire. ¡Quiero llegar al fondo de este asunto!

¡Por fin estábamos de acuerdo en algo! Lancashire era justo el lugar donde yo deseaba estar. La estatua podría dirigirse hacia allí por la mañana.

Sí, sí, también quería ayudar a la dama. Doctor Watson, déjeme terminar.

Sin embargo necesitaba retrasarla para asegurarme de que la estatua saliese de Londres.

—*Ma Chérie* —le dije—, ¿no debería Emil pasar la noche aquí? Está dormido, *n'est-ce pas?* ¿Qué es lo mejor para el niño?

Ella entró en razón y accedió a viajar por la mañana, pero, sin siquiera darme un beso de buenas noches, se retiró a nuestra habitación, donde había dejado durmiendo a Emil, y cerró la puerta. Entonces la puerta volvió a abrirse y me tiró por las escaleras la ropa de dormir antes de volver a cerrarla.

Eso me dejaba como opciones para descansar la sala de estar o el dormitorio de Sherlock Holmes. Entré en el dormitorio y miré a mi alrededor. *Mon Dieu!* La habitación estaba tan fría y tan vacía. La cama era dura y estrecha, había libros y papeles por todas partes, restos de velas, un cenicero lleno de colillas, una chimenea pequeña y sin leña, una enorme caja de hojalata y extrañas fotos de criminales pegadas a las paredes. ¡Habría preferido dormir en la celda de un monje demente!

Regresé a la sala de estar, recolecté varios cojines, una suave manta roja que colgaba del respaldo de una silla y me acomodé en el sofá. No tardé en dormirme.

* * *

Llegado a ese punto no pude contenerme. A pesar de la urgencia del relato, me enfurecía que Vidocq hubiera violado nuestro santuario privado, o más bien el de Holmes.

—¿Es que usted no tiene decencia? —pregunté—. Salvo para atender alguna enfermedad y una vez para buscar… algo, yo nunca he entrado en el dormitorio de Holmes y no se me ocurriría examinarlo de esa forma.

—Tal vez debería —dijo Vidocq—. Es conveniente saber con quién se relaciona uno. El ascetismo de Holmes roza el martirio, ¿lo sabía?

Yo no estaba de acuerdo y cité lo mucho que disfrutaba Holmes con el violín, la ópera, los museos y…

—Y las drogas —dijo Vidocq.

—Termine su relato —respondí.

Vidocq continuó con su narración.

Fue una suerte que yo estuviera durmiendo en la sala de estar y no arriba con Chérie, pues estoy convencido de que ahora estaríamos muertos de haber sido así. Me despertó un grito en mitad de la noche. Parecía proceder de la calle, y de muy cerca. Entonces oí que forzaban la cerradura en el piso de abajo. Me levanté de inmediato y, tras agarrar un atizador de la chimenea, me escondí detrás de la puerta cuando entraron. Eran tres, vestidos de negro y enmascarados, pero supe que eran los hombres a los que nos habíamos enfrentado en Le Chat Noir.

Derribé a uno, pero el segundo y el tercero me causaron varios problemas. Al oír ruidos, uno de ellos abandonó la pelea, se fue al piso de arriba y regresó con Chérie y con el niño amenazándolos con una navaja mientras yo me peleaba con el tercero.

No entraré en detalle para describir el desastre posterior, pero uno de ellos gritó el nombre de su amigo. ¡Era evidente que me habían confundido con Sherlock Holmes desde el principio! Al fin y al cabo era su casa. Y yo llevaba puesto el pijama. Ambos somos altos. No sé. Yo soy más guapo…

De acuerdo, continúo. Esos hombres eran profesionales. Yo estaba limitado por el reducido espacio, por la necesidad de proteger al niño y a la intrépida de su madre y por no llevar zapatos.

Conseguí vencerlos y maté a uno de ellos, pero recibí un corte en la frente. Las heridas en la cabeza sangran mucho y mi sangre, junto con la de los otros dos, acabó por todas partes. Siento el estropicio, pero usted lo entenderá.

Chérie, el niño y yo conseguimos salir vivos por poco. Recogimos nuestra ropa y salimos corriendo. Con las prisas, estuvimos a punto de tropezar con un cuerpo que había en la entrada. Era el hombre a quien habíamos visto esperando en las sombras, que me había seguido a Bermondsey. El hombre de Mycroft Holmes, creo, pero no tenía tiempo para ponerme a averiguarlo. Sin duda había sido su grito el que me había despertado.

Escapamos en mitad de la noche y, a través de la densa niebla, distinguí a los dos atacantes que quedaban vivos escapar por una calle lateral con el cuerpo de su camarada.

Cerca de Baker Street se encuentra el restaurante *français* Verrey's. Es de un amigo mío. Chérie, Emil y yo corrimos a refugiarnos allí. Mi amigo tiene una pequeña habitación para invitados en el piso de arriba. Chérie hizo lo que pudo con la herida de mi cabeza; después Emil y ella se quedaron dormidos mientras yo me calentaba los pies helados junto al fuego. Fue allí donde nos encontró usted, doctor.

Vidocq se terminó el cigarrillo que estaba fumando y lo apagó de nuevo en el suelo, espachurrándolo sobre la moqueta sin ningún cuidado. El tren se detuvo en ese instante como si estuviera quejándose.

Entramos en el compartimento, donde mademoiselle La Victoire y Emil seguían durmiendo. Al otro lado de las ventanillas solo se veía la nieve que caía. Llegó el revisor y nos informó de que la tormenta nos impedía continuar y que nos quedaríamos aislados entre Londres y Lancashire mientras despejaban las vías. Probablemente pasaran horas.

Nos sirvieron té y nos proporcionaron mantas. Vidocq se encogió de hombros y se puso cómodo, pero yo regresé al pasillo e intenté calmar los nervios con un cigarrillo. Me pregunté cómo le iría a Holmes. Si necesitaba mi ayuda, no había nada que yo pudiera hacer desde allí.

¿Habría sido un error viajar a Londres? Había recuperado a nuestra clienta y descubierto quién había irrumpido en el 221B, y probablemente por qué. Ahora podría dejar a mademoiselle y a su hijo al cuidado de Holmes. Eso era un pequeño consuelo. Pero sentía que apenas había hecho nada por resolver el misterio que rodeaba al muchacho, y me pregunté si llevarlo al norte en aquel momento sería lo mejor para él. Con esos pensamientos inquietantes me retiré a dormir.

OCTAVA PARTE

EL BAÑO DE NEGRO

«Un pintor debe empezar cada cuadro con un baño de negro al lienzo pues todas las cosas en la naturaleza son oscuras excepto cuando están expuestas a la luz».

Leonardo da Vinci

CAPÍTULO 26

Hombre herido

En algún momento de la madrugada nuestro tren retomó su camino y llegamos a Penwick poco después del amanecer. Estábamos despiertos y preparados para bajar cuando el tren entró en la estación. Sin embargo, nuestro pequeño grupo no se ponía de acuerdo sobre qué hacer al llegar.

Mi primera preocupación era localizar a Holmes. Mademoiselle La Victoire deseaba encontrar un lugar seguro para Emil y después irse a Clighton para enfrentarse con el que otrora fuera su amante. Sin embargo, yo había informado a Vidocq del asesinato de lady Pellingham y, por una vez, él estuvo de acuerdo conmigo. El plan de mademoiselle era peligroso y juntos la convencimos para ir a buscar primero a Holmes y viajar como grupo hasta la finca, respaldados por los hombres de Mycroft.

Sin embargo, las cosas no sucederían de ese modo.

Al bajar del tren, una mujer alta, rubia y muy guapa en un evidente estado de nerviosismo se nos acercó aceleradamente. Iba acompañada de un niño pequeño y demacrado con una expresión inteligente en la cara.

—Es usted el doctor Watson, imagino. —La mujer jadeaba sin apenas aliento—. Soy la señora Philo, la esposa del doctor. Por favor, venga conmigo de inmediato. ¡Su amigo y mi marido corren grave peligro!

Tras decir aquello se volvió hacia Vidocq.

—¡Y usted! ¿Es amigo del señor Holmes?

—A veces él me considera como tal —respondió Vidocq con una sonrisa, ignorando la aparente angustia de la mujer, o quizá pensando que su encanto francés podría distraerla. Sin embargo aquello la provocó más.

—No hay tiempo para esto —respondió ella—. ¿Es amigo o enemigo? ¡Hay vidas en juego!

—Somos sus amigos —se apresuró a decir mademoiselle La Victoire—. ¿En qué podemos ayudar?

—¿Qué ha sucedido? —pregunté yo.

—Síganme, se lo contaré por el camino —dijo la señora Philo antes de salir corriendo. Le dejé nuestro equipaje a un botones de la estación y salí corriendo tras ella junto con Vidocq, pero mademoiselle La Victoire se detuvo. Emil estaba clavado al suelo, confuso. Temblaba.

El otro niño, que después supe que era un huérfano llamado Freddie, le dio la mano de manera instintiva. Emil lo miró y entre ellos parecieron entenderse.

Los cinco corrimos detrás de la señora Philo.

El frío sol del invierno brillaba sobre el horizonte y a veces nos cegaba al girar por las calles entre montículos de nieve a medida que corríamos sobre los adoquines helados. El pueblo estaba casi vacío, justo como la mañana anterior. Reconocí el camino que seguíamos; nos dirigíamos hacia la prisión.

Dios, la prisión.

—¡Cuéntenos algo, por favor, señora Philo! —le rogué jadeante cuando la alcancé.

—El señor Holmes fue arrestado anoche mientras excavaba la tumba de lady Pellingham. No se rindió sin luchar. Este niño pequeño, Freddie, lo presenció. Mi marido lo descubrió y fue a la prisión a intentar ayudarlo. Ninguno de los dos ha regresado. Freddie es huérfano, se lo explicaré más tarde, pero siguió a mi marido hasta la prisión. Oyó gritos.

—Gritos horribles —aclaró el niño—. No sé de quién. Pero horribles.

A la señora Philo no le hizo falta exhortarnos más. En cuestión de minutos estábamos acercándonos a la prisión. Frente al edificio estaba el magistrado. Boden se encontraba hablando y riendo con dos de sus hombres. Yo les hice un gesto a todos para que se detuvieran y nos escondimos detrás de un edificio. Encontré un carruaje detrás del que ocultarme y me acerqué hasta donde pude oír su conversación.

—Vete a dormir, Wells. Demasiada diversión agota a un hombre —dijo Boden con una carcajada. El otro se rio de modo estridente, como si se sintiera incómodo—. Ocúpate del desastre, ¿quieres? Pero ve a tomarte una pinta a mi salud primero. Mejor que sea un café y un buen desayuno. Ha sido una noche muy larga para todos. Y ese estirado londinense les ha dado una paliza a Carothers y a Jones. Asegúrate de que sean atendidos.

Teníamos que entrar en la prisión cuanto antes. Pero me obligué a mí mismo y al grupo a esperar a que se marcharan los hombres de Boden. Mientras tanto le ordené a la señora Philo que se marchara con mademoiselle La Victoire y los dos niños y que regresaran con un medio de transporte para llevar a los prisioneros, fuera cual fuera el estado en el que se encontraran.

Cualquier otra mujer habría insistido en ir a buscar a su marido. Pero ella sabía dónde estaba y mostró una lógica fría que yo pronto admiraría.

—Puede que necesiten atención médica. Yo soy enfermera; prepararé todo lo que necesite en la consulta —dijo. Se marchó entonces con mademoiselle La Victoire y con los niños.

Vidocq y yo centramos nuestra atención en la prisión y vimos a tres hombres salir del edificio, dos de ellos cojeando.

—Esos hombres son asesinos —dije yo—. ¿Tiene pistola?

En respuesta, Vidocq sacó una MAS francesa de 1887 de su chaqueta, un arma elegante e igual de letal que mi revolver.

Nos aproximamos a la prisión por detrás. La puerta que daba a un callejón estaba cerrada con llave. Frustrado, tiré con fuerza de la puerta. Fue una tontería, porque emitió una fuerte vibración.

—*Ah, non!* —exclamó Vidocq—. Trabaja con demasiada fuerza. —Sacó un juego de ganzúas casi idéntico al de Holmes y enseguida abrió la cerradura—. *Eh, voilà!*

Entré corriendo mientras sacaba mi pistola. Vidocq me siguió empuñando la suya. Recorrimos un pasillo oscuro, pasamos frente a varias celdas vacías y llegamos a una inmensa sala situada en la parte delantera de la prisión que servía como recepción, juzgado y despacho, todo en uno. Había un solo hombre en el mostrador, rellenando unos papeles con aire soñoliento. Al igual que el anterior empleado que nos habíamos encontrado, era enorme y no parecía muy listo. Tenía un gran corte en la frente y un ojo morado.

Yo alcé la pistola y entré. Vidocq hizo lo mismo.

—¿Dónde están los prisioneros? —pregunté. El hombre levantó la cabeza, confuso.

—¿Quiénes son ustedes? —preguntó.

Yo amartillé el revolver.

—¡Ahora!

—¿Se refiere al doctor? Está justo ahí —dijo el hombre, y señaló con la cabeza un segundo pasillo que había entre Vidocq y yo.

—¿Y el otro? Un hombre alto y muy delgado. De unos treinta y cinco años. Pelo oscuro.

Entonces el hombre palideció.

—Eh… eh… no lo sé ahora mismo, pero el doctor, quizá… puede que viera… él… Yo he estado aquí todo el tiempo. En este mostrador. Lo juro.

Para mi sorpresa, Vidocq corrió hacia él, lo agarró del cuello de la camisa, le apuntó a la cabeza con el arma y lo arrastró hacia el segundo pasillo.

—Muéstranoslo —ordenó con un gruñido—. Y lleva las llaves.

Llegamos a una pequeña celda donde se encontraba el doctor Philo, en mangas de camisa, con las manos en la cabeza y sentado en un desvencijado banco de madera. Nos miró sorprendido, tenía los ojos rojos y parecía desesperado. Se puso en pie de un salto mientras el guardia abría la puerta. Parecía estar ileso.

—¡Doctor Watson, gracias a Dios! ¡Pero temo que haya llegado demasiado tarde!

—¿Qué ha ocurrido? —pregunté yo—. ¿Dónde está Holmes?

—Boden lo arrestó anoche en el cementerio. Hubo un «juicio» y Boden lo condenó por robo de tumbas y brujería.

—¿Brujería? ¿Qué locura es esa? ¿Dónde está?

—Abajo, creo. Si sigue vivo. La sentencia eran ochenta latigazos y…

—¿Abajo dónde?

—Hay una celda especial donde Boden hace su trabajo —explicó Philo con cara de horror.

El niño pequeño que iba con Annie Philo había oído gritos.

—Llévanos allí —le grité al guardia. Con la pistola de Vidocq apuntándole a la nuca, el carcelero nos condujo por un pasillo oscuro hasta unas escaleras situadas en la parte trasera del edificio. Mientras bajábamos al sótano, la temperatura descendió considerablemente y el aire se volvió húmedo y gélido. Yo tenía en mi cabeza la imagen de Pomeroy, moribundo en su celda. Comencé a temblar sin poder evitarlo por el frío y por el miedo a lo que pudiéramos encontrar en aquel agujero sin ley.

Nos encontramos con una puerta cerrada que nos cortaba el paso. El guardia empezó a buscar entre sus llaves.

—Lo ataron —dijo el joven doctor—. Hay un viejo potro de más de cien años y lo ataron a él.

El guardia seguía probando llaves.

—¡Vidocq! —exclamé yo, y Vidocq se acercó y le quitó las llaves al carcelero antes de echarlo hacia atrás con una patada en la entrepierna.

—Su amigo es un hombre orgulloso y valiente. Se negó a mostrar miedo y llamó cobarde y abusón al magistrado.

Vidocq tampoco lograba encontrar la llave correcta.

—Eche la puerta abajo —grité antes de volverme hacia Philo—. ¿Qué pasó entonces?

—Boden sonrió al oír aquello. Pero, cuando el señor Holmes

predijo que el magistrado moriría en la horca, deshonrando a toda su familia, el hombre se volvió loco. Lo atacó con una furia que…

—Philo negó con la cabeza—. Yo no lo vi todo. Me sacaron de allí. Fue hace más de una hora.

Pero Vidocq por fin había encontrado la llave, atravesamos la puerta y entramos en una gran habitación, helada, que se extendía en la oscuridad. Parecía ser una especie de calabozo. Frente a nosotros había una pared de barrotes cuya puerta estaba cerrada. Vidocq le indicó al carcelero que la abriera y, en esa ocasión, el hombre no vaciló.

Entramos corriendo, pero no veíamos nada en la oscuridad.

—¡Quietos! —grité. Nadie se movía. No se oía nada salvo el ruido de un líquido goteando—. ¡Un farol! —dije. Pero Vidocq se me adelantó, agarró al hombre del cuello y le puso la pistola en la cabeza.

—Danos luz. Ahora —ordenó.

El hombre asintió, encontró un farol en un rincón y lo encendió. Proyectaba un débil círculo de luz a nuestro alrededor. Seguimos avanzando.

—¿Holmes? —No hubo respuesta. Me volví hacia el guardia—. ¿Dónde?

El hombre señaló con la cabeza hacia nuestra derecha.

—Muéstranoslo.

No se movía. Se quedó agarrando el farol con manos temblorosas.

—Sujétalo —le dije a Vidocq. Le quité el farol y el doctor Philo y yo nos adentramos en la oscuridad. Se me resbaló el pie con algo que había en el suelo y, al mirar hacia abajo, vi que me encontraba sobre un charco de sangre.

—Oh, Dios mío. ¡Holmes! —grité—. ¡Holmes!

—¡Por aquí! —respondió Philo.

Me di la vuelta, enfoqué con el farol y vi algo que nunca olvidaré.

Sherlock Holmes estaba abierto de brazos y piernas, sin camisa, atado contra un marco de madera con la forma de un caballete gigante. Tenía el cuerpo mirando hacia el caballete y miraba hacia dentro. Tenía el tronco, el cuello y las cuatro extremidades atadas al marco con correas de cuero que lo sujetaban contra unas almohadillas de cuero rojas. Le habían cedido las piernas y su cuerpo delgado colgaba inerte de las sujeciones.

No se movía.

—¡Holmes! —grité mientras corría hacia él.

Tenía la espalda negra y roja por la sangre, con incontables heridas. Algunos de los cortes eran profundos y aún sangraban profusamente. Apenas respiraba. Junto a él, en el suelo, se encontraba la causa de aquellas lesiones, el tipo de látigo al que llamaban «gato de nueve colas».

—Son unos bárbaros estos ingleses —murmuró Vidocq.

—¡Échense a un lado! —Philo se acercó para sujetar el peso de Holmes.

—Dios mío, Holmes, ¿puedes oírme? —pregunté yo. Le busqué el pulso en la muñeca. Era débil, pero tenía pulso. Estaba vivo, aunque en shock.

—Parecen más de veinte golpes —dijo Philo—. A mí me sacaron de aquí después del quinto, pero Boden para cuando ya no puede reanimarlos. Para él no es divertido si no obtiene una reacción.

—¡Holmes! ¿Puedes hablar? —susurré.

Le toqué la cara. Su rostro estaba blanco y gélido. Pero abrió los ojos y, al verme, me dirigió una débil sonrisa.

—Watson. Qué bien que hayas venido —murmuró antes de desmayarse.

CAPÍTULO 27

Hermanos de sangre

Pocos minutos más tarde, Philo y yo teníamos a Holmes frente a la prisión, donde, como había prometido Annie Philo, nos esperaba un carruaje.

Allí encontramos mantas, varios calentadores de pies y, para mi sorpresa, a mademoiselle La Victoire. Mientras el carruaje recorría a toda velocidad las calles llenas de nieve en dirección a la consulta del doctor Philo, los tres, siguiendo mis indicaciones, frotaron las manos y los pies de nuestro paciente para protegerlo del shock y de la hipotermia mientras yo lo examinaba en busca de más lesiones.

—¿Qué le ha ocurrido? —preguntó mademoiselle.

Vidocq la rodeó con un brazo para tranquilizarla, pero ella lo apartó.

—*Pas maintenant* —dijo—. ¡Ahora no!

Además de las laceraciones, Holmes tenía varios cortes y hematomas. Estaba completamente inerte mientras avanzábamos por las calles heladas. Mademoiselle La Victoire se quedó mirándolo.

—¿Vivirá? —preguntó.

Yo no podía responder con sinceridad. Mi exploración inicial había revelado que no tenía ningún hueso roto, pero aun así la situación era grave. La hipotermia, el shock y la pérdida de sangre eran una combinación terrible.

—¿Doctor? —insistió ella. La miré y vi que tenía los ojos llenos de lágrimas. Me sentí conmovido, pero no podía permitirme entrar en ese estado. Necesitaba distanciarme para trabajar.

—Lo intentaremos —dije antes de darme la vuelta.

Entramos con Holmes por el despacho del doctor Philo, situado a un lado de la casa. Atravesamos la sala de espera y entramos en su consulta, una sala bien iluminada que ya estaba preparada para nosotros. La cocina adyacente se veía a través de otra puerta.

Allí estaba el fuego encendido y había cubos de agua caliente, así como todo lo necesario dispuesto sobre una mesa grande: ácido carbólico, vendas, sutura y agujas, esponjas, analgésicos y estimulantes, todo ordenado con una precisión profesional. Reconocí la técnica del triaje de emergencia y supe que la señora Philo había servido como enfermera durante dos años en la guerra afgana.

Durante varias horas el doctor Philo, su competente esposa y yo nos esforzamos en salvarle la vida a Holmes. Mademoiselle La Victoire y Vidocq abandonaron la habitación para ir a cuidar de los dos niños.

A medida que pasaban las horas, trabajamos incansablemente con compresas calientes para subirle la temperatura corporal a Holmes, con la esperanza de poder reanimarlo lo suficiente para que aceptara fluidos. Pero seguía inconsciente.

Durante ese tiempo, Philo relató el resto de acontecimientos que habían conducido al arresto de Holmes.

—Cuando le dijimos que habían enterrado súbitamente a lady Pellingham unas horas antes, quiso ir a examinar el cuerpo esa misma noche. A pesar de nuestras súplicas, insistió en visitar el cementerio él solo en cuanto oscureciese para desenterrar el cadáver. Habían dicho que iba a nevar e intentamos disuadirlo.

—Su amigo no se echa atrás —dijo la señora Philo.

Philo me contó que Freddie, un niño al que Holmes había rescatado del telar, se empeñó en ir detrás de él en mitad de la tormenta para «ayudar» a su recién descubierto héroe. Oculto tras una lápida, había presenciado como Boden y cuatro de sus hombres sorprendían y se llevaban a Holmes, que al parecer no se rindió sin luchar.

—Pero, ¿logró examinar el cuerpo de lady Pellingham? —pregunté.

—Eso creo —respondió Philo—. La dama estaba tirada sobre la nieve. Freddie dijo que se encontraba inclinado sobre ella y, concentrado como estaba, no oyó llegar a los otros.

—¡Holmes! —Me quedé mirando su cara pálida e inexpresiva. ¿Qué habría descubierto? ¿Se llevaría el secreto de lady Pellingham a su tumba? Me sentía invadido por una mezcla de pena y rabia. ¡Maldito Holmes! ¡Por qué no me había esperado? Expulsé aquel pensamiento de mi cabeza y retomé mi tarea—. Adelante —les dije a ellos y también a mí mismo—. ¿Qué ocurrió después?

Philo resumió. Según el muchacho, dos hombres habían atacado a Holmes. Pero el niño dijo que su héroe Sherlock Holmes se había convertido en una especie de bailarín salvaje y, saltando y atacando con su pala, había logrado defenderse ante ambos.

Probablemente no estuviese exagerando. Holmes tenía un talento considerable como boxeador, con el manejo de palos y, más tarde, un gran dominio del baritsu.

Pero después Boden le envió a dos hombres más y, frente a cuatro, Holmes no tenía ninguna oportunidad. Cuando lo tenían esposado en el suelo, Boden se acercó y abofeteó con fuerza al prisionero.

Freddie se fue corriendo a contarles al doctor Philo y a su esposa que Holmes había sido capturado. A pesar de los ruegos de la señora Philo, el doctor corrió a la comisaría de policía.

Yo interrumpí el relato del doctor Philo en ese momento. La temperatura corporal de Holmes casi había vuelto a la normalidad y teníamos que cambiar de estrategia.

—Ayúdeme a darle la vuelta para poder tratarle la espalda —dije. Mientras le limpiábamos y vendábamos las laceraciones a nuestro paciente inconsciente, Philo siguió con su historia, contándola con detalle, pues a partir de ese momento la había presenciado en persona.

—Eran casi las cuatro de la madrugada cuando llegué a la prisión, entré y me encontré con un juicio de broma, a pesar de la hora —dijo—. Holmes estaba esposado y de pie en un «estrado» improvisado y Boden hacía las veces de juez, pero como si fuera una celebración además de un juicio, con una amplia sonrisa en la cara. Sus secuaces estaban sentados en fila formando una especie de jurado. «Oh, doctor», dijo Boden con actitud jovial al verme. «Si no hubiera llegado, le habría mandado llamar. Con esta situación es probable que necesitemos sus servicios. Por favor, sea testigo mientras hacemos justicia con este impostor cruel, asalta tumbas, asesino y blasfemo». Dos de sus hombres se me acercaron y literalmente me sentaron en un banco para presenciar la escena. Se quedaron junto a mí, por si tenía planes de escapar. Admito que estaba aterrorizado, doctor Watson, pero habría ido a pedir ayuda si hubiera podido. El juicio, si puede llamarse así, duró menos de cinco minutos. En él acusaron a Holmes de profanador de tumbas, de robo y, finalmente, de brujería. El hombre que hacía de secretario le recordó a Boden que necesitarían más detalles por si alguien preguntaba qué había hecho Holmes que pudiera considerarse brujería. ¡Boden sacó entonces del bolsillo un dedo que le había cortado al cuerpo de lady Pellingham! Admito que, pese a haber visto algún que otro cadáver en mis tiempos, me estremecí al verlo. Boden se acercó a Holmes, le pasó el dedo por la cara y después se lo guardó en el bolsillo del chaleco a su amigo.

—¡Dios mío!

—Pero Holmes no se movió. No dijo nada. Se mostró estoico hasta un punto inimaginable.

Yo podía imaginármelo sin problemas.

—¿Qué pasó entonces? —pregunté.

Philo continuó su relato casi sin aliento.

—Boden sacó varias cartas del tarot, cristales, una pluma y una bolsita con una sustancia, quizá ceniza. Colocó todos los objetos en el bolsillo, junto con el dedo, y después le manchó a Holmes la cara de ceniza. Obviamente lo tenía todo planeado. «A mí me parece un ritual satánico», dijo Boden. Entonces se volvió hacia mí. «Nosotros, como hombres de ciencia, doctor Philo, sabemos que eso son tonterías, ¿verdad? Para, para estos hombres de aquí, esto es brujería. ¿Qué dicen ustedes, caballeros?». Sus cuatro lacayos asintieron. «Lo supe cuando lo vi por primera vez», dijo uno. «Parecía el mismo diablo», agregó un segundo. Todos se rieron. Holmes, que tenía las manos esposadas a la espalda, no dijo nada. Yo no sabía en qué estaría pensando. Sus ojos se habían vuelto oscuros y su rostro era inexpresivo. Boden lo sentenció a ochenta latigazos y a cadena perpetua. Aunque lo segundo era algo superfluo, pues ochenta latigazos son letales. Su amigo lo sabía, pero no dijo nada mientras se lo llevaban. Boden tuvo entonces una idea y se volvió hacia mí. «Esta vez usted estará presente mientras llevamos a cabo la sentencia».

En ese momento Philo miró a su esposa y después a mí. Estaba avergonzado.

—Le aseguro, doctor Watson, que esto me aterrorizó y Boden lo sabía. Ver a un hombre fustigado hasta la muerte y no poder hacer nada….

—No había nada que usted pudiera hacer —dije yo.

—¡Doctores! —exclamó su esposa para traernos de vuelta al presente—. Le ha bajado la temperatura. Estamos perdiéndolo.

Holmes seguía pálido y no respondía. No habíamos logrado reanimarlo a pesar de nuestros esfuerzos. Solo podía ser la pérdida de sangre.

—¡Tenemos que conseguir que acepte fluidos! —dije, y añadí—: Pero no se pueden meter fluidos en un hombre inconsciente.

—Una transfusión, quizá —dijo la señora Philo.

Yo había pensado lo mismo. Pero ¿con qué? Cuando sucedió aquello, las transfusiones estaban en sus comienzos. El agua y la leche se habían empleado sin apenas resultados de éxito y esa técnica se había tachado de peligrosa. La sangre animal no era mucho mejor.

—Transfusión de persona a persona —sugirió la señora Philo—. He visto que funciona.

—¿Dónde? —preguntó su marido, sorprendido.

—En Afganistán. Solo en una ocasión. Pero yo colaboré y sé cómo hacerlo.

—Yo también —dije yo—. En tres ocasiones. Pero los tres hombres murieron. Las probabilidades son pocas.

—Aun así, es mejor que cero —dijo la enfermera con calma—. Y no nos queda otro remedio, doctor.

Era cierto. Miré a Holmes. Moriría enseguida si no hacíamos nada. La señora Philo me llevó a un lado para explicarme que quería ofrecerse como voluntaria, pero estaba embarazada, hecho que todavía no deseaba contarle a su marido. Entonces el propio Philo se ofreció, pero yo me negué.

El donante también correría peligro. Sería mi sangre la que transfundiríamos. No toleraría ninguna otra opción.

Prepararon de inmediato un camastro y yo me tumbé en él mientras hacían la conexión. Junto a mí, Holmes seguía quieto como un muerto. Cerré los ojos cuando Philo me clavó la larga aguja en el antebrazo izquierdo y la conectó a un tubo de goma.

Mientras la sangre salía de mis venas, me estremecí de pronto y experimenté frío, como si mi abdomen y mis piernas perdieran fuerza.

La enfermera Philo se quedó junto a Holmes para asegurarse de que la sangre entrase en su brazo sin restricciones; su marido vigilaba que mi conexión funcionara correctamente y, de vez en cuando, reajustaba el ángulo y la posición del tubo que nos conectaba.

Sentía como mi vida abandonaba literalmente mi cuerpo. Miré a Holmes. Estaba allí tumbado, quieto, con varios cortes en la cara que resaltaban sobre su palidez. Yo no suelo rezar, pero cerré los ojos y rogué para que mi fuerza vital alcanzara a mi amigo y no lo matara en el proceso.

No sé cuánto tiempo pasó; quizá me desmayara. Oí un gemido a mi izquierda y abrí los ojos. ¡Era Holmes!

Me incorporé entusiasmado y sentí el mareo.

—Despacio, doctor —dijo la señora Philo mientras me ofrecía brandy y fruta machacada. Pero en su cara se veía la emoción—. ¡Parece que ha funcionado!

Poco después nos quitaron el tubo y todos rodeamos a Holmes.

Había recuperado el color y se retorcía incómodo. Tenía las manos y las piernas calientes, lo incorporamos y tratamos de que tomara algo de brandy y agua. Se atragantó y tosió, pero nosotros insistimos.

Al fin abrió los ojos. Miró a su alrededor, confuso, y después puso cara de dolor al notar los efectos de los golpes de la noche anterior.

—Ah… —se quejó—. Un poco de morfina no me vendría mal —me dijo con su habitual tono brusco.

Ya estaba intentando dirigir su propia recuperación.

En cuestión de una hora, Holmes estaba sentado tomando fruta machacada y más líquidos. Había empezado a temblar, buena señal, y lo sentamos junto al fuego, envuelto en mantas. El dolor había disminuido con una pequeña cantidad de morfina en su organismo.

—Watson —susurró mientras los otros dos comenzaban a recoger el equipamiento al otro extremo de la habitación—. Era lo que sospechábamos. Lady Pellingham fue estrangulada, no apuñalada. Necesito una pieza más para completar el rompecabezas antes de poder proceder a la detención. —Se detuvo con cara de susto—. Pero, ¿qué día es? ¿Cuánto tiempo he perdido?

—Solo una noche. Es martes. Holmes, no vas a ninguna parte. Debes dejar que los hombres de Mycroft se enfrenten a lord Pellingham. Ya presentarás tus pruebas más tarde. Tu recuperación es lo más importante. ¡Has estado a punto de morir!

La señora Philo entró corriendo desde la habitación contigua.

—¡Se han ido! —gritó.

—¿Quiénes? —preguntó Holmes.

—Los cuatro. Los dos franceses y los dos niños. Creo que los niños se han marchado primero. Y los adultos los han seguido, al parecer de manera apresurada. La puerta estaba completamente abierta. ¡Se han ido todos!

—Pero, ¿por qué? ¿Y dónde? —me pregunté.

—Maldita sea, Watson, ¿por qué has dejado que vinieran? ¡Se han ido a Clighton! —exclamó Holmes—. Emil irá a buscar a sus padres. Freddie sin duda se habrá ofrecido a ayudar. Los dos franceses nunca los alcanzarán a tiempo. ¡Debemos ir a la finca lo antes posible! ¡No hay tiempo que perder! —Holmes se puso en pie de un salto, llevado por esa energía que le proporcionaba la adrenalina y que yo había visto en tantas ocasiones, y las mantas cayeron a sus pies.

Pero de pronto se tambaleó y le fallaron las rodillas. Lo atrapé antes de que cayera al suelo.

—¡Siéntate! —le ordené. Él obedeció y yo di un paso atrás—. Deja que se encarguen los hombres de Mycroft, Holmes. Seguro que han recibido mi telegrama —dije—. Ya estarán allí.

La señora Philo resopló.

—¿Les envió un telegrama desde la oficina de correos del pueblo? Lo mismo le habría dado meter el mensaje en una botella.

—Tiene razón —intervino su marido—. Todos los mensajes que se envían desde ahí pasan por Boden.

—¡Entonces los hombres de Mycroft seguirán a treinta kilómetros de allí! —exclamó Holmes—. Esos niños están en peligro. Dame cocaína. Una solución al siete por ciento. ¡Ahora! Eso me ayudará.

—¡Ni hablar! —grité yo, y me volví hacia la señora Philo—. No saben que...

Su marido se quedó clavado al suelo, sin saber qué hacer. Pero ella ya estaba preparando la inyección.

—Claro que lo sabemos —dijo—. Hemos visto las marcas de la aguja en su brazo.

Le ofreció la jeringuilla a Holmes y, antes de que yo pudiera impedírselo, él se la quitó y se la clavó en el brazo.

—¡No! —grité, pero la enfermera se interpuso entre Holmes y yo. Me agarró de ambos brazos y me miró a la cara.

—He visto suficiente para entender a este hombre. Su amigo

irá a Clighton con o sin cocaína. —Se detuvo—. De esta forma tendrá más probabilidades de lograrlo.

Yo no podía quitarle la razón. Miré a Holmes. Estaba de pie, respirando profundamente, con los ojos cerrados y los puños apretados, recuperando su sorprendente fuerza mientras la maldita droga recorría su cuerpo.

Annie Philo tenía razón. Ya no habría nada capaz de detenerlo.

CAPÍTULO 28

La Victoria Alada

En cuestión de minutos estábamos en un carruaje, recorriendo el paisaje helado en dirección a Clighton. Entre tanto, el doctor Philo se había ido a enviar un telegrama seguro desde un pueblo vecino para ordenar a los hombres de Mycroft que estaban en Sommersby que fuesen a Clighton de inmediato. Yo esperaba que aquel mensaje llegase hasta sus destinatarios y que no hubiesen caído en ninguna trampa.

Nos aproximamos a la imponente casa cuando caía la oscuridad y se levantó un viento frío. Los grandiosos edificios se alzaban con un tono morado al caer el sol, en su gótico esplendor, con algunas luces encendidas en las ventanas. En un extremo, cubierta por algunos árboles, vi un ala alargada de una sola planta iluminada desde dentro. El Salón Paladio. La colección de arte.

La temperatura en el carruaje había descendido considerablemente y las mantas que nos cubrían las piernas y la espalda apenas nos servían. Tiritando por el frío, miré a Holmes. Él estaba erguido, ansioso y dispuesto, con los ojos brillantes por la emoción y por el efecto de la droga.

Fuese cual fuese el mal que nos esperase en Clighton, lo combatiríamos con una fuerza muy poderosa. Pero mi amigo era humano y, aunque aquella energía maníaca provocada por la droga representase una amenaza para el conde, también lo era para el propio Holmes. Yo temía cuál podría ser el precio.

Él se dio cuenta de que lo miraba.

—No pasará nada. Comprueba que tu arma funciona y tenla preparada —me dijo.

Después le indicó al chófer que se detuviese detrás de un grupo de árboles y nos bajamos del carruaje. Le susurró alguna orden al conductor y, tras darle una palmada al caballo, el vehículo se alejó.

Recorrimos el camino a pie por senderos muy cuidados en dirección a la casa, y acabamos en un bonito jardín de estilo francés situado tras el Salón Paladio. Los arbustos podados cubiertos de hielo brillaban bajo la luz de la luna.

A medida que nos acercábamos, las luces de la meca privada del arte de Pellingham brillaban con más intensidad y proyectaban una niebla amarilla sobre el jardín, creando sombras fantasmales entre los árboles.

Alguien se aclaró la garganta junto a nosotros en la oscuridad. Yo saqué mi arma. Allí, sentado en un elaborado banco de hierro, estaba Vidocq, agachado bajo la luz de la luna. Se encogió de hombros a la manera francesa y levantó un brazo. ¡Estaba esposado al banco! La expresión de Vidocq se volvió sardónica al fijarse en nosotros.

—Pareces bastante recuperado, Holmes. Es bueno tener un amigo médico, *n'est-ce pas?*

—¿Dónde están los niños? —preguntó Holmes.

—*Hélas*, no llegamos a alcanzarlos. Pero los seguimos hasta aquí —suspiró dramáticamente y agitó la esposa—. La dama insistía en continuar sola.

—Quiere matar al conde —dijo Holmes—. Tú solo complicarías las cosas. ¡Vamos, Watson! —Se dio la vuelta y se fundió con la oscuridad.

—*Ah, non!* —se quejó Vidocq—. ¡Me congelaré!

—¿Dónde están sus ganzúas? —pregunté.

Él señaló con la cabeza el kit tirado en la nieve, fuera de su alcance. La mujer no era tonta.

Vacilé un instante, me quité el abrigo y se lo eché por encima.

—*Merde* —murmuró él mientras nosotros corríamos.

Al llegar a la entrada trasera del salón, nos asomamos por las puertas dobles que daban a la galería desde el jardín. De pie, en el otro extremo de la habitación, estaba Pellingham, vestido de cualquier manera, gesticulando con vehemencia mientras hablaba con alguien a quien no podíamos ver desde nuestra posición en la terraza.

Por el centro de la sala había distribuidas numerosas esculturas que dificultaban nuestra visión, pero en el extremo opuesto, a un lado, se encontraba una estatua enorme que destacaba sobre las demás. En ese momento estaba sujeta con contrafuertes de madera y cables. La escultura tenía forma de mujer que sujetaba una antorcha, y su túnica envolvía un cuerpo de belleza tan exquisita que hasta a mí me conmovió su elegancia.

—Ahí está... ¡la diosa de la Victoria! —susurró Holmes—. Mi querido Watson, esa es la famosa escultura que ha costado tantas vidas.

¡Era la Nike de Marsella!

Las puertas estaban cerradas por dentro, pero Holmes no tardó en abrirlas con su pericia. Entramos por el extremo opuesto del salón sin que Pellingham nos viera, ocultos como estábamos por las múltiples estatuas.

Él siguió hablando en voz baja, aunque estridente, con su interlocutor callado, al que no podíamos ver. Desde la distancia, el eco de las palabras rebotaba por el salón con suelo de mármol y estas resultaban ininteligibles.

Me quedé mirando las enormes estatuas que había entre el conde y nosotros. Eran esculturas de diversas épocas, originales, sin duda, y debían de costar no una fortuna, sino varias. De las paredes colgaba una amplia colección de cuadros capaz de rivalizar con el Louvre.

Incluso desde nuestro extremo oscuro del largo salón, creí reconocer a Tiziano, a Rembrandt... ¿era aquello un Vermeer? Más allá estaban Degas, Rendir...

—¡Watson! —siseó Holmes, sacándome de mi embelesamiento. Se había quitado el abrigo y lo había dejado caer al suelo—. Mira hacia delante.

Comenzó a avanzar con cuidado por el salón hacia el otro extremo, moviéndose de estatua en estatua sin ser visto. Yo lo seguí. Cuando habíamos avanzado en torno a dos tercios de la sala, las voces se volvieron más nítidas y nos detuvimos detrás de una enorme escultura compuesta por varias figuras.

Y entonces la vimos. Mademoiselle La Victoire estaba mirando al conde con rabia. Holmes había adivinado sus intenciones: apuntaba con una pistola al corazón de su amante.

Emil y Freddie no estaban por ninguna parte.

Pellingham se movió ligeramente y nos impidió seguir viendo a la dama.

—¿Dónde tienes escondidos a los niños? —preguntó ella.

—Pero… ¿qué niños? Emil no está. ¿Qué quieres decir?

—¿Qué le hiciste a nuestro hijo? Algo terrible. No puede hablar. ¡Dime qué pasó!

—¡Nada!

—¿Dónde está?

—Si al menos lo supiera. Chérie, cariño, yo quiero a nuestro hijo. Lo… lo sabes, ¿verdad?

—¿Dónde está? ¡Dímelo o te disparo aquí mismo! —exclamó ella.

Holmes me hizo gestos para que permaneciera escondido y salió de entre las sombras.

—Lo encontraremos, mademoiselle. Baje el arma.

Nuestra hermosa clienta se quedó vacilante, con la pistola temblándole en la mano.

—Este hombre es un mentiroso —dijo señalando al conde—. ¡Siempre miente!

Holmes se acercó a ella lentamente y estiró el brazo.

—Déme la pistola, mademoiselle —dijo con tono amable—. Si dispara al conde, la colgarán. Emil no puede permitirse perder a dos madres.

Ella se detuvo y entonces bajó el arma. Holmes se apresuró a arrebatársela.

Se dio la vuelta y apuntó con ella al conde.

—Ahora, señor, es hora de hablar del asesinato de su esposa.

El conde se puso pálido.

—El culpable fue encarcelado.

—A su ayuda de cámara le tendieron una trampa, posiblemente por órdenes suyas. Murió en prisión, torturado. Muéstreme sus manos, Pellingham.

El conde vaciló sin entender.

—Lady Pellingham no murió apuñalada. Ni a manos de Pomeroy ni de nadie. Excavé la tumba y examiné el cuerpo. Fue estrangulada, y el asesino llevaba un anillo en el dedo meñique de la mano derecha.

—¿Excavó su tumba?

—Muéstreme las manos, le digo. O seré yo quien le dispare.

Lord Pellingham extendió las manos a regañadientes. Llevaba un anillo grabado en el dedo meñique de la mano derecha.

—¡Yo no fui! —exclamó el conde—. ¡Yo la amaba! Tan guapa… y era mía…

—De modo que era parte de su colección. Pero le decepcionó, ¿verdad?

—¡No!

—Primero con el tema del heredero.

—No… no… yo la amaba.

—Y después, ¿por qué? ¿Quería más a Emil que a usted?

—¡No! ¡No! Mi querida Annabelle no era perfecta. ¡Pero yo amaba todas sus imperfecciones! Para mí era una gran obra de arte. Perfecta en sus imperfecciones. Ella siempre…

—¡Deje de hablar! —gruñó Holmes. Se detuvo, pensativo—. ¡Por supuesto! No es la perfección lo que admiramos en el arte. Es otra cosa —musitó. Contempló la colección que nos rodeaba—. El arte, por naturaleza, no es una representación exacta de la realidad. Si fuera una descripción exacta, sería una fotografía. Pero, imperfecto como es, trasciende sus defectos y por eso mismo es mejor. Por eso lo valoramos y atesoramos.

¿Qué? ¿Se le estaría pasando el efecto de la cocaína? ¿Había perdido el juicio mi amigo?

—Exacto —susurró el conde—. Muy pocos lo entienden. Annabelle era mi tesoro especial.

—Usted no destruiría su tesoro especial. No, a pesar del anillo, yo le creo —dijo Holmes—. Usted no mató a su esposa. Ella formaba parte de su colección.

Cierto, el anillo suponía una prueba circunstancial. Pero, si el conde no había matado a su esposa, entonces ¿quién y por qué? Por una vez empecé a dudar del razonamiento de mi amigo.

Un sutil movimiento llamó mi atención. Me volví y advertí una pequeña figura en la oscuridad, oculta tras una estatua, contemplándolo todo.

¡Era Emil!

Permanecí oculto, pero agité la mano para llamar la atención de Holmes. Él me miró y yo articulé el nombre de Emil con los labios. Holmes se volvió hacia el conde y yo no supe si había entendido mi señal con tan poca luz como había donde me encontraba.

—Estaba equivocado al pensar que usted había matado a su esposa —dijo Holmes, hablando cada vez con voz más alta—. ¡Equivocado, equivocado! Pero sí que creo que le hizo daño a su hijo. ¡Y pagará por ello! ¡Pagará por ello en este mismo instante!

Levantó la pistola de mademoiselle La Victoire y apuntó al conde con dramatismo, como si fuera a dispararle.

¿Qué diablos?

Pero Emil salió corriendo de entre las sombras y se lanzó a los brazos de su padre, poniéndose a sí mismo en peligro.

—¡No, no! ¡No le haga daño a papá! —gritó el niño.

—¡Emil! —exclamó su madre.

Holmes se detuvo y bajó el arma.

—¡Esto demuestra mi teoría! —Sonrió y se volvió hacia nuestra clienta—. Mademoiselle, este hombre no le ha hecho daño a su hijo. Ya ve el amor que siente el chico por él. Me he equivocado en muchas cosas. El conde es débil, y la gente a su alrededor ha sufrido por eso. Pero él no ha hecho daño ni a su mujer ni a su hijo.

El conde y su hijo se abrazaban entre lágrimas.

El sonido de una pistola al ser amartillada llamó nuestra atención. Boden salió de detrás de una estatua y apuntó con su pistola a la cabeza de mademoiselle La Victoire. Le agarró un brazo, se lo retorció con fuerza y lo aprisionó contra su espalda.

—Tira el arma, Holmes, o la dama morirá. Ahora dale una patada.

Holmes obedeció y me hizo gestos con una mano para que esperase.

—¿Hay alguien más escondido por aquí? —preguntó Boden con una carcajada. No hubo sonido alguno—. Muy bien. Ahora, Sherlock Holmes, ¿cómo es que sigues vivo?

Holmes se detuvo. Boden le retorció el brazo a su víctima y ella soltó un grito.

—Magia, Boden. Me acusaste de brujería, ¿recuerdas?

—Acabaré contigo, pero todavía no. Sigue bromeando y dispararé a esta perra en el estómago. Ya sabes que tendrá una muerte lenta y dolorosa. —Bajó lentamente la pistola hasta el estómago de mademoiselle y sonrió a Holmes.

Mademoiselle La Victoire blasfemó en voz baja y miró a Holmes a los ojos con determinación. La mujer era fuerte.

—Pero primero, volvamos al conde —continuó Boden mientras se volvía hacia un Pellingham perplejo—. El «gran detective» me ha dado lo que necesito para encerrarte por asesinato, ¡seas o no el culpable! Llevaba tiempo esperando poder tener una pequeña... conversación contigo.

—Tú trabajas para mí, Boden, ¡canalla despreciable! —dijo el conde.

—Crees que trabajo para ti —respondió Boden—. Ahora estás en mi poder.

—Me parece que no, Boden —dijo Holmes—. Londres está al corriente de tus métodos.

Boden se detuvo y su rostro se oscureció.

—Mi padre es duque. ¡Soy intocable!

—¡Idiota! —exclamó el conde—. ¡Te he proporcionado anonimato y una nueva vida porque tu padre me pidió el favor!

Boden vaciló y el conde continuó.

—Necesitaba que te alejaras de Sussex. Eras la vergüenza de la familia después de tu embrollo con la pastora y con su joven amante. Yo solo le hice un favor a un viejo amigo. Fue un error. —El conde miró a Boden con desprecio.

—¡Ja! ¡«Embrollo», lo llama! —exclamó Holmes volviéndose hacia Boden—. ¡Tú eres el hijo pequeño desaparecido del duque de Wallford, responsable de la tortura y el asesinato de Cullen y de Cuthbertson en el ochenta y seis! Los dedos desaparecidos... claro, ¡ahora lo entiendo todo! No me extraña que tu padre declinara mis servicios. Él ya sabía quién era el culpable.

Boden puso cara de rabia. Sin dejar de utilizar a mademoiselle La Victoire como escudo, apuntó a Emil y al conde.

—Viejo arrogante. Despídete de tu hijo.

—*Non!* —gritó mademoiselle—. ¡Al niño no!

Emil se quedó agarrado a las piernas de su padre. El conde lo desenganchó con cuidado y lo apartó.

—Emil, quédate a un lado —le dijo el conde—. Aquí corres peligro. —El niño vaciló e intentó volver junto a su padre.

—¡Emil, no! —gritaron el conde y la madre de Emil al unísono. El niño se quedó helado.

—Sí, eso es, quédate justo donde estás —dijo Boden—. Es tu padre quien me interesa.

El conde se irguió para recibir a la muerte con dignidad.

—Dispárame si quieres, pero deja en paz al chico, por favor.

Holmes sonrió.

—¡Oh, Boden, la última pieza está clara! Los pequeños no te llaman la atención. Eres el clásico sádico y los adultos te resultan víctimas mucho más interesantes.

Boden se giró para apuntar a Holmes.

—Te he hecho llorar como a un niño y volveré a hacerlo —gruñó—. Y esta vez terminaré lo que he empezado. ¿Dónde está tu ayudante, por cierto? ¡Estaba muy preocupado por ti! Será un placer obligarle a mirar.

Pensaba matar a ese hombre aunque fuera lo último que hiciera. Sin embargo, no podía apuntar bien desde mi posición.

—El juego ha terminado, Boden —dijo Holmes antes de volverse hacia el conde—. Lord Pellingham, este hombre torturó y asesinó a su ayuda de cámara. En cuanto a su esposa…

El conde soltó un grito y echó a correr hacia Boden.

Boden lanzó a mademoiselle La Victoire a un lado y apuntó la pistola con ambas manos hacia el conde como uno apuntaría a un elefante, pero Holmes se interpuso entre ellos, le hizo soltar la pistola de un golpe y ambos cayeron al suelo. La pistola de Boden se alejó deslizándose por el mármol.

—¡Corre! —le gritó mademoiselle a Emil. Holmes y Boden rodaron por el suelo agarrados del cuello. Yo salí de mi escondite, vi la oportunidad y la aproveché. Disparé mi arma y Boden soltó un grito. Holmes quedó libre y el villano se llevó las manos a la pierna.

La bala le había alcanzado una arteria y la sangre manaba a borbotones de la herida.

Boden nos miró con odio a Holmes y a mí.

—Os veré en el infierno —gruñó antes de dejarse caer hacia atrás con un grito de dolor.

Yo ayudé a Holmes a levantarse.

—Buen trabajo, Watson —me dijo él.

—Ya pasó, ya pasó. Ven con el abuelo —dijo una voz con un familiar acento americano.

Todos miramos hacia la puerta. Emil había corrido a los brazos de Strothers, el padre de lady Pellingham. El hombre se encontraba a contraluz en la entrada de la sala.

Strothers agarró al niño y lo levantó como si estuviera encantado. Entonces, con un movimiento que nunca olvidaré, lo apretó contra su pecho con un brazo fuerte. El niño empezó a patalear con vehemencia y sus gritos quedaron amortiguados. Estaba atrapado, era incapaz de respirar.

—Eso es, ven con el abuelo, pequeño.

De detrás de la pretina sacó un enorme Colt 45.

—Oh, por fin, el hombre del momento —dijo Sherlock Holmes.

—¿Daniel? —susurró el conde.

—Que nadie se mueva —dijo Strothers—. Tire el arma, doctor. Sé que tiene buena puntería, pero podría derribarlo.

Dejé caer la pistola. Seguí sus instrucciones y le di una patada al arma, que rebotó en una estatua y acabó junto a Boden. Maldición. Aunque él yacía inerte. Esperaba que estuviese muerto.

Strothers se apartó de nosotros utilizando al niño como escudo.

—Llevo un rato escuchando. Es usted muy listo, señor Sherlock Holmes, pero se le ha escapado la mayor parte. No es rival para la gran ingenuidad americana.

Yo miré a mi alrededor. Mademoiselle La Victoire me miró y después miró por un segundo al suelo. Su pistola yacía a poco más de un metro de donde yo me encontraba, oculta a los ojos de Strothers. Parpadeé para demostrarle que la entendía.

—Posiblemente, señor Strothers —dijo Holmes—. Sé que es usted el cerebro detrás de la adquisición de esta valiosa estatua. —Señaló la Nike y sonrió con suficiencia—. Este ridículo pedazo de piedra que tres naciones querían y que nadie podía capturar. Pero usted lo consiguió, ¿verdad? La trajo hasta aquí sin que apenas nadie en Francia y en Inglaterra lo supiera. Me quito el sombrero ante usted.

Strothers se pavoneó con aquellos halagos.

—Bueno, en eso tiene razón —dijo.

Yo comencé a avanzar hacia la pistola. Al mismo tiempo, Holmes se apartó ligeramente para alejar de mí la atención.

—Suelte al niño —le dijo—. No puede respirar. Después le contaré el resto.

Strothers se detuvo, pero Holmes siguió hablando.

—Señor, va a matarnos de todos modos. El poder está en sus manos. ¿No quiere que sepan primero cómo lo hizo?

¿A qué estaba jugando Holmes? Yo sentía el sudor resbalando por mi espalda. Los forcejeos del niño se volvieron más débiles.

—¡Monsieur! —gritó la madre del muchacho—. ¡No puede respirar! ¡Por favor!

Strothers vaciló.

—Sí, pero nunca lo adivinarán. Quiero oír cómo el famoso detective queda en ridículo. Adelante. —Aflojó el brazo que sujetaba al niño y Emil tomó aire.

Su madre suspiró aliviada.

Al otro lado de la habitación advertí que Boden se movía. Se estremeció y se llevó la mano a su herida. Estaba vivo, ¡y a un metro de mi pistola! Me di cuenta de que Holmes también lo había visto.

El conde seguía clavado al suelo.

—Strothers, sí que sé algo sobre las costumbres criminales americanas —dijo Holmes—. Por los informes de Marsella, y después en París, reconocí el estilo sanguinario característico de un tal Mazzara, un famoso mafioso de Nueva Jersey. Escribí a un amigo de Nueva York y él me confirmó la relación de sus intereses industriales en Nueva Jersey con esa parte concreta de *la Famiglia*. Sin embargo, me equivoqué con usted. Pensé que simplemente estaría devolviéndole al conde algunos favores, o quizá actuando bajo sus órdenes. Pero no, estaba manipulándolo, ¿verdad? Era el cerebro de la operación. Le hizo desviar la atención de sus fábricas, de su esposa y de su hijo y la centró en lo que deseaba por encima de todo. Muy inteligente, sí.

El conde se quedó con la boca abierta.

—Que Dios me perdone. He sido un tonto dos veces.

—Como dijo su esposa, estaba ciego —dijo Holmes sin apartar la mirada de Strothers—. Es raro para un amante del arte. ¡Este hombre le despistó!

Strothers se rio.

—Ja, muy bien. ¡Muy bien! En eso lleva razón. Soy el cerebro.

Puede que no tenga sus modales ni su vocabulario, ¡pero no pierda de vista a los pueblerinos!

Holmes suspiró y levantó las manos.

—¡Exacto! —admitió. Al hacerlo, yo me acerqué más a la pistola—. ¡Un rasgo admirable! Y ha estado manejando varias marionetas con sus hilos al mismo tiempo, señor Strothers. Se lo habrá pasado bien, ¿verdad? Como si estuviera de caza. ¿Y esa elegante apariencia de caballero inglés? Su nueva imagen es impresionante.

Yo noté que Strothers vacilaba.

—En particular el anillo que lleva en la mano izquierda —continuó Holmes.

Todos nos fijamos en la mano de Strothers, con la que sujetaba al niño. Al igual que el conde, él llevaba un anillo en el meñique.

Strothers se carcajeó.

—He estado escuchándole a través de la puerta, idiota. Sí, llevo un anillo. ¿Así que cree que yo maté a Annabelle? ¿Por qué iba a hacer eso?

—Para que no contara que es usted un pederasta —explicó Holmes.

Mademoiselle La Victoire soltó un grito y el conde dejó escapar un sonido ahogado.

—Pero hay un pequeño problema. Mi anillo está en la mano equivocada, idiota —dijo Strothers.

—A mí me parece que no. Justo antes del asesinato, Boden y usted estaban en el salón de fumadores. Al igual que nosotros, oyeron la discusión entre lady Pellingham y el conde. Usted tenía un móvil: sabía que su hija estaba a punto de derrumbarse. Y aprovechó la oportunidad; la discusión haría que todas las sospechas recayeran sobre el conde. El camino directo hasta la biblioteca desde donde ustedes se encontraban se realizaba a través de un pequeño anexo. Yo también entré por allí y advertí varios papeles tirados por el suelo. Alguien había pasado por allí corriendo.

—Eso… eso… ¡no es nada! —exclamó el americano.

—Lady Pellingham se encontraba mirando hacia el otro extremo de la biblioteca cuando fue asesinada —aclaró Holmes. Después hizo una breve pausa—. El anillo está en la mano correcta si, como ahora sabemos, fue estrangulada desde atrás.

El conde se tambaleó.

—¡Dios mío! ¡Su propio padre!

—Eso no es todo. Los niños de la fábrica fueron asesinados y algo peor. ¡Es usted un desalmado! —gritó Holmes.

—¡Eso no puede demostrarlo! —respondió Strothers.

—Oh, sí que puedo. Su propia hija fue a la primera a quien violó; probablemente cuando tenía diez años. Pero los que realmente le excitan son los niños pequeños. Mientras esperaba a que Emil tuviera la edad apropiada, se saciaba con los huérfanos que Boden le proporcionaba y que eran enviados al telar para que usted eligiera. —Holmes se acercó más al conde gesticulando dramáticamente para que Strothers no centrara su atención en mí.

Supe en ese instante lo que tenía que hacer. Me acerqué más a la pistola que estaba junto a Boden. Lo miré. Él presionaba su herida con cara de dolor. ¿Me habría visto?

—Si el conde se hubiese interesado más por sus asuntos, tal vez se hubiera dado cuenta, pero usted siguió distrayéndolo con la Nike y así pudo seguir divirtiéndose con sus juguetes. Boden era su cómplice, una especie de gemelo malvado con su propia patología. A cambio le compró un despacho y un patio de recreo.

La habitación quedó en silencio. Yo estaba a medio metro del arma.

Holmes continuó con su explicación.

—Puede que esto hubiera durado un tiempo si no hubiese decidido asesinar a los niños después de obtener placer con ellos. Eso llamó la atención. Londres estaba al corriente de la situación desde hace algún tiempo, aunque debo admitir que apuntaban en la dirección equivocada.

Strothers se había quedado pálido.

—Le envía el mismo diablo. O… —se volvió hacia Boden—. Boden, traidor. Se lo has contado todo.

Boden apartó a mirada de su pierna.

—¡Yo no le he dicho nada! —gritó.

—¡Imposible! —exclamó Strothers. Se dio la vuelta y apuntó con su pistola a Holmes—. ¡Es usted el diablo! ¡Nadie es tan listo! —Emil comenzó a retorcerse, Strothers cambió de posición y agarró al niño del cuello con una mano—. Nadie podría haber adivinado…

De pronto gritó y se le disparó la pistola. ¡El huérfano Freddie había emergido de entre las sombras y le había mordido en la pantorrilla!

Después todo sucedió muy deprisa. Strothers dejó caer a Emil y apuntó a Holmes. Yo me lancé a por la pistola de nuestra clienta, disparé desde el suelo y la bala rozó a Strothers, que cayó hacia atrás.

Boden se lanzó a por la otra pistola y apuntó con ella al conde.

Pero Holmes se interpuso entre ellos.

Tres pistolas se dispararon al mismo tiempo en una increíble explosión de sonido que retumbó por todo el salón e hizo vibrar las ventanas. Yo había alcanzado a Boden entre los ojos y él había errado el tiro. Me giré hacia Strothers, que yacía junto a la puerta con un río de sangre brotándole de una herida en el hombro. Vidocq estaba junto a mademoiselle La Victoire, apuntando con su pistola humeante al monstruo atroz.

Vidocq se acercó entonces a la figura inerte de Strothers. Le quitó la pistola de la mano al anciano y después regresó para abrazar a su amada y a Emil. Freddie contempló la escena con admiración silenciosa.

Holmes, que seguía junto al conde en la base de la Nike, señaló con la cabeza hacia el cuerpo de Boden.

—Buen trabajo, Watson. Parece que ahora sí que está muerto.

Se volvió hacia el pequeño grupo. Vidocq se arrodilló junto a mademoiselle La Victoire y a Emil, los rodeó a ambos con los brazos y a ella le besó suavemente la cara.

—*Ma chérie, ma petite!* —susurró.

—En el último momento, Vidocq —dijo Holmes—. Como de costumbre.

—No me lo habría perdido por nada del mundo —respondió el francés, abrazando con más fuerza a mademoiselle La Victoire. La hermosa dama miraba sin embargo a Holmes.

—*Merci*, monsieur Holmes —dijo suavemente antes de volverse hacia mí—. Y a usted, doctor Watson. *Ah, mon Dieu*, ¡está herido!

Fue entonces cuando me di cuenta de que tenía una herida de bala en el bíceps, que sangraba más deprisa de lo que uno podría desear. No era fatal, pero necesitaría una venda… y deprisa.

—Que alguien me eche una mano con esto —dije.

Freddie se me acercó y me ofreció su bufanda.

—¡Señor Holmes! Le he malinterpretado. Me ha salvado la vida… y a mi hijo… —dijo el conde—. ¡Pero mi querida Annabelle! ¡Y nuestro hijo! No puedo entender… —Se llevó las manos a la cabeza en un estado de desesperación y se tambaleó hacia atrás.

Al hacerlo, tropezó con uno de los soportes situados en la base de la Nike. Holmes saltó para atraparlo, pero se le escapó. El conde resbaló entre sus manos y cayó con fuerza contra la base de la enorme estatua. Durante unos segundos de incertidumbre la Nike se tambaleó sobre su pedestal temporal. Observé horrorizado como las cuerdas que la sujetaban se rompían. La diosa cayó lentamente hacia delante.

—¡Cuidado! —grité.

La estatua se estrelló contra el suelo, se hizo pedazos y dejó atrapados al conde y a Holmes bajo su pieza más voluminosa.

NOVENA PARTE

221B

«Todo es más sencillo de lo que piensas y, al mismo tiempo,
más complejo de lo que imaginas».
Johann Wolfgang von Goethe

CAPÍTULO 29

Camino de Londres

Justo entonces aparecieron en el salón milagrosamente los hombres de Mycroft, junto con Hector y Annie Philo. La estancia era un hervidero de actividad. Los hombres de Mycroft corrieron hacia los pedazos de la Nike mientras el doctor y su esposa corrían a ayudarme a sacar a Holmes y al conde de entre el caos. Pellingham solo se había roto un brazo y se curaría sin problemas, pero mi amigo Sherlock Holmes no había corrido tanta suerte.

Sufría una grave fractura en la pierna izquierda. Tras vendarme rápidamente mi herida, los Philo y yo nos dedicamos a él. Los hombres de Mycroft se ocuparon del resto, avisaron al médico privado del conde y nos libraron de tener que hacernos cargo de Boden y del villano de Strothers.

Al día siguiente íbamos camino de Londres bajo la nieve en un tren privado que nos había proporcionado el agradecido conde.

La cama de Holmes y mi lugar de descanso se encontraban en compartimentos contiguos. Al final del pasillo había compartimentos adicionales donde se habían acomodado mademoiselle La Victoire, Emil, Vidocq y un miembro de Scotland Yard encargado de protegernos.

La Nike de Marsella, o lo que quedaba de ella, iba en otro vagón. Su destino era el Museo Británico, a no ser que Vidocq y el gobierno francés se salieran con la suya. A mí me importaba poco llegados a ese punto.

Pasé las horas preocupado junto a mi amigo. El hueso fracturado amenazaba con romper la superficie y el riesgo de infección en una lesión como la suya era muy elevado; le había envuelto la pierna en almohadillas empapadas en ácido carbólico y había enviado un telegrama a un especialista en huesos que vivía en Londres y que se reuniría con nosotros en Baker Street.

Holmes pasó todo el camino entre la consciencia y la inconsciencia, pero, cuando faltaba menos de una hora para llegar a Londres, recuperó el sentido, como si supiera que estaba cerca de casa.

Yo pedí que sirvieran el té.

—Emil —murmuró sin fuerzas—. ¿Dónde está?

—Está aquí, en el tren, con su madre. El conde se reunirá con ellos en París dentro de poco.

—Watson, asegúrate de que reciba ayuda... un psicólogo, quizá.

—Así lo haré —respondí yo—. Ahora descansa.

—¿Y tú, Watson? ¿Cómo está tu brazo?

—Era una herida sin importancia. No te preocupes, Holmes.

Se quedó quieto, contemplando el paisaje nevado a través de la ventanilla.

—Una pena lo de la Nike —comentó.

—Ahora solo son trozos de piedra —dije yo—. Pero el Museo Británico es especialista en ese tipo de rompecabezas. Tú ya has resuelto el más difícil. Ahora descansa, Holmes.

Cambió de posición y un gemido escapó de sus labios.

Yo sabía que una distracción serviría para aliviar su dolor.

—Entonces, tal vez quieras esclarecer algunos de los aspectos de nuestra reciente aventura —le sugerí.

—¿No te ha quedado suficientemente claro?

—Entiendo que Strothers, el padre de lady Pellingham, estaba detrás de una serie de crímenes. ¡Se atrevió incluso a hacerse pasar por filántropo y defensor de los derechos infantiles! Pero no entiendo sus motivos. Si deseaba seguir abusando de niños y nada más, podría haber elegido entre los muchos huérfanos de Estados Unidos. No era necesario seguir a su hija hasta Inglaterra cuando esta se casó con un conde inglés.

—Dos cosas, Watson. Lady Pellingham, de niña, probablemente fuera su primera víctima. Aquellos que tienen esa depravada adicción suelen comenzar con un incidente aislado con alguien cercano. Su primera víctima es especial. Aunque después prefiriera a los niños, Strothers mantenía una pasión enfermiza por su propia hija.

Yo reflexioné sobre aquella idea.

—Pero aun así...

—Imagina por un instante que viajó hasta aquí solo porque no podía mantenerse lejos. Una vez aquí se encontró con una mina de oro. Primero, tenía la oportunidad de obtener niños gracias a las fábricas de lord Pellingham. El sádico Boden, que en esa época era capataz, se convirtió en un aliado natural. Su relación era compleja y al final Strothers compró su silencio con el puesto de magistrado. Le dio a Boden poder ilimitado para hacer su particular «justicia» y la intimidad para hacerlo.

Se me revolvió el estómago al pensar en el mal que se escondía detrás de aquel relato. Era difícil concebir semejante depravación.

—Dios mío, Holmes...

—Mientras tanto, a medida que iba pasando el tiempo, Strothers encontró en el glamour, la riqueza y el estatus del conde algo que deseaba para sí mismo.

—Bueno, esa es la razón habitual por la que esos barones ladrones americanos casan a sus hijas con un miembro de la aristocracia británica, ¿verdad? —pregunté yo—. Por esa pátina de respetabilidad y estatus.

—No todos son ladrones, Watson, pero sí, en parte —respondió él—. Y la oportunidad de hacer dinero. Claro, el capital americano con frecuencia sirve para reflotar algunas de las fincas. El padre de lord Pellingham había tomado algunas decisiones empresariales desastrosas cuando el actual conde era un niño. La industria siguió avanzando y la seda dejó de estar de moda entre las mujeres. Pero padre e hijo seguían enamorados de la belleza de la seda. De modo que su fortuna se vio resentida.

—Y ahí entraron Strothers y su adorable hija para salvar la herencia de los Pellingham —conjeturé yo.

—Sí, exacto. ¡Pero pobre Annabelle Strothers! Al principio pensaba que estaría a miles de kilómetros de su padre, a salvo en Inglaterra. Lord Pellingham, aunque es débil y egocéntrico, no era un hombre terrible.

—Pero, ¿le harán responsable de todos los asesinatos relacionados con la Nike de Marsella? —pregunté yo.

—No. Me temo que el conde solo es culpable de ser distraído y codicioso —respondió Holmes de forma impertinente. Cambió de postura sobre la cama y yo le recoloqué las almohadas.

—Pero, si el conde amaba realmente a su esposa, ¿por qué flirtear con Chérie Cerise?

—Probablemente fue un único escarceo. Sin duda te habrás fijado en los encantos de la dama.

—Mmmm, bueno. Pero, ¿cómo pudo lady Pellingham aceptar a Emil como si fuera suyo?

—Las personas de las que han abusado siendo pequeñas actúan de dos formas, Watson. O perpetúan el abuso que ellos sufrieron de niños o hacen lo contrario. Protegen a sus pequeños igual que una osa mataría por su cachorro. Lady Pellingham necesitaba ofrecerle a un niño los cuidados que ella no había tenido de niña. Y Emil nunca supo…

El tren pasó por un terraplén inclinado y, al balancearse, Holmes se tambaleó y gimió de dolor. Yo estiré la mano para estabilizarlo.

—¿Morfina, Holmes?

—Si eres tan amable.

Saqué una jeringuilla de mi maletín de cuero y encontré el vial de morfina.

—Así que le pidió a Pomeroy que escondiera al niño cuando Strothers comenzó a mostrar interés.

—Eso es.

—¿Qué le pasará ahora a Pellingham?

—Supongo que nada grave. Creo que se quedará con el dinero de Strothers. Siendo noble, probablemente quede libre de castigo siempre que devuelva las obras robadas y pida disculpas públicamente.

Limpié una zona del brazo de Holmes y le inyecté la medicación.

—¿Y mademoiselle La Victoire?

—No te preocupes por ella. En cualquier caso, Emil heredará como estaba previsto.

—Entonces al final todo saldrá bien —dije yo.

Hubo una larga pausa y Holmes empezó a dejar caer los párpados.

—Salvo para ti, Holmes —añadí—. Este caso te ha dejado malparado.

—Me pondré bien, Watson —empezó a hablar con dificultad—. Ya sabes que tengo un… servicio… médico… excelente. —Cuando la morfina le hizo efecto, sonrió y cerró los ojos. Tranquilo al oír su respiración regular, yo también me quedé dormido a su lado.

CAPÍTULO 30

Transformación

Se dice que los médicos son los peores pacientes de todos. Tras dejar a Holmes en el 221B con un especialista que le tratara la pierna y una enfermera privada supervisada por mi colega, el doctor Agar, corrí a ver a un amigo a Harley Street para que me examinase la herida. Al regresar a casa, recibí la noticia de que mi adorada Mary había caído enferma.

Y ocurrió que, mientras la atendía a ella durante diez dramáticos días, descuidé mi propia lesión. Como resultado, la herida se me infectó y tuvieron que hospitalizarme.

Después mi querida esposa me recibió con considerable emoción e insistió para que nos tomáramos unas breves vacaciones en Brighton, donde ambos podríamos recuperarnos por completo.

Allí pasamos el Año Nuevo con amigos, disfrutamos del aire del mar y de las muchas comidas. Aunque escribí y telegrafié a Holmes a diario durante ese tiempo, no obtuve respuesta. Sin embargo el doctor Agar me aseguró en una carta que Holmes estaba recuperándose bien, aunque no respondió directamente a mis preguntas sobre el estado de ánimo de mi amigo.

Regresé a Baker Street a finales de enero. Subí despacio las escaleras hacia nuestro antiguo apartamento, temiendo encontrar de nuevo a mi amigo absorto en su adicción. Entré en la sala de estar con una mezcla de miedo y culpabilidad.

Pero, en vez del caos sombrío que esperaba, me encontré con

las cortinas descorridas y la estancia llena de luz. Una alegre melodía de Mozart sonaba en el nuevo gramófono, igual que el que tenía Lautrec en su apartamento de París. Holmes estaba sentado en el sofá junto al fuego con la pierna levantada, leyendo las columnas de personas desaparecidas como antaño.

Observé otros cambios en la habitación. Las muletas estaban en un extremo del sofá. En un rincón había un extraño montón de cojines y una vela colocada sobre una gruesa alfombra. Justo encima, colgado en la pared había un dibujo al óleo junto a los agujeros de bala que deletreaban la «VR» que Holmes había dibujado en una ocasión con su pistola solo porque se aburría. Era un Toulouse-Lautrec, si no me equivocaba.

—¡Holmes! —exclamé—. ¡Me alegra verte tan bien!

—Así es, Watson. El doctor Agar ha hecho magia conmigo, y mis enfermeras han sido de lo más efectivas. Veo que te has fijado en el nuevo cuadro. Magnífico, ¿verdad? Tengo la impresión de que será muy aclamado en el futuro.

Señaló la obra y entonces me di cuenta de que era un cuadro de mademoiselle La Victoire como Chérie Cerise, cantando en Le Chat Noir. Lautrec había capturado tanto su belleza como algo conmovedor en su expresión; tal vez el reflejo de sus fantasmas personales, como los que había observado en Holmes.

—Precioso —dije, aunque no sabía si era el cuadro o el tema lo que más me atraía.

—Fue un regalo de lord Pellingham. A pesar de sus debilidades, ese hombre sabe de arte. Por desgracia monsieur Lautrec ha abandonado París y ahora lucha contra sus adicciones en el sur de Francia. —Se quedó mirando al cuadro durante unos segundos—. Me temo que su naturaleza artística emocional se ha apoderado de su mente racional.

Era ese el estado que había amenazado a mi amigo en el pasado y en el que había temido encontrarlo ahora.

—Pero el legado de monsieur Lautrec, al contrario que nuestras huellas, Watson, permanecerá eternamente para complacer al mundo. Aunque dudo que él sea consciente de ello.

Al acercarme al cuadro, Holmes me miró con atención.

—Me alegra ver que te has recuperado, Watson. El doctor Agar me informó de tu contratiempo.

—Me temo que fui descuidado. ¡Una tontería por mi parte!

—Sí, una tontería. Ahora siéntate. —Holmes se entretuvo sirviendo el té y me ofreció una taza humeante.

—Holmes, lo siento mucho —le dije.

—No es necesario que te disculpes.

—Pero, ¿estás bien? ¿Qué tal la pierna? ¿Y la espalda?

Él quitó importancia a mis preguntas con un gesto de la mano.

—La curación lleva su tiempo. Hablemos de otras cosas.

—Pero soy tu médico además de tu amigo.

Él me ignoró, dio un sorbo a su taza y se recostó con una sonrisa.

—Te alegrará saber que Emil está recuperándose y que divide su tiempo entre su madre en París y el conde. Ha empezado a recibir clases de piano y mademoiselle dice que tiene un don.

El corazón me dio un vuelco.

—Entonces, ¿habla?

—Bastante, al parecer.

—¡Qué bien! Pero he leído que el Louvre ha adquirido la Nike. Ese canalla de Vidocq se ha quedado con todo el reconocimiento por su recuperación.

—A mí me da igual el reconocimiento, Watson. Ya lo sabes.

—Pero no te da igual la justicia. ¡Y al parecer el conde ha vuelto a evadir la ley!

—No todo llega a Fleet Street, mi querido amigo. Mi hermano ha logrado convencer al conde de que lo correcto es donar toda su colección al Museo Británico. Ahora está trasladando tanto las obras como su… afecto. Tengo entendido que ha comprado un castillo en un viñedo cerca de Tours, Francia.

—¿En Francia, dices? ¿Cerca de mademoiselle La Victoire?

—No muy lejos —contestó Holmes con una sonrisa.

Nos quedamos sentados bebiendo el té. Yo habría agradecido algo más fuerte.

—El brandy está en el aparador —dijo él. Era vergonzoso que me conociera tan bien.

—¿Y los huérfanos y el telar? —pregunté mientras me servía una copa—. ¿Brandy, Holmes?

—No, gracias, Watson.

—¿Y Strothers?

—Todo se ha arreglado. Están investigando el telar desde Londres, los huérfanos han sido trasladados a un internado y el conde corre con todos los gastos. Strothers está en prisión y sin duda lo colgarán. Pero estoy preocupado por Freddie, el huérfano —dijo—. Todavía no sé qué ha sido de él.

—¡Ah! ¡Tengo noticias sobre eso! He recibido una carta del doctor y la señora Philo. Han adoptado a Freddie. ¡Y están esperando un hijo!

—Eso ya lo sabía.

—¿Cómo?

—El alfeizar de la ventana. —Sonrió complacido al ver mi cara de confusión—. Las naranjas. Las náuseas matutinas.

—¡Por supuesto! —exclamé yo—. Pero hay un aspecto de este caso que me inquieta, Holmes. Tiene que ver con tu hermano, Mycroft.

Su rostro se oscureció en ese instante.

—¿Qué pasa con él?

—Te amenazó, Holmes. No quiero inmiscuirme, pero…

—Entonces no lo hagas. Sírvenos un poco más de té.

—¡Pero tu propio hermano!

—Es complicado.

—¡Eso es quedarse corto!

Holmes hizo una pausa, yo me levanté y rellené nuestras tazas. Al advertir mi preocupación, continuó hablando.

—Watson, siempre voy un paso por delante de Mycroft y él piensa lo mismo de mí. Siempre ha sido así.

A pesar de su inteligencia, a veces Holmes se engañaba a sí mismo. Pero adivinó mis pensamientos y resopló.

—Cambiemos de tema y hablemos de algo más afortunado. ¿No quieres saber cómo me las he apañado todo este tiempo sin ti?

—Bueno, sí —respondí—. Y sin cocaína.

—Lo único que me inquieta es la falta de trabajo. Estoy bien solo. Puede que incluso mejor.

Yo no me lo creía.

—Sí, sí, claro que sí. ¿Y cómo te las has apañado?

—He empezado con un nuevo tipo de medicación que podría describirse como «concienciación». Se practica mucho en oriente.

—¡La meditación! Pero, ¿no es una práctica espiritual? ¿Una especie de religión? —Yo no me imaginaba a mi amigo, una auténtica máquina del pensamiento racional, atraído por la espiritualidad o el misticismo; a no ser que los horrores y el sufrimiento que había presenciado durante nuestro último caso le hubieran trastornado por completo.

—Puede serlo. Pero para mí no se trata de fe, sino de explorar los poderes de la mente. —Sonrió—. Es mi tema favorito, ya lo sabes.

—¿Y qué es lo que haces?

—Me siento ahí, con la espalda recta como una brizna de hierba, y me quedó sin moverme durante largos periodos de tiempo.

Seguí la dirección de su mirada hasta aquel extraño montón de cojines.

—¿Y eso es todo? ¿Igual que haces con la pipa cuando resuelves un caso?

—No —respondió él—. En la meditación uno dirige la mente hacia aspectos específicos. No son rompecabezas, como en un caso, sino más bien cosas concretas; la respiración, por ejemplo. Es otro tipo de trabajo mental.

Tenía que estar de broma.

—¿Te concentras en tu respiración? ¿Y por qué no en el dedo gordo del pie? —pregunté.

—Tú no lo entiendes. Al relajar y centrar la mente en minucias, paradójicamente se revelan aspectos más generales y se adquiere serenidad.

Yo resoplé.

—¡Eso es absurdo!

—Querido Watson —dijo riéndose—, no puedes saberlo hasta que no lo pruebes. Resulta que meditar de ese modo también alivia el dolor. De ahí que no necesite tantos, digamos, alivios externos.

De ser eso cierto, sería un milagro médico, algo que mi profesión recibiría con los brazos abiertos. Me preguntaba si solo mentes únicas como la de Holmes podrían disfrutar de semejantes beneficios. Él pareció leerme el pensamiento.

—Esta técnica se ha utilizado con éxito en oriente durante mil años —explicó—. La utilizan monjes, guerreros, artistas…

—Claro. Sin duda tú eres las tres cosas —dije yo.

Él se rio.

—Mi buen amigo Watson, no es necesario convertirme en un héroe. En cualquier caso, esta técnica también la emplean personas normales. —Sonrió—. Te sugiero que lo intentes.

—Lo tendré en cuenta, Holmes —respondí yo—, la próxima vez que me inquiete la falta de trabajo.

Él resopló.

—El trabajo no es una de tus adicciones. Pero bueno, cuéntame qué tal te ha ido en Brighton. Estoy seguro de que has disfrutado mucho con tus nuevos amigos casados y con los muchos divertimentos que ofrece la costa. ¿Ha contribuido a tu recuperación?

Yo me detuve. Holmes se quedó mirándome con una sonrisa y supe que ahora era él quien me tomaba el pelo a mí. No pude evitar sonreír y, segundos más tarde, los dos empezamos a reírnos.

—Brighton ha sido horrible —confesé—. ¡Un auténtico aburrimiento!

Agradecimientos

Gracias a mis padres por *El arte en la sangre*. Le agradezco la inspiración a sir Arthur Conan Doyle, sin duda uno de los grandes. Gracias a mi preciado equipo Chuck Hurewitz y Linda Langton por hacer posible este libro. Y a la maravillosa Natasha Hughes, de HarperCollins.

Me he inspirado en muchos actores, pero sobre todo en el ingenioso y elegante Jeremy Brett, en el bohemio Robert Downey Jr y en el arrogante y vulnerable Sherlock de Benedict Cumberbatch; todos ellos personifican elementos esenciales de mi héroe favorito. Para Mycroft me inspiré en el complejo y amenazante Mark Gatiss y, para Watson, en el guapo y peligroso Jude Law, pero sobre todo en el cariñoso y divertido John de Martin Freeman. Si oís las voces de estos maravillosos actores en el libro, es culpa suya. Bueno, sí, es mía. Aunque espero y pretendo que la voz que se imponga sea la de sir Arthur.

Un agradecimiento especial a dos famosos expertos en Holmes: Les Klinger por su amistad, sus ánimos, sus consejos y sus severos apuntes, y por convertirme en una sherlockiana declarada. Me has abierto un mundo nuevo, Les. Y lo mismo para mi querida amiga Catherine Cooke, de Inglaterra. ¡Pero no culpéis a Les o a Catherine de mis errores!

Mi agradecimiento editorial a Lynn Hightower, pero también a Matt Witten, Patty Smiley, Craig Faustus Buck, Jonathan Beggs,

Bob Shayne, Harley Jane Kozak, Jamie Diamond y Nancy Seid, todos ellos de Oxnard. Gracias en Escocia a Ailsa Campbell, y a Cynthia Liebow en Francia.

Todo mi amor para dos generosos londinenses, Roger Johnson y Steve Emecz, que han sido determinantes para expandir mis horizontes sherlockianos, que han compartido conmigo grandes comidas y me han presentado a nuevos amigos en mi ciudad favorita. Merci au Cercle Holmesien de Paris y en especial a Hélène, Thierry, Lawrence, Véronique y Cyril.

La doctora Lindsay Fitz, historiadora médica, y el químico Christopher A. Zordan me aconsejaron sobre transfusiones y tintas invisibles. El autor sherlockiano Dan Andriacco me hizo un favor que no puedo expresar con palabras. Muchos otros sherlockianos han desempeñado un papel, entre ellos mis nuevos amigos Luke Benjamen Kuhns, Matthew J. Elliott, Mary Platt, Anne Lewis, Jacquelynn Bost Morris, Tom Ue, Becky Simpson, Martin Moore, Crystal Noll, Charlotte Ann Walters, Jean Upton, Lynn Gale, Marek Ujma, Alex Anstey, Paul Annett, David Stuart Davies, Jerry y Chrys Kegley, Maggie Schpak, Robert Stek, Charlie Mount, así como a Emma Grigg y a Jules Coomber de Sherlockology. Mi agradecimiento a Paul Gilbert por la visita al plató de Sherlock y a los chicos de Hartswood por permitirme leer algunos de los guiones de *Sherlock*. Todas esas personas ejemplifican el espíritu sherlockiano de generosidad y diversión. Mis disculpas a cualquiera que me haya dejado fuera.

Mis familiares de sangre y los que no lo son, Chris Simpson, Kirstin Kay y Jaz Davison, fueron imprescindibles en su apoyo, ayudándome desde dentro. Un cariñoso abrazo a Paul Cheslaw, Karen Essex, Ann Cheslaw, Miranda Andrews y a Christine Sofaine por sus ánimos, y a mis estudiantes de escritura de UCLA Extensión, en especial a la autora Colette Freedman.

Las ilustraciones fueron posibles gracias al talentoso Robert Mammana (fotógrafo y Vidocq) y a mis amigos actores, guapos y brillantes, Rob Arbogast y Paul Denniston, que posaron como Holmes y

Watson para las ilustraciones (y sobre el escenario). Gracias a Miguel Pérez, Samara Bay, Jonathan Le Billon y Brad Bose, que posaron para varios personajes, a Ray Bengston por las fotos y el vídeo, a Joe Blaustein por sus sugerencias artísticas: han contribuido también con sus diseños Stuart Bache, Tanya Johnston y el grupo de Patrick Seeholzer. Gracias también a Megan Beatie. A Jane Acton y Rachel Young, de Four Colman Getty, así como a Victoria Comella, Jean Marie Kelly y Louise Swanell, de HarperCollins. La evocadora música de Sherlock Holmes escrita por Ryan Johnson para el tráiler fue mi «banda sonora» mientras escribía.

Un enorme agradecimiento a Filipe Domingues y al cariñoso personal del hotel Park Plaza Sherlock Holmes, de Baker Street, en Londres, donde escribí gran parte de esta novela.

Trish Dickey mantuvo cierto orden dentro del caos que me rodeaba mientras Brad Bose, Liz Poppert, Noel Kingsley y Anthony Mayatt se encargaban del «transporte» para que la mente pudiera continuar.

El profesor de meditación Shinzen Young no solo me aconsejó sobre prácticas de meditación victorianas, sino que sus enseñanzas directas me proporcionaron la concentración necesaria para que este proyecto maratoniano fuese posible.

Mención especial para David Roth, que con toda generosidad y de manera incansable me regaló su magia al final. Gracias, David.

Antes de terminar, gracias al maravilloso Otto Penzler, propietario de mi librería favorita y gran sherlockiano cuyo entusiasmo significó mucho para mí.

Y, por último, mi mayor agradecimiento a mi marido, Alan Kay, por su generosidad y su apoyo. Nadie mejor que él comprende el proceso creativo. Siendo el Sherlock más inteligente de los dos, me llamaba la atención al más puro estilo Watson y me alimentaba con las mejores tortillas del mundo. No existiría el libro sin él.

Gracias, Alan. Y gracias a todos. No ha hecho falta un pueblo; ha hecho falta un condado entero.